PAPIEREN NOODZAAK

José Vriens

Papieren noodzaak

Westfriesland

www.kok.nl
www.josevriens.nl

NUR 344
ISBN 978 90 205 3040 7

Copyright © 2011 Uitgeverij Westfriesland, Utrecht
Omslagillustratie en -ontwerp: Bas Mazur

HOOFDSTUK 1

'En een halfje bruin. Anders nog iets, meneer?' vroeg Madelon met haar vriendelijke winkelstem, zoals Cathy het altijd noemde.

'Nee, dat was het wel,' knikte de man en hij pakte zijn portemonnee uit zijn binnenzak. 'Mag ik pinnen?'

'Natuurlijk, komt u maar hierheen,' wees Madelon naar de kassa waarnaast het pinapparaatje stond. Ze werkte de betaling af en stopte het brood en de koeken die hij uit had gezocht netjes in een plastic tasje met het opdruk van de bakkerij. De bonnetjes gaf ze aan hem, waarbij hij even met zijn vingers langs haar hand streek. Ze moest zich bedwingen haar hand niet weg te trekken. 'Alstublieft, fijne dag, meneer.'

'Dank u, u ook. Tot morgen.' Zijn blik bleef langer op haar rusten dan nodig was, waar Madelon een beetje kriegelig van werd. Wat moest die vent nou nog? De glimlach op haar gezicht begon al een beetje af te brokkelen. Als hij nu niet snel wegging, zou ze hem ronduit boos aankijken. Eindelijk draaide hij zich dan toch om en ging hij weg.

Cathy dook met een vuurrood hoofd van de ingehouden lach achter de toonbank weg. 'Ik dacht dat ik erin bleef,' gierde ze.

'Wat mankeert jou?' vroeg haar bazin verbaasd.

'Die kerel, had je dat nu echt niet in de gaten? Hij stond haast te kwijlen, en jij maar uit de hoogte doen. Hoe krijg je het voor elkaar om zo rustig te blijven!' hikte Cathy.

'Ik deed toch niet uit de hoogte? Daar ben ik me niet van bewust.'

'Echt wel, niet te zuinig ook.'

'Nou ja, hij was me daar ook een partij vervelend; welke koeken ik lekker vind! Wat maakt dat nou uit? Hij moet ze toch opeten!'

'Die vent heeft het behoorlijk te pakken van jou, heb je dat nu nog niet in de gaten? Waarom denk je dat hij anders zo vaak hier komt? Tot morgen,' deed ze hem na en ze zakte door haar knieën van het lachen.

Een lachje kroop nu op het gezicht van Madelon. 'Zou je denken?'

'Ik weet het wel zeker,' gierde Cathy weer. 'Het begon vorige week vrijdag, toen kwam hij voor het eerst. Ik wed dat hij maandag ook geweest is en dinsdag stond hij zo zoekend rond te kijken. Ik begreep er al niets van, maar die zocht jou natuurlijk! En nu is me wel duidelijk waarom. Je hebt er een aanbidder bij, neem dat maar van mij aan.'

Madelon zweeg, een beetje overdonderd door de conclusie die Cathy trok. Zo bijzonder was ze toch niet? Ze zag zichzelf gereflecteerd in de vitrine waarin het gebak stond. Haar donkere krullen kroesden wild om haar hoofd, alleen de haarband hield de krullen uit haar gezicht en enigszins in bedwang. De hoge jukbeenderen gaven haar iets Slavisch, wat nog versterkt werd door de donkere ogen en de haast zwarte wenkbrauwen. Haar mond was te smal, vond ze zelf. Als ze kwaad was, werd die net een smalle rode streep. En haar neus was te groot. Nee, een echte schoonheid was ze niet. Haar wilde haardos, dat was het enige mooie aan haar, vond ze zelf. Ze kon zich dan ook niet voorstellen dat die man alleen voor haar naar de bakkerswinkel kwam. Hij moest toch eten? Nou dan, hij kwam gewoon voor zijn dagelijkse boodschappen, daar was niets vreemd aan.

'Waarom probeer je het niet gewoon? Hij ziet er best leuk uit, goed figuur, en aan zijn kleren te zien zit hij ook goed in de slappe was,' ging Cathy verder.

'Doe even normaal,' schoot Madelon uit. 'Ik ken heel die kerel niet! Misschien is hij wel getrouwd.'

'Nee, dat is hij niet; hij draagt geen trouwring. Die man is echt alleen en hij weet dat jij ook alleen bent,' hield Cathy haar voor.

'Daar geloof ik niks van en trouwens, hij is mijn type helemaal niet. Ik kijk wel lekker uit om met zo'n druif iets te beginnen, veel te zijig en te stil, daar zit toch geen pit in?'

'Stille wateren hebben diepe gronden,' zei Cathy op diepzinnige toon. 'Hé, ik weet wat, er staat toch een waarzegster op de kermis. Ga daar een keer heen.'

'Waarom zou ik?'

'Wil je niet weten wie je toekomstige man wordt?'

'Hè, stop nu maar, ik zit helemaal niet verlegen om een kerel.'

'Zeg dat maar niet tegen die roddeltantes die aan de overkant op de bankjes zitten.'

Op het plein waaromheen de winkels gesitueerd waren, stonden bankjes waarop overdag de ouderen en in de avonduren de jeugd neerstreek.

'Onze hangoudjes. Wat wordt er dan over mij gezegd?'

'Dat je nooit aan een man komt met je hooghartige gedrag. Je bent een goeie voor in de winkel, maar een slechte voor in bed,' deed Cathy de stem van een oud vrouwtje na. Ze wees met een kromme vinger naar Madelon en trok er een rimpelig snuitje bij.

Madelon lag in een deuk om de voorstelling die ze weggaf.

'Nou, dames, het is hier gezellig,' bromde de zware stem van haar vader, die perfect paste bij zijn forse gestalte.

'Volgens Cathy had ik sjans met een klant, pa,' giechelde Madelon.

'Dat verbaast me niets,' gaf Jerom Haagveld zijn ongekleurde mening. 'Jullie zijn de trekpleisters van dit winkelcentrum. Daardoor hebben wij toch mooi extra klandizie.'

'Ja hoor, pa, gaat-ie lekker,' grinnikte Madelon. 'Heb je een beetje kunnen slapen?' Haar vader haalde de vroege uurtjes waarop hij in de bakkerij begon om het brood voor die dag te maken, later op de dag altijd weer in.

'Best hoor.'

'Wat zie je er opgedoft uit.' Madelon bekeek hem nu wat beter en snoof. 'En je hebt aftershave op gedaan. Wat krijgen we nu, pa, ga je op vrijersvoeten?'

Jerom grijnsde breed en tikte veelbetekenend tegen zijn neus.

'Voor jou een vraag, voor mij een weet.' Zonder meer te vertellen pakte hij een bonbondoosje en vulde dat met zorgvuldig uitgekozen bonbons uit de vitrine. 'Ik ben vanavond niet thuis voor het eten.' Met een zwierige zwaai van zijn hand liep hij door de winkel naar buiten.

'Wat heeft die?' vroeg Madelon verbaasd.

'Jerom gaat op vrijersvoeten,' antwoordde Cathy. Ze lachte zacht. 'Wie had dat nou nog achter hem gezocht.'

'Wat een onzin! Pa gaat helemaal niet vrijen. Ik zou niet weten met wie.'

'Ik zag laatst mevrouw Awater met je vader in de stad lopen. Dat is toch een oude vriendin van je moeder?'

'Leida Awater,' knikte Madelon nadenkend. 'Ik wist niet eens dat ze nog contact met elkaar hadden. Het is eeuwen geleden dat ik haar voor het laatst heb gezien.'

'Zij is toch ook alleen?'

'Haar man is een halfjaar na mijn moeder overleden.' Ze keek Cathy nu met een ernstige blik aan. 'Heb je ze echt samen gezien? Ik kan me niet voorstellen dat pa ooit nog een andere vrouw wil. Nee, je hebt het vast verkeerd gezien. Ze kwamen elkaar natuurlijk gewoon tegen. Pa was er kapot van toen mama doodging; hij zou nooit een andere vrouw willen, dat weet ik zeker. Hij is er nog lang niet overheen dat mama zo plotseling stierf. Het is pas twee jaar geleden!'

'Weten en weten zijn twee verschillende dingen,' zei Cathy weer op die alwetende toon.

Madelon schudde geïrriteerd haar hoofd. Die Cathy ook altijd met haar rare spreekwoorden en uitdrukkingen. 'Ik ga de administratie bijwerken, roep me maar als het drukker wordt.' Peinzend liep ze naar de trap die leidde naar de boven-woning die bij de bakkerij hoorde. Ze ging naar de keuken; deze was drie jaar geleden helemaal vernieuwd en van alle gemakken voorzien. Ze schonk voor zichzelf een groot glas vol met vruchtensap en liep via de grote woonkamer naar het kantoortje. De ruimte die ze kantoor noemden, was in een kleine nis van de woonkamer gemaakt en werd door een hoge kastenwand afgescheiden van de rest van de kamer. Een raam dat uitkeek op het plein zorgde voor het nodige daglicht. Hier stond haar computer en in de kast aan de wand bevond zich de administratie van de bakkerij die ze samen met haar vader runde.

Haar hakken maakten een zacht klikkend geluid op de lami-naatvloer, eveneens drie jaar geleden in de hele woning gelegd. De woonkamer was sfeervol ingericht met lichteiken meubels en besloeg de hele voorkant van het huis, met grote ramen die uitkeken op het winkelplein. Jammer dat haar moe-der, die deze verbouwing al zo lang gewild had, er maar zo kort van had mogen genieten.

Ze ging in de grote bureaustoel zitten en staarde naar de mensen die buiten op het plein liepen, zonder ze echt te zien. Haar moeder was in de bloei van haar leven geweest, vierenvijftig jaar pas. Milly Haagveld was nooit ziek, altijd druk met de zaak en met haar hobby: bloemsierkunst. Niemand had het aan zien komen; niemand had het kunnen voorspellen volgens de dokters die het wel konden weten: een bloedpropje was doorgeschoten naar de hersenen. Was er iemand bij haar geweest op dat moment, dan was er nog een kleine kans geweest dat ze het herseninfarct had overleefd. Haar moeder was op het fatale moment echter alleen in huis geweest, niemand om haar te helpen, en waarschijnlijk was het zo snel gegaan dat ze geen kans had gezien om hulp in te roepen.

Het was op een zondag gebeurd.

Madelon herinnerde zich die dag nog al te goed. Het was een stralende lentedag geweest, 18 mei. Pa was die ochtend, zoals hij altijd deed, vanuit de kerk naar het verzorgingstehuis gegaan waar zijn moeder sinds enige jaren woonde. Oma was dementerend en niet meer in staat om voor zichzelf te zorgen. Mama was na de kerk naar huis gegaan, twee mensen op bezoek was te druk voor oma. Ze wilde bovendien nog een bloemstukje afmaken.

Madelon had afgesproken met een paar vriendinnen. Ze zouden naar een opname van *Tussen kunst en kitsch* gaan die dit keer bij hen in de buurt opgenomen werd. Marcella had voor de gelegenheid een oud schilderij, dat ze op de zolder van haar oma had gevonden, meegenomen.

'Denk je echt dat het oude schilderij van je oma geld waard is?' wilde Nora weten. Ze bekeek het landschap – door de jaren waren de kleuren dof geworden – met een sceptische glimlach.

'Waarom niet? Je ziet toch vaak genoeg in de uitzending van die rare vondsten die opeens duizenden euro's waard blijken te zijn?' antwoordde Marcella.

'Maakt toch niet uit,' vond Madelon, 'waarschijnlijk is dat schilderijtje door een oude kennis van je oma geschilderd. Ik vind het gewoon leuk om een keer bij zo'n opname aanwezig te zijn. Hoe vaak gebeurt het nog dat ze hier in de buurt zitten?'

Marcella parkeerde haar wagentje op het weiland dat voor de gelegenheid omgetoverd was tot parkeerterrein. Lopend gingen ze verder naar het kasteeltje waar ze normaal niet eens binnen de poorten mochten komen. Dat alleen al was een reden om te gaan.

Madelon popelde om hier eens een keer binnen te kijken. De familie die het nog altijd bewoonde stelde het slechts sporadisch open voor publiek. Vandaag was zo'n gelegenheid. En een keer Nelleke van der Krogt in levenden lijve zien was toch ook best spannend.

Meerdere mensen waren op hetzelfde idee gekomen. Het was dan ook druk, warm en gezellig, vooral omdat iedereen er met een gespannen verwachting heen ging. Op tv zag je toch ook altijd die bijzondere vondsten, dat kon iedereen zomaar gebeuren. Een apart beeldje, gevonden op een rommelmarkt, dat duizenden euro's waard bleek te zijn. Smoezelige schilderijtjes van die vreemde tante, die bij nader onderzoek door een beroemde meester waren gemaakt.

'Ik zie Nelleke,' wees Madelon.

'Hè, dat valt dan weer tegen; ze is kleiner dan op tv, en... Het is een normaal mens,' stak Nora er de draak mee.

'Wat had je dan verwacht? Maar die taxateur daar bij de schilderijen ziet er niet verkeerd uit. Ik heb hem nog nooit gezien op tv,' wees Marcella.

Madelon stak haar nek uit om de man te kunnen zien die haar vriendin bedoelde. Op dat moment voelde ze iets trillen in haar jaszak. Het was haar telefoon. Ze diepte hem op uit haar jas.

'Kan Frans je nu al niet missen?' vroeg Nora, doelend op de vriend van Madelon.

'Het is mijn moeder denk ik,' herkende ze op het schermpje het nummer van thuis. 'Hoi, mam, wat is er?' Het was echter niet haar moeder aan de andere kant van de lijn, maar pa. Een unicum. Haar vader belde haast nooit naar haar gsm. Ze luisterde naar het relaas van haar vader. Hij praatte onsamenhangend, het klonk ook bij vlagen onduidelijk, alsof hij zijn hand steeds voor het microfoontje van het toestel hield. 'Oké, ik kom eraan.' Ze verbrak de verbinding.

'Wat is er?' wilde Nora weten bij het zien van de bezorgde blik op het gezicht van Madelon.

'Ik weet het niet precies. Er is iets met mama. Ik moet meteen naar huis komen.' Haar hartslag klopte luid in haar oren, ze kreeg het warm en benauwd en opeens waren die mensen hier in de fraaie hal van het kasteeltje niet gezellig meer, maar drukkend en vijandig. Ze keek zoekend om zich heen naar de deur waardoor ze gekomen waren. Een grote stoet met mensen blokkeerde deze. Ze moest weg! Er is iets niet goed met mama, was het enige waar ze aan denken kon.

Nora nam haar bij de arm en sleurde haar haast naar een andere deur. 'We zoeken zelf wel een uitgang, terug lukt nooit meer met al die mensen.'

Ook Marcella volgde hen, het zorgvuldig ingepakte schilderij nog altijd onder haar arm geklemd. De bewaking hield hen in eerste instantie tegen, maar toen Madelon de situatie uitlegde, brachten ze hen via een andere uitgang naar het parkeerterrein toe.

'Sorry, Marcella, nu weet je nog niet hoeveel je schilderij waard is,' zei Madelon op het moment dat ze het parkeerterrein weer af reden.

'Maakt niet uit. Het zal vast niet meer dan drie tientjes zijn. Jouw moeder is belangrijker.' Ze reed harder dan de toegestane snelheid, maar bracht hen zonder ongelukken terug naar de stad.

Madelon voelde in toenemende mate de onrust bezit van haar nemen en wilde dat het nog sneller kon. Er moest iets gebeurd zijn, iets ergs, anders zou pa niet naar haar bellen.

Een halfuur later, wat in haar beleving vele malen langer had geduurd, stopte het wagentje bij de achteringang van de bakkerij.

'Zullen we meegaan?' vroeg Nora.

'Nee, doe maar niet. Bedankt dat je me terug hebt willen brengen. Ik bel jullie straks nog wel. Doei.' Madelon haastte zich langs de achterdeur naar binnen en vloog met een angstig voorgevoel en met twee treden tegelijk de trappen op.

'Pa! Waar ben je?' riep ze nog voordat ze boven was. Er kwam geen antwoord. Op de drempel van de woonkamer bleef ze staan. Haar moeder lag op de bank, pa zat ernaast en hield haar hand vast. Zijn schouders schokten. De huisarts zat aan de tafel en stond op toen hij haar zag. Zijn gezicht ernstig en meelevend. Hij vertelde in korte bewoordingen het vreselijke nieuws.

Haar vader leek in niets meer op de sterke, daadkrachtige man die hij altijd geweest was. Hij huilde en snotterde en wilde zijn lieve vrouw niet alleen laten. De dokter moest hem een kalmeringstabletje geven om hem weer wat rustiger te krijgen.

Die zondag was het begin van een tijd geweest die ze het liefst had willen overslaan, de tijd terugdraaien kon helaas niet. Zij moest nu de sterkste zijn van hen beiden. Pa had geen idee wat hij moest doen. Hier hadden hij en zijn vrouw nooit over gesproken. Waarom zouden ze ook? Ze waren geen van beiden ook maar een dag in hun leven ziek geweest. Madelon had de begrafenis geregeld, had de familie gewaarschuwd, haar vader gesteund, ondanks haar eigen grote verlies. Zijn verdriet was zo groot dat de dokter vreesde dat hij eraan onderdoor zou gaan. Zover was het gelukkig niet gekomen.

Jerom Haagveld was langzaam weer opgekrabbeld. Hij moest wel, de zaak moest blijven draaien. Seb, de bakkersknecht, had dubbel zo hard gewerkt om alles gewoon door te kunnen laten draaien. Ook zij had geholpen in de bakkerij en de winkel. Haar baan bij een administratiekantoor had ze acuut opgezegd. Iemand moest in de winkel de taken van haar moeder overnemen. Frans, haar vriend, had haar voor gek verklaard en niet begrepen waarom ze halsoverkop haar baan opgaf om verkoopster te worden, zoals hij het minachtend voor haar voeten wierp, terwijl ze nooit had laten blijken iets om de bakkerij te geven. Dat betekende tevens het einde van hun relatie. Veel spijt had ze daar niet van. Middenstanders waren toch van een ander slag dan waar Frans zich bij thuisvoelde, had hij haar die laatste keer dat ze elkaar zagen nog toegebeten.

Madelon liet haar vingers voorzichtig over het droogboeket gaan dat haar moeder nog had gemaakt en glimlachte stil voor zich uit. Haar moeder was de spil van de bakkerij geweest, de drijvende kracht. Pa was een voortreffelijke bakker, een vakman; maar mama bezat de kwaliteiten om een succes van de winkel te maken. Hoewel het hun droom was en ze het altijd gehoopt hadden, waren er nooit verwijten gemaakt of woorden gevallen toen Madelon kenbaar maakte dat ze een andere richting koos dan die van de bakkerij. Als enig kind – een tweede was er tot verdriet van haar ouders nooit gekomen – zou het vanzelfsprekend zijn geweest dat ze de zaak overnam. Het bakkersvak kon haar in die tijd echter niet bekoren, zij voelde meer voor cijfers.

Het leven van pa en dat van haarzelf had een grote ommekeer gemaakt in de afgelopen twee jaar. Toch had ze er nog altijd geen spijt van dat ze van de ene op de andere dag haar baan had opgegeven en in de zaak was gaan werken. Ze miste haar moeder nog iedere dag, wilde nog zoveel aan haar vragen. Soms had ze er spijt van dat ze niet eerder in de winkel was gaan werken, dan had ze haar moeder langer van dichtbij meegemaakt. Ze schudde haar hoofd om de nare herinneringen van zich af te kunnen zetten. Het had geen zin zichzelf daar verwijten over te maken. Het was nu eenmaal zo.

En nu zou pa een ander hebben? Nee, dat geloofde ze echt niet. Ook haar vader kon zijn geliefde Milly toch niet zomaar vergeten? Vierendertig jaar waren ze getrouwd geweest. De bakkerij had hij samen met zijn geliefde vrouw opgezet, gemaakt tot wat het nu was.

Ze nam een grote slok van haar sap en pakte de map waar de laatste rekeningen van de leveranciers in zaten. Er moesten rekeningen betaald worden, nieuwe bestellingen geplaatst worden.

Opeens voelde ze zich doodmoe. Kon ze er maar even uit stappen, even niets meer. Het was nu half mei, nog een paar maanden en dan begonnen de schoolvakanties. De bakkerij zou in de laatste week van juli en de eerste week van augustus gesloten zijn. Ze snakte naar vakantie. Misschien dat ze nog een paar dagen aan zee kon boeken als de winkel en de bakkerij waren schoongemaakt.

HOOFDSTUK 2

'Je herinnert je Leida Awater misschien nog wel,' begon Jerom die zaterdag bij de avondmaaltijd.

Haar vork bleef een kort moment boven haar bord hangen voordat die zijn weg vervolgde naar haar mond. Ze nam de tijd om de hap te kauwen en door te slikken. 'Een oude vriendin van mama,' knikte Madelon.

'Leida is een halfjaar na het overlijden van je moeder zelf weduwe geworden.'

'Dat weet ik. Pa, waar wil je heen?' Madelon keek haar vader afwachtend aan.

'Een tijdje geleden kwamen wij elkaar weer tegen in de stad. We raakten aan de praat en van het een kwam het ander.'

'Jij gaat haast nooit naar de stad. Wanneer was dat?'

'Eh, een maand of vier geleden, denk ik.'

'Is het niet vreemd dat ze zo snel na het overlijden van haar man alweer op stap gaat met een ander?' viel Madelon hem aan.

'Nou ja, op stap gaan is een groot woord. We raakten aan de praat en hebben koffie gedronken. En sindsdien zien we elkaar regelmatig, net als gisteren.'

'Niet hier.'

'Nee, niet hier,' gaf hij toe.

'Waarom niet? Je gaat blijkbaar al vier maanden met haar om en nu pas kom je ermee naar buiten toe. Of ben ik soms weer de laatste die ervan hoort?' Ze vouwde haar armen over elkaar en keek haar vader strak aan, voelde zich de ouder die het kind confronteerde met een fout die hij begaan had. Haar vader, tweeënzestig jaar oud, die een nieuwe liefde had?

Jerom leek het ook zo te voelen. 'Jongedame, ik ben aan jou geen rekenschap verschuldigd. Leida en ik mogen elkaar best ontmoeten; we mogen best samen leuke dingen doen zonder dat ik daarvoor aan jou toestemming hoef te vragen.'

Nu was het Madelon die gepikeerd wegkeek. Ze richtte haar aandacht weer op het eten, prikte er wat in en schoof het op haar bord heen en weer.

'Vanavond komt ze hierheen,' ging Jerom verder.

'Hier? Waarom dat?'

'Omdat we, zoals jij zelf zegt, nog nooit hier zijn geweest. We hoeven niet geheimzinnig te doen. Leida's man is ruim anderhalf jaar dood. Ook daarvoor hoeft ze zich niet als een kluizenaar te gedragen.'

'Dat doet ze toch ook niet! Ze heeft amper een jaar de tijd genomen om te rouwen,' beet Madelon haar vader toe. 'En mama is net twee jaar dood!'

Jerom zuchtte diep. 'Je moeder is inderdaad al twee jaar dood. Ik houd nog altijd heel veel van haar, Madelon, dat zal nooit overgaan.'

'Wat moet je dan met die Leida?'

'Je moeder zou niet willen dat ik de rest van mijn leven alleen blijf. Ik ben veel te jong om alleen te blijven.'

'Pa! Je bent tweeënzestig! Dan begin je toch niet nog een keer opnieuw. Dat wil je toch vertellen met dit alles, hè? Dat jullie meer voor elkaar voelen dan vriendschap alleen,' deed ze het met een sneer af.

Jerom keek haar met een gekwetste blik aan. 'Zo is het inderdaad, maar ik wil niet dat jij daar zo min over doet. We doen niets verkeerd, Madelon. We zijn beide alleenstaand, wat is er dan mis mee om samen verder te gaan als het klikt? En dat doet het. Ik hoop dat jij je een beetje kunt geven en dat je je gedraagt tegenover haar.' Hij schoof zijn bord weg en stond op. Even later hoorde ze de deur van de badkamer dichtgaan. Madelon had opeens ook geen honger meer en begon met trage bewegingen de tafel af te ruimen. Zijn vriendin kwam dus vanavond hierheen. Hier, in het huis waar haar moeder zoveel jaren gelukkig was geweest met haar man. Hoe kon hij haar hierheen laten komen? In het huis van haar moeder nog wel. Hoe kon hij dat doen?

Leida was vaker hier geweest, dat was het niet, maar toen was het in de hoedanigheid van vriendin van haar moeder, niet als vriendin van haar vader. Leida had zelf ook kinderen, wist ze. Die waren van Madelons eigen leeftijd. Ze had hen bij de begrafenis van Leida's man ontmoet. Pa had daar niet alleen heen gewild, dus waren ze samen gegaan. Er waren zelfs kleinkinderen bij geweest, baby's en een peuter. Gatver, dan kreeg ze nog een stiefbroer en -zus, en het aangetrouwde spul erbij, en stiefneefjes en -nichtjes, bedacht ze opeens. Net of ze daarop zat te wachten. Kinderen die zich overal mee zouden bemoeien. Het was tenslotte hun moeder om wie het ging. Had pa daar ook aan gedacht? Vast niet.

Die Leida meende natuurlijk dat pa een goede vangst was, dacht Madelon schamper. Een man met een eigen zaak, daar moest wel geld in zitten. En ook daar zouden die kinderen van haar een vinger tussen krijgen. Als ze trouwden… O nee, dat nooit! Daar zou ze zich met hand en tand tegen verzetten. Pa mocht dan een vriendin hebben, maar getrouwd werd er niet. Niet dat ze zelf zo hechtte aan geld, maar de bakkerij hadden háár ouders opgezet, daar stonden Leida en haar gezin buiten. Daar hadden ze af te blijven!

Met meer lawaai dan nodig was vulde ze de vaatwasser en ruimde ze de keuken verder op. Leida zou straks hier rondlopen, alles keuren en kijken hoe zij het huishouden bestierde. Ze zag zich hier vast al wonen. Dat zou pa toch niet doen? Niet hier, waar ze samen hadden gewoond. Niet in de fraai opgeknapte bovenwoning met de spulletjes van mama die ze zo zorgvuldig had uitgezocht.

Dan zou zij weggaan. Samen met haar vader en zijn vriendin onder één dak kon ze niet aan. Waar moest ze dan heen? Hier wilde ze voor geen goud blijven wonen als Leida bij pa introk. Stel je voor: ze moest er niet aan denken iedere ochtend haar vader te moeten zien met zijn vriendin. Mama zou het vreselijk vinden, dat wist ze zeker.

Een traan biggelde over haar wang. Waarom had haar moeder zo jong al moeten overlijden? Als er iemand thuis was geweest die bewuste dag, hadden ze haar misschien kunnen redden. De arts beweerde wel van niet, maar dat zei hij vast om hun geen schuldgevoelens te geven. Als mama nog zou leven, hadden die vreselijke kinderen van Leida Awater hier niets te zoeken. Ze wilde dat mens niet hier. Ze moest zich gedragen van haar vader als zijn vriendin kwam, en dat zou ze doen; hij had niet gezegd dat ze er een hele avond bij moest blijven zitten. Waar moest ze met die Leida over praten? Over de kleinkinderen, de kinderen? Echt niet! Ze zou voor koffie zorgen en lang genoeg blijven om beleefd te zijn, maar daarna ging ze weg. Marcella was vast thuis; zij zou haar begrijpen. En vannacht, dan sliep ze wel bij Marcella. Stel je voor dat pa en Leida... Ze rilde en wilde er niet eens aan denken. Zelfs van de gedachte alleen werd ze misselijk. Ze veegde haar wangen droog en rechtte haar schouders, pa ging zijn gang maar met zijn vriendin. Ze kon het hem niet verbieden, dat niet, maar ze zou duidelijk laten merken dat ze het er niet mee eens was.

Jerom had niet verwacht dat zijn dochter zou staan juichen van geluk dat hij opnieuw een vrouw had leren kennen met wie hij verder wilde gaan. Hij besefte best dat Madelon moest wennen aan dat idee, daar had Leida hem ook voor gewaarschuwd. Ook haar kinderen hadden in eerste instantie afwijzend gereageerd op haar mededeling dat ze iemand had leren kennen. De kinderen van Leida, haar dochter Joyce en zoon Nick, hadden elkaar en waren bovendien allebei getrouwd. Leida was zelfs al oma. Een stel leuke kleintjes was dat, dacht hij met een glimlach. Leida's kinderen hingen daarom ook niet zo aan hun moeder zoals Madelon aan hem hing, meende hij. Zij had niemand anders dan hem, dat besefte hij heus wel. Maar daarom hoefde hij toch niet de rest van zijn leven alleen te blijven? Hij hoefde toch niet nog dertig jaar te blijven treuren om Milly? Natuurlijk had hij heel veel van zijn vrouw gehouden, en nog. Het had hem onnoemelijk veel verdriet gedaan haar te moeten verliezen, misschien wel meer dan Madelon besefte. Maar vroeg of laat zou Madelon zelf ook weer iemand tegenkomen van wie ze ging houden, en dan had ze haar vader niet meer zo nodig. Wachten tot het zover was wilde hij niet. Hij leefde nu en wilde genieten van het leven, nu hij nog gezond was. Het kon immers ieder moment afgelopen zijn, dat wist hij als geen ander. Wie had kunnen voorspellen dat Milly niet ouder dan vierenvijftig zou worden door een herseninfarct? Niemand toch? Madelon zou zich erbij neer moeten leggen. Ze was jong en moest haar eigen leven leiden, niet dat van hem.

Om acht uur ging de deurbel.

'Daar zal Leida zijn. Zet jij de koffie aan, ik doe wel open.'

Jerom haastte zich naar beneden, een wolk van aftershave achterlatend.

Madelon stond op en ging naar de keuken. Ze had niets meer tegen haar vader gezegd over het aanstaande bezoek; ze was lange tijd in haar slaapkamer gebleven, had een tas ingepakt met wat spullen en ze had ook al naar Marcella gebeld dat ze langs zou komen. Geen enkel probleem, dan gingen ze vanavond samen naar een film, had Marcella direct voorgesteld. De slaapbank was vrij, dus dat probleem was ook opgelost.

Er klonk gestommel op de trap en de deur ging weer open. Ze herkende de kleine, tengere vrouw direct, die met uitgestoken hand naar haar toe kwam.

'Madelon, wat leuk jou weer eens te zien.' Er belandden drie kussen op haar wangen. 'Hoe gaat het met je?'

'Hallo, mevrouw Awater. Met mij gaat het goed, en met u?' vroeg ze beleefd.

'Heel erg goed. Ik heb vandaag op de kleintjes van Nick en Nadia gepast. Ze gingen een dagje naar Amsterdam. Twee boefjes, hoor; Jurien is net twee jaar geworden en Joep is negen maanden. Het zijn echt heerlijke kinderen,' vertelde Leida vrolijk. 'Je blijft zelf ook jong met dat kleine spul om je heen.'

Jerom straalde en nam haar mee naar de woonkamer. Hun stemmen klonken zachter nu, Leida raakte niet uitgepraat over de kleinkinderen.

'Leuk hoor, wrijf het er nog maar eens in dat ik geen man heb en dus ook geen kinderen,' mompelde Madelon zacht voor zich uit. Pa was in ieder geval overduidelijk verliefd op die vrouw. Dat ze dat niet eerder had gezien. Nu ze erover nadacht, had ze kunnen weten dat er iets aan de hand was; pa ging inderdaad vaker dan voorheen weg als hij 's middags na het eten uit bed kwam. Zelfs de kapper had opeens een goede klant aan hem en hij had zowaar nieuwe kleren gekocht. Voor het eerst in vierendertig jaar had hij dat helemaal alleen gedaan, vroeger bracht mama altijd kleren voor hem mee. Zelf had ze het geweten aan het gesleten verdriet, dat hij eroverheen begon te raken en inzag dat hij verder moest gaan met zijn leven, er nog iets van moest maken. Stiekem was ze daar blij om geweest, maar nu bleek al die opdofferij voor een andere vrouw te zijn!

Ze schonk de koffie over in een thermoskan, zette kopjes op een blad en verdeelde het gebak over de bordjes. Ze haalde diep adem om weer wat rustiger te worden, rechtte haar schouders en liep met flinke tegenzin naar de woonkamer. Pa en Leida zaten ieder in een losse fauteuil, niet klef naast elkaar zoals ze eigenlijk verwacht had. Leida sprong ook niet op om de kopjes van haar over te nemen. Mooi, dat behoorden gasten ook niet te doen.

'Dat ziet er heerlijk uit,' wees Leida naar het gebak.

'Zelfgemaakt,' glunderde Jerom.

Leida schonk hem een lieve glimlach.

Een poosje aten ze zwijgend van het gebak. Ze schonk nog een keer koffie in. De stilte kwam drukkend op Madelon over, al kon ze zo snel geen onderwerp bedenken waarover ze zou moeten praten met Leida. De kleinkinderen dan maar.

'Past u vaak op de kleinkinderen?'

'Nee hoor, ze gaan naar een kinderdagverblijf, net als de andere kleinkinderen. Ik wil best tussentijds oppassen als het opeens nodig is, maar ik wil me niet vastleggen. Dat hebben Samuel en ik destijds ook zo afgesproken met Joyce, onze oudste dochter. Hoewel Samuel toen ook al niet meer werkte. Maar wat je voor het ene kind doet, moet je ook voor het andere kind doen, was onze redenatie. Daar heb ik nog steeds geen spijt van. Ik werk daarbij zelf nog altijd twee dagen per week, dat zou ik er niet voor op willen geven.'

Daar keek Madelon van op. Ze had verwacht dat de vrouw hele dagen omringd zou zijn door kleinkinderen en dat dat haar lust en haar leven was. 'Waar werkt u dan?'

'Bij notaris Wittebols, ik ben secretaresse daar. Daar werk ik al zesentwintig jaar, vanaf het moment dat Nick naar school ging. Nick is dertig. Net als jij, toch?'

Madelon knikte.

'Jouw moeder werkte toch ook hele dagen in de bakkerij. Jij weet vast niet beter.'

'Dat is anders. Dat kunt u toch niet vergelijken met een baantje bij een notaris,' stoof Madelon op. Haar moeder had dag en nacht in de winkel gewerkt. Ze had geen andere keuze. De winkel moest hoe dan ook blijven draaien en zes dagen per week open zijn. Ze stond op. 'Ik ga naar Marcella. Morgen ben ik weer thuis. Tot ziens, mevrouw Awater.' Zonder een reactie af te wachten liep ze door naar haar kamer, pakte de weekendtas en stoof de trap af naar beneden. Haar auto stond in het straatje dat achter het winkelcentrum gelegen was en waarop hun poort uitkwam. Even later was ze op weg naar de wijk waar Marcella woonde.

'Het is een vreselijk mens, Cella, stel je voor zeg; ze durft haar werk te vergelijken met dat van mijn moeder! Het idee alleen al!' barstte Madelon los zodra ze boven stond in het flatje dat haar vriendin bewoonde. Ze liet haar tas in de hal op de grond vallen en liep door naar de woonkamer.
'En jou kennende ging je er meteen vandoor,' gokte Marcella, die achter haar aan liep.
'Wat dacht jij dan! Ik ga echt niet zitten luisteren hoe dat mens zichzelf ophemelt. Ze was nota bene een vriendin van mijn moeder. Kun je je dat voorstellen?' Ze liet zich op de bank vallen, om direct weer op te staan en onrustig door de woonkamer heen en weer te lopen.
Marcella nam plaats op de bank en wachtte kalm af tot Madelon was uitgeraasd.
'Als pa denkt dat ik me er zomaar bij neerleg dat hij een vriendin heeft, vergist hij zich toch lelijk. Dat doe ik echt niet! Als dat mens bij ons komt wonen, ga ik weg!'
'Wie heb je daar precies mee?' antwoordde Marcella nuchter.
'Ik begrijp bovendien niet waarom jij er een probleem mee hebt dat je vader een vriendin heeft. Zeg nou zelf; het is toch een leuke man om te zien. En hij maakt bovendien het lekkerste gebak van de hele stad. Beter kun je het niet treffen. Als ik twintig jaar ouder was, wist ik het wel.'
'Hè ja, begin jij ook nog een keer!' viel Madelon uit. 'Ik had van jou toch iets meer begrip verwacht.'
'Kom op zeg, hoe oud ben je nou? Dertien of dertig? Je vader

hoeft toch niet de rest van zijn leven alleen te blijven alleen omdat jij vindt dat hij trouw moet blijven aan je moeder?'

'Mijn moeder is dood!' Madelon barstte opeens in snikken uit en verborg haar gezicht in haar handen.

Marcella ging naast haar zitten en sloeg haar armen om haar heen. Ze streelde troostend haar rug en pakte een doos tissues van de tafel, alsof ze geweten had dat ze die nodig zou hebben vanavond.

'H-hij hou-houdt nog altijd va-van ma-mama, zegt hij zelf. Waarom begint hij dan iets met dat a-akelige me-he-hens?' snikte Madelon.

'Rustig nou maar.' Ze stond op en kwam terug met een glaasje water. 'Hier, drink eens wat. Je moeder is inderdaad dood, maar je vader niet. Hij wordt misschien wel tweeënnegentig, laten we het hopen. Moet hij dan nog dertig jaar alleen blijven?'

'Waarom niet? Dat is toch normaal voor een weduwnaar.' Madelon snoot haar neus en wreef haar wangen droog. 'Daar is toch niets mis mee?'

'Evenzoveel weduwnaren en weduwen vinden een nieuwe partner. Alleen is ook maar alleen. Hoe ziet die vrouw eruit?'

'Klein, slank, bruin haar, maar ik wed dat ze dat verft. Ze lijkt niet eens op mama.' Milly Haagveld was een stuk groter geweest dan Leida, steviger ook, met blond haar waar het grijs nog niet in overheerste. Haar eigen bijna zwarte haardos had Madelon van haar vader geërfd.

'Nou en? Had je dan verwacht dat hij verliefd zou worden op het evenbeeld van je moeder?'

'Verliefd? Ja, hij is inderdaad verliefd op die vrouw,' gaf ze peinzend toe. Ze snoot haar neus en veegde de laatste tranen van haar wangen.

'Dat hij verliefd is op een andere vrouw, wil toch niet zeggen dat hij je moeder vergeten is. Zij zal altijd een speciaal plekje in zijn hart innemen.'

'Hang jij nou even de psycholoog uit,' viel Madelon weer uit. 'Hoe weet jij nou wat mijn vader voelt of denkt?'

Marcella schraapte haar keel. 'Ervaring misschien.' Ze was maatschappelijk werkster in het wijkcentrum van dit gedeelte van de stad en kreeg als zodanig met ontzettend veel mensen en hun diverse problemen te maken.

Madelon haalde haar schouders op in een berustend gebaar. 'Ze is niet eens opdringerig of zo. En niet zo klef.'

'Zie je wel. Geef haar een kans. Ik denk dat het voor je vader een stuk gezelliger is en ook beter dat hij weer een levensgezellin krijgt. Hij is geen mens om alleen te zijn.'

'En ik dan? Hij is toch niet alleen? Ik woon daar toch ook? Waarom denk je dat ik mijn baan heb opgegeven? Het heeft me zelfs mijn relatie met Frans gekost.'

'Dat laatste is niet waar. Frans was een lamzak, die had je vroeg of laat toch het gat van de deur gewezen,' antwoordde Marcella laconiek. 'En niemand heeft jou gedwongen om je baan op te geven.'

'O nee? Hoe denk je dat de bakkerij er nu dan bij had gelegen? Wie had het werk van mama dan over moeten nemen? Cathy werkte toen ook al parttime, die kon met een kleintje van amper een jaar niet opeens meer gaan werken. Dan had er toch iemand bij moeten komen.'

'Of je vader had de zaak verkocht.'

'Nee, dat zou hij nooit doen,' antwoordde Madelon stellig. 'De zaak is hem heilig.'

'Ooit zal hij moeten stoppen, gaat hij met pensioen. Misschien wel eerder dan je denkt nu hij verkering heeft met die vrouw.'

Geschokt keek Madelon haar vriendin aan, om vervolgens ferm haar hoofd te schudden. 'Nee hoor, pa blijft echt nog wel een paar jaar werken. Die kan de bakkerij nog geen dag missen.'

HOOFDSTUK 3

De film kon haar niet echt boeien, steeds weer gingen haar gedachten naar de laatste woorden van Marcella: 'Ooit zal hij stoppen, gaat hij met pensioen.' Daar had ze tot nu toe nooit zo bij stilgestaan; haar vader was nog vitaal genoeg, een sterke man zelfs die nog nooit een dag had verzuimd wegens ziekte. Even was ze bang geweest dat hij na het overlijden van zijn vrouw niet meer door wilde gaan, maar zelfs dat was niet gebeurd. Het was echter wel reëel om er rekening mee te houden; er kwam een dag dat zelfs Jerom Haagveld het bijltje erbij neer zou gooien. Nu hij tweeënzestig was, kwam die dag misschien wel heel snel dichterbij. En dan? Ze wist dat de bakkerij naar haar zou gaan na het overlijden van haar beide ouders, maar als pa met pensioen ging, mocht zij dan zonder meer de bakkerij voortzetten? Daar hadden ze nog niet eerder over gesproken. Ze wist dat de winkel een soort pensioen-voorziening voor haar ouders was. Natuurlijk was er wel iets opzijgelegd voor de oude dag, maar juist omdat hun enige kind in het verleden geen interesse had getoond om de zaak te willen overnemen, waren ze er altijd van uitgegaan dat de winkel verkocht zou worden als Jerom stopte met werken. Zonder bakker ging er immers letterlijk geen brood meer over de toonbank.

'Denk je dat ik een lening krijg om de bakkerij over te nemen?' vroeg ze fluisterend aan Marcella.

Deze keek verstrooid naar haar buurvrouw. 'Wat zeg je?'

'Een lening om de winkel over te nemen. Zou ik die krijgen van de bank?'

'Waarom dat?'

'Als pa met pensioen gaat…' ging ze op fluistertoon verder.

'Sssssst,' klonk het nu van verschillende kanten.

Madelon dook beschaamd verder in haar stoel en probeerde wederom haar aandacht bij de film te houden.

Pas na afloop van de film, toen ze naar buiten liepen, herhaalde ze haar vraag.

'Waarom zou je de bakkerij willen kopen?' vroeg Marcella.

'Als pa met pensioen gaat zal hij de zaak moeten verkopen.

Hij moet toch ergens van leven.'

'Heeft hij dan geen pensioen opgebouwd?'

'Jawel, maar ze zijn er altijd van uitgegaan dat ik de zaak niet wilde overnemen en dat die verkocht zou worden als pa ermee stopte.'

'Jij bent er nu toch om het over te nemen?'

'Dat wel, maar ik ben geen bakker.'

'Dan neemt een andere bakker zijn werk over. Seb is er toch ook nog?'

'Seb is een bakkersknecht, die kan niet wat mijn vader kan. Bovendien heeft hij geen papieren.'

'O, ik dacht dat hij het grootste deel van het werk deed. Dat zegt je vader tenminste altijd.' Marcella keek haar verbaasd aan.

'Dat misschien wel, maar als pa niet precies zegt wat hij moet doen, weet hij ook niet waar hij moet beginnen.' Ze zweeg even en keek om zich heen voordat ze de straat overstaken. Omdat Marcella dicht bij het centrum van de stad woonde, waren ze te voet naar de bioscoop gegaan.

'Gaan we nog ergens iets drinken? Bij Dino's speelt een bandje vanavond,' wist Marcella.

'Mij best.'

Samen liepen ze over de donkere straat. Vanwege de zaterdagavond was het gezellig druk op straat. Het nog altijd warme weer was daar vast debet aan. Bij het naderen van de markt, waaraan de meeste uitgaansgelegenheden gevestigd waren, kwam de muziek hen al tegemoet. De terrasjes waren zonder uitzondering druk bezet en overal op straat liepen of stonden mensen. Het duurde dan ook even voordat ze een plekje vonden. Ondanks de drukte kwam er al vrij snel een jongeman op hen af om hun bestelling op te nemen.

'Als pa met pensioen gaat, denk ik dat ik de zaak moet overnemen. Dat lijkt me het meest logische,' ging Madelon verder.

'Je hebt je papieren en het is een goed lopende zaak; lijkt mij dus geen enkel probleem om een lening te krijgen bij de bank,' meende Marcella. 'Maar voorlopig heb je nog wel even. Je vader is toch nog geen vijfenzestig?'

'Dames, wat een onverwacht genoegen om jullie hier tegen te

komen,' klonk opeens een stem bij hun tafeltje.

'Rens van de Boom, sinds wanneer hebben ze jou weer vrijgelaten?' mompelde Marcella op stugge toon. Een blos kleurde haar wangen en sprak de onverschillige toon tegen.

Madelon glimlachte naar de man; hij was lang met blond haar, niet onaardig om te zien; gekleed in een zwarte, leren broek met een wit shirt erboven dat spande om zijn stevige bovenarmen. 'Hoi, Rens, alles goed?'

'Opperbest, zeker nu ik jullie weer een keer zie. Wauw, Marcella, ik zou haast geld geven om jou tegen te komen.'

'Dat kun jij niet betalen.' Marcella keek stug de andere kant uit. 'Moet je niet naar je vrienden? Ze wachten vast niet op je.'

'Voor een mooie vrouw laat ik graag mijn vrienden in de steek.' Rens streek over zijn haar, schuifelde wat heen en weer en wachtte kennelijk op een uitnodiging van Marcella om bij hen te komen zitten.

Dan kon hij lang wachten, vreesde Madelon. Ze wist dat haar vriendin niets moest hebben van de aantrekkelijke man die zich er helemaal niet voor schaamde te laten merken dat hij een oogje op Marcella had. Waarom ze niet op zijn avances inging, begreep ze echt niet. Het was niet omdat ze van een ander hield. Niet zover Madelon wist tenminste, en de vriendinnen vertrouwden elkaar toch heel wat geheimen toe.

'Ga toch zitten, Rens,' wees Madelon naar een lege stoel.

De ober bracht op dat moment hun bestelling: twee witte wijn. Rens maakte van de gelegenheid gebruik om voor zichzelf meteen een biertje te bestellen.

Marcella keek over haar glas met een haast vernietigende blik naar Madelon, die echter liefjes terugkeek.

'Waarom vroeg je hem nu bij ons te komen zitten?' wilde Marcella later in de flat weten.

'Het was toch gezellig?' was de tegenvraag.

'Dat wel,' gaf Marcella schoorvoetend toe. 'Ik wil alleen niets met hem, dat schijnt maar niet tot hem door te dringen.'

'Waarom niet? Het is een leuke kerel. Wat is er mis met Rens?'

Marcella zuchtte diep. 'Niets, dat is nu net het probleem. Hij is te mooi om waar te zijn. Leuk om te zien, aardig, hij heeft een goede baan en een flat in een prima buurt. Er mankeert niets aan hem. Dat is het hem nu juist. Dat soort types kom ik nogal eens tegen in mijn werk en dan blijken ze later altijd een of ander duister geheim te hebben. Drugsgebruik, of een gestoorde geest die dieren martelt en kleine kinderen achterna zit.' Ze rilde even. 'Er moet iets mis met hem zijn.'

Madelon lachte vrolijk. 'Jij spoort niet. Doe normaal. Waarom zou er iets aan een leuke kerel mankeren? Hoelang ken je hem nu al? Een paar jaar?'

Marcella knikte onwillig.

'En al die tijd heb je niets slechts over hem kunnen ontdekken, toch?'

Ze haalde haar schouders op.

'Wat is dan het probleem? Je bent niet verliefd op een ander, je ziet niemand op dit moment, en twee jaar geleden trouwens ook niet.'

'Hij maakt me onzeker,' gaf Marcella aarzelend toe. 'Hij ziet er zo leuk uit, wat moet hij dan met een tutje zoals ik.'

'Jij bent helemaal geen tutje. Je ziet er hartstikke leuk uit. Je hebt een goed figuur, je bent lief, spontaan, intelligent.'

'Ik ben veel te dik,' mompelde Marcella.

'Doe normaal!' riep Madelon nu. 'Als jij dik bent, wat ben ik dan?'

'Jij bent superslank.'

'Cella, we hebben dezelfde kledingmaat.' Madelon keek haar hoofdschuddend aan. 'Je hebt een potje van je eigen psychologie nodig volgens mij.' Ze pakte haar vriendin bij een arm en trok haar mee naar een grote spiegel in de slaapkamer. 'Wat zie je?'

'Een blonde, dikke vrouw van dertig. Ik begin al rimpels te krijgen bij mijn ogen,' verzuchtte Marcella en ze trok de huid naast haar ogen even strak om dit te verifiëren.

'Je bent gek. Blond en dertig klopt, die rimpels heb je omdat je altijd vrolijk bent. Lachrimpels noemen ze dat. En dik.' Ze draaide haar vriendin voor de spiegel een paar keer rond. 'Ik zie niet waar jij te dik bent. Wees niet zo hard voor jezelf. Rens valt op je omdat je een hartstikke leuke meid bent; op het totaalplaatje. Niet alleen maar omdat je mooi haar hebt of een leuke lach, maar ook om wie jij bént. Zo'n leuke kerel moet je niet te lang laten wachten, dan gaat een ander ermee vandoor. Wat vind je van hem?'

Marcella giechelde kort. 'Irritant omdat hij het steeds blijft proberen.'

'En verder?'

Ze schokschouderde en kleurde een beetje vanuit haar hals. 'Verder is hij wel leuk. Het was best gezellig vanavond, hè?'

Madelon lachte vrolijk en stompte haar vriendin zacht tegen haar schouder. 'Ja, dat was het zeker. En jij gaat morgen op die uitnodiging van Rens in om samen naar het strand te gaan. Je bent op zoek naar een man, maar je kijkt over degene die recht voor je neus staat heen. Daar gaan we vanaf morgen verandering in brengen.'

'Maar jij dan?' aarzelde Marcella.

'Ik red me wel. Ik ga in de loop van de dag toch terug naar huis,' haalde ze met een nonchalant gebaar haar schouders op. Liever had ze nog een hele zondag zielig zitten doen bij haar vriendin en de mogelijkheden besproken om de winkel van haar vader over te nemen, maar belangrijker was nu dat Marcella een man die ze leuk vond niet liet schieten omdat het haar ontbrak aan zelfvertrouwen.

In de weken die volgden gebeurde het steeds vaker dat Leida bij hen at, of dat Madelon in haar eentje aan tafel zat. Op de uitnodiging van Leida om met haar vader mee te komen was ze nog niet ingegaan, vastbesloten als ze was een hekel aan de vrouw te hebben. Ze deed haar best koel en afstandelijk tegen haar te doen, wat bij Jerom vaak het optrekken van een wenkbrauw veroorzaakte, maar toch zei Leida er nooit iets van. Madelon bladerde verstrooid in het bestellingenboek zonder echt iets te zien.

'Zijn die taarten van Dubois nog opgehaald?' vroeg Seb.

'Huh?' Ze keek geschrokken op. Haar gedachten waren zoals zo vaak de laatste tijd bij haar vader, Leida en het voortbestaan van de winkel. Ze keek op in de donkerblauwe ogen van Seb, die haar onderzoekend aankeken.

'Alles in orde? Je lijkt zo afwezig de laatste tijd.'

'O ja? Geen idee, het is niet zo druk nu de grote vakantie begonnen is, dan heb ik te veel tijd om na te denken,' glimlachte ze.

'Waar pieker je dan over? Jerom zit ook vaker met zijn hoofd in de wolken dan bij het meel en de boter,' grijnsde Seb. 'Hij is echt verliefd.'

'O ja?'

'Natuurlijk, ga me niet vertellen dat je dat nog niet in de gaten had.'

'Zeker wel, zo bedoel ik het helemaal niet. Maakt hij fouten, gaan er dingen mis omdat hij loopt te dromen?'

'Nou nee, dat niet,' aarzelde Seb.

'Dus wel,' legde Madelon zijn antwoord uit. 'Vertel het me maar, je hoeft me niet te sparen.'

'Hij heeft vast wel verteld dat hij erover denkt om te stoppen. Leida wordt over een maand of acht zevenenvijftig en zij denkt erover met pensioen te gaan.'

'Daar weet ik dus niets van! En dat bespreekt hij het eerst met jou; met de knecht in plaats van zijn dochter?' Boos stond ze op en beende ze de kleine keuken uit waar ze altijd koffiedronken in de pauzes. Zo zag ze niet de gekwetste blik die op Sebs gezicht verscheen.

Ze stevende door naar de bovenwoning waar ze haar vader wist. Hij was nog niet zo lang geleden naar boven gegaan, misschien was hij nog wakker.

Ze trof hem in de keuken aan. 'Kan ik even met je praten?' vroeg ze direct.

'Natuurlijk, is er iets niet in orde?'

'Dat kun jij me beter vertellen. Ik hoor net van Seb dat jij van plan bent om te stoppen met de winkel.' Ze keek hem strak aan.

'Dat klopt, ik denk daar inderdaad over. Leida moet deze maand beslissen of ze met haar zevenenvijftig jaar stopt of dat ze doorwerkt tot haar vijfenzestigste,' gaf Jerom toe.

'Waarom weet Seb dat wel en ik niet?'

'Precies om deze reden. Met Seb kan ik daar normaal over praten, jij valt me direct aan. Wat is er toch met jou de laatste tijd? Ik kan niets meer goed doen. Je doet ook zo koel tegen Leida.'

'O, heeft ze geklaagd soms?'

'Nee, dat heeft ze niet, dat zou ze ook nooit doen. Je doet ons wel verdriet met je houding.' Jerom zeeg op een stoel neer en klopte op de stoel naast hem. 'We moeten eens even praten, meisje, jij en ik.'

'Madelon, er staan klanten in de winkel,' werd er van beneden geroepen door Seb.

'Dat praten zal dan toch even moeten wachten.' Ze liep terug naar de trap en ging naar beneden.

Jerom schonk peinzend een glas water voor zichzelf in. Voor dit gesprek had hij al eerder gevreesd. Hij was het uit de weg gegaan, daarin moest hij eerlijk zijn. Waarom was het zoveel eenvoudiger om met Seb over dergelijke dingen te praten dan met zijn eigen dochter? Seb en hij begrepen elkaar, vaak zonder woorden. Madelon was veranderd sinds ze wist van zijn omgang met Leida. Ze gedroeg zich heel afstandelijk, steeds als Leida er was. Dat had Leida niet verdiend. Ze deed haar best om aardig tegen Madelon te zijn, zich niet te veel op te dringen en zich een beetje op de achtergrond te houden, dat wist Jerom best. Hij had gehoopt dat Madelon nu wel aan Leida gewend was en dat ze haar geaccepteerd zou hebben. Het tegendeel was waar. Dat deed hem pijn en Leida eveneens.

Leida had hem ook gewaarschuwd voor de plannen die hij had met betrekking tot zijn pensioen en het verkopen van de zaak. Hij had hierover eerder met zijn dochter moeten praten, vond zij. Nu zag Madelon het waarschijnlijk ten onrechte als iets wat voortvloeide uit zijn relatie met haar, wat helemaal niet waar was. Leida had geen invloed gehad op zijn beslissing. Het werken in de bakkerij viel hem gewoon zwaarder dan vroeger, dat was al zo sinds het overlijden van Milly. De zin was verdwenen, de *drive* om verder te gaan. Hij was uit een diep dal geklommen na Milly's dood omdat het moest, maar van harte was het niet gegaan die afgelopen twee jaar.

In een opwelling greep hij de telefoon en belde hij Leida. Op dit moment was ze aan het werk, wist hij. Ze had liever niet dat hij haar daar stoorde als het geen noodgeval was. Dit leek toch verdacht veel op een noodgeval. Hij moest haar even spreken, even haar wijze raad vragen. Zij keek wat meer van een afstand tegen de hele zaak aan dan hij.

'Notariskantoor Wittebols, u spreekt met Leida,' klonk de vriendelijke stem van zijn vriendin in zijn oor.

'Leida, met mij. Het spijt me dat ik je stoor, maar dit is een noodgeval.' Vlug vertelde hij wat er zojuist gebeurd was.

'Dat zat eraan te komen. Praat met haar, nu. Wacht niet langer. Probeer haar ervan te overtuigen dat je dit echt wilt. Ze heeft haar eigen werk opgegeven om jou te helpen; ik kan me voorstellen dat ze zich nu verraden voelt.'

Jerom knikte, wat Leida natuurlijk niet kon zien. 'Je hebt gelijk. Ik moet met haar praten.'

'Houd me op de hoogte, lieverd,' liet Leida hem beloven.

Madelon hielp de klant en bleef daarna besluiteloos staan. Het was stil in de winkel op dit tijdstip. Nu terug naar boven gaan betekende dat ze telkens heen en weer bleef lopen als er wel klanten kwamen. Toch wilde ze met haar vader praten, het ijzer smeden nu het heet was. Leida werkte vandaag, zodat hij best wat later naar bed kon gaan.

'Zullen we in het keukentje even verder praten?' onderbrak Jerom haar gepieker.

'Best.' Ze volgde hem naar het keukentje en schonk voor zichzelf een glas water in. 'Jij ook iets?'

'Nee, dank je.' Hij ging zitten. 'Ik had gehoopt dat jij er nu wel aan gewend zou zijn dat Leida en ik verder willen gaan met elkaar.'

'Dat ben ik nog niet. Ik kan me niet voorstellen dat jij alles wat je met mama had zomaar aan de kant kunt schuiven.'

'Lieverd, dat doe ik toch ook helemaal niet,' antwoordde Jerom verbaasd. 'Je moeder is geen dag uit mijn gedachten, maar ik moet verder. Ik wil niet blijven hangen in dat verdriet, dat is ook niet gezond.'

Madelon zuchtte diep en knikte. 'Het zal wel. Ik wil liever van je horen wat je met de bakkerij van plan bent. Als jij stopt, hebben we geen bakker meer. Wat dan?'

'Seb kan mijn werk overnemen.'

'Seb is een knecht, dat kan hij niet, dat weet je zelf toch ook wel.'

Jerom keek haar verwonderd aan. 'Hij doet nu anders ook het merendeel van het werk.'

Madelon schudde geïrriteerd haar hoofd. 'Er moet een echte bakker in de zaak staan met diploma's en al, geen bakkersknecht die altijd de baas heeft nagedaan. Dat gaat even goed en dan is hij opeens het kunstje verleerd.'

'Je vergist je wat Seb betreft,' hield Jerom vol.

'Genoeg over Seb. Wat wil jij met de winkel? Verkoop je die? Dat neem ik tenminste aan.'

'Dat is wel het plan,' knikte Jerom. 'Dat is ook altijd de bedoeling geweest. Jij hebt steeds gezegd dat je de zaak niet wilde overnemen, daar hebben je moeder en ik ons pensioen ook op afgestemd. Als ik met pensioen ga moet de winkel verkocht worden. Het spijt me, maar het is niet anders.'

'Dat dacht ik al wel. Ik kan wel een lening bij de bank krijgen om de zaak over te nemen, toch doe ik het liever niet. Het is niet echt mijn ding, de bakkerij.'

'Ik dacht dat je het hier naar je zin had.'

'Ik vind het werk ook niet vervelend, er zit alleen geen uitdaging in, je kunt er niet in groeien zoals bij een groot bedrijf. Bovendien zou het niet hetzelfde zijn als jij niet meer in de bakkerij werkt. Ik wil niet de zorgen van een eigen bedrijf op mijn hals halen. Niet alleen.' Ze had de afgelopen tijd haast aan niets anders gedacht en was tot de conclusie gekomen dat ze de zaak niet wilde overnemen. Ze wilde niet die verantwoordelijkheid van een eigen bedrijf op zich nemen. Die twee jaar dat ze in de winkel had gewerkt, waren lang genoeg geweest. Het werd tijd dat ze weer eens iets anders ging doen. Bovendien hadden haar ouders elkaar gehad, ze waren samen geweest om alle beslissingen te nemen en elkaar te steunen. Zij had niemand om haar bij te staan.

'Dat begrijp ik wel. Als je een man zou hebben was het weer anders geweest,' knikte Jerom. 'Dan zit er niets anders op dan dat we de zaak aan een buitenstaander verkopen. Het zal niet zo'n vaart lopen met die verkoop, niet in deze onzekere tijden, dus we hebben nog wel even om aan het idee te wennen. Ik wil wel mijn uren gaan afbouwen in de bakkerij. Seb kan het werk aan, desnoods neem ik er een leerling bij. Leida en ik willen uitstapjes maken, gaan reizen, dat soort dingen.'

Dat heb je vroeger ook nooit gedaan met mama, ging het door Madelon heen.

De deurbel maakte een einde aan hun gesprek. Madelon ging naar voren en hielp de klant, maar ondertussen gingen haar gedachten alle kanten uit. Pa wilde de winkel echt verkopen. Dit jaar werd hij drieënzestig, over twee jaar uiterlijk zou hij toch met pensioen gaan, dan moest de zaak hoe dan ook verkocht worden.

HOOFDSTUK 4

Die avond zat ze weer bij Marcella op de bank en vertelde ze van het gesprek dat ze met haar vader had vandaag.

'Ik dacht dat je de zaak wel wilde overnemen,' zei Marcella.

'Nee hoor, echt niet, en zeker niet alleen.'

'Je hoeft het toch ook niet alleen te doen; er komt een bakker bij. Seb zal toch ook wel blijven. Cathy helpt in de winkel; er hoeft niets te veranderen, alleen je vader is geen bakker meer.'

'Je begrijpt het niet. Ik sta er dan wel alleen voor, dat wil ik niet.'

'Omdat je geen man hebt,' begreep Marcella.

'Ja.'

'Waarom moet je een man hebben om de zaak van je vader over te nemen? Ik begrijp jouw redenatie niet helemaal. Je bent een geëmancipeerde vrouw met de juiste papieren en kennis. Je doet nu toch ook alleen de administratie, de bestellingen, haast alles wat er bij een eigen bedrijf komt kijken.'

'Dat wel.'

'Wat is dan het probleem? Ga gewoon verder zoals je dat altijd hebt gedaan.'

'Maar dan ben ik alleen. Pa nam als jonge bakker van vijfentwintig de zaak van de toenmalige eigenaar over. De oude baas stopte ermee en had geen opvolgers. Voor een habbekrats mocht mijn vader het bedrijf van hem overnemen. Mijn moeder werkte al in de zaak als verkoopster en bleef er nadien ook werken. Ze kregen verkering en trouwden een jaar later. Dat is toch anders. Zij hadden elkaar om de problemen te bespreken, oplossingen te bedenken, plannen te maken. Ik wil het niet alleen doen, Cella.'

'Dan kun je beter een advertentie zetten dat je een trouwlustige bakker zoekt, sla je twee vliegen in een klap.' Ze grinnikte om haar eigen oplossing.

'Leuk hoor,' reageerde Madelon tam.

'Ben je al bij de bank geweest?'

Ze knikte. 'Dat is allemaal geen enkel probleem. Ik kan zo een lening krijgen om het bedrijf over te nemen. Het is een goed-

lopende zaak en ik heb de juiste papieren. Er moet dan wel een gediplomeerd bakker in de zaak staan.'
'Leid het bedrijf gewoon zoals je dat met ieder ander bedrijf zou doen; jij bent de baas, de anderen zijn jouw werknemers. Zo simpel is het,' hield Marcella haar voor.
'Dat weet ik wel, maar ook een ander bedrijf zou ik niet alleen beginnen. Ik wil een achterban, iemand die ik vertrouw, met wie ik alles kan bespreken.'
'Je vindt echt geen kerel die zijn vrouw een eigen bedrijf laat leiden en zelf ergens anders werkt. Waar wilde je een blik optrekken?'
'Precies, en daarom doe ik het niet.'
'De andere kant van de medaille is dat de winkel mogelijk overgenomen wordt door zo'n groot concern als Bakker Piet, Willem of Kees,' ging Marcella verder. 'Dat het gezicht van Bakker Haagveld helemaal uit dit kleine winkelcentrum verdwijnt en dat er alleen nog maar fabrieksbrood afgebakken wordt en het gebak uit de diepvries komt. Wil je dat? Jouw ouders hebben de zaak gemaakt tot wat het nu is, en dan gaat straks zo'n groot concern de scepter zwaaien? Weg eigen identiteit, weg het onderscheid met de andere fabrieksbakkers en de supermarkt. Daarom komen de klanten naar jullie toe: voor het verse brood en het eigengemaakte gebak, daar kan geen fabriek tegen op.'
'Ga je me nu een schuldgevoel zitten aanpraten?'
'Maddy, ik probeer je er alleen maar van te overtuigen dat het onzinnig is om bang te zijn. Jij kunt het! Je hebt er de papieren voor, de juiste instelling en de kennis van het bedrijf. Bovendien is je vader niet de wereld uit. Hij blijft gewoon hier waar je hem altijd om advies kunt vragen. Dat vindt hij vast leuk om te doen. Je hoeft het niet alleen te doen. Dat probeer ik jou aan je verstand te brengen.'
'Ik wil de bakkerij helemaal niet overnemen,' hield Madelon vol.

Madelon was net even naar boven gegaan om de pakbonnen van een bestelling op te ruimen, toen ze voetstappen op de trap hoorde. Leida, wist ze meteen, ze kende haar lichte tred

34

nu wel. De laatste tijd gingen die twee vaker samen weg. Het was door de zomervakantie ook niet zo druk in de bakkerij, zodat Jerom op de dagen dat Leida niet werkte 's morgens het werk aan Seb overliet.

'Hoi, Madelon, is je vader al klaar?' begroette Leida haar.

'Nog niet, hij moest nog even een boodschap doen. Waar gaan jullie vandaag heen?' Ze voelde een lichte jaloezie. Mensen van hun leeftijd hoorden niet als twee verliefde tieners stad en land af te reizen. Die zaten thuis achter de geraniums of pasten op de kleinkinderen, dacht ze wrang. Zij zou degene moeten zijn die uitstapjes maakte met haar vriend, maar nee, zij moest in de winkel blijven. Cathy had ook al vakantie met haar man en hun kleine meid, wat ook best kon, want zo druk was het nooit in de zomervakantie, dat kon ze best alleen af, maar leuk was anders.

'We gaan naar het openluchtmuseum bij Arnhem. Ga jij nog weg deze zomer?' vroeg Leida.

Dat wist ze best, dat had pa haar vast en zeker wel verteld. 'Ik zie nog wel, voorlopig heb ik nog niets geboekt. Misschien ga ik samen met Marcella. We boeken vaak een lastminute, afhankelijk van het weer hier.'

'Gelijk heb je. Heerlijk om jong te zijn in deze tijd,' verzuchtte Leida.

'Zo slecht was het vroeger toch niet?'

'O nee, zeker niet, begrijp me niet verkeerd, maar in onze tijd bleef je met de kinderen in het land, het was veel te duur om ver weg te gaan. En we hadden geen auto, dat maakte het reizen er al niet eenvoudiger op. We toerden vaak met de trein door eigen land, of fietsten naar het bos of het zwembad. Ook heel leuk, en volgens mij hebben de kinderen het nooit erg gevonden. Zeker niet toen ze zo klein waren,' zei ze met een glimlach.

'Dat wist ik niet. Je werkte toen toch ook al?'

'Dat was bittere noodzaak. Samuel werkte in de snoepfabriek. Niet dat het daar zo slecht betaalde, maar Jan Modaal wordt altijd het zwaarst gepakt door de belasting. Je valt net overal buiten en moet wel het meest betalen. Zeker toen hij afgekeurd werd vanwege zijn rug, vielen we opeens in een gat wat financiën betreft. Die paar dagen per week dat ik erbij werkte waren een zeer welkome aanvulling.'

Madelon bekeek de tengere vrouw die voor haar stond opeens met andere ogen. Ze was dus niet het verwende vrouwtje geweest dat altijd van alles het beste wilde zoals ze aanvankelijk had gedacht. Leida straalde een zekere chic uit, was altijd keurig gekapt en gekleed. Hoe had ze dat voor elkaar gekregen als ze zo weinig had?

'Je moet nu dus ook blijven werken.' Zoveel wist Madelon wel van het uitkeringenstelsel af. 'Hoe lukt het je dan om er toch zo goed uit te zien?' Ze kleurde toen ze de brutaliteit van haar vraag besefte. 'Sorry, dat zijn niet mijn zaken.'

Leida lachte zacht. 'Dat mag je best vragen, ik maak er geen geheim van. Ik koop maar een paar kledingstukken per jaar en, schrik niet, ook vaak genoeg uit een tweedehands kledingzaak. Je zult er nog versteld van staan wat daar aan kwaliteit hangt voor een hele redelijke prijs. Het is een kwestie van combineren en zuinig zijn. Daarnaast ben ik handig met de naaimachine. Vroeger naaide ik de kleding voor de kinderen, nu voor mezelf. Een vriendin van me is thuiskapster, die kapt me voor een paar centen. Ik heb geen auto en dat soort dingen. Gekke sprongen kan ik niet maken, maar ik kan er wel normaal van leven. Ik hoop overigens niet dat je nu denkt dat ik achter je vader aan zit vanwege zijn geld.'

Madelon kleurde en probeerde die rode gloed van schaamte te verbergen door opeens druk te zijn met het koffiezetapparaat.

'Hé, ik begrijp je zorgen om hem best. Je houdt van je vader en wilt het beste voor hem. Milly en ik hadden een heel goed contact met elkaar. Het is een beetje verwaterd toen Samuel met zijn rug thuis kwam te zitten. Hij zag niet graag dat ik veel weg was. Ik moest tenslotte ook al een paar dagen per week gaan werken. Toch zagen we elkaar in die tijd nog regelmatig. Je vader kende ik niet zo goed, het was meer een vriendschap tussen ons vrouwen dan met de mannen en de kinderen erbij, geen idee waarom, maar zo is het altijd geweest. We hadden denk ik de behoefte om buiten ons gezin een vriendin te hebben. Je moeder was heel gelukkig met Jerom, ook al kende hun huwelijk net als dat van iedereen de nodige ups en downs. We vingen elkaar op als dat nodig was en hadden vaak aan één woord genoeg om elkaar te begrijpen, ook al zagen we elkaar soms maandenlang niet. Het was een vriendschap die goud waard was. Dat Jerom en ik elkaar beter leerden kennen was toeval. Ik heb het niet opgezocht en hij ook niet. We zijn naar elkaar toe gegroeid, de rest weet je. Ik houd gewoon van die man, ik kan niet anders.' Madelon draaide zich om naar het aanrecht zodat Leida haar verwarring niet zou zien. Ze had het er even moeilijk mee, met de oprechte verklaring van de ander, en slikte een flinke prop in haar keel weg. Had ze haar dan zo verkeerd beoordeeld? Toch week het wantrouwen niet helemaal; ze gaf zelf toe dat ze het niet breed had. Ook al praatte ze dan over liefde, financieel werd ze er toch niet slechter op wanneer ze verderging met Jerom Haagveld.

'Heb je nog met Madelon kunnen praten? Of kwam ik toch nog te vroeg terug?' wilde Jerom later in de auto weten. 'Ze zag eruit alsof ze een heel stokbrood in een keer had doorgeslikt.'
Leida lachte even om die beeldspraak; haar gezicht werd echter meteen weer ernstig. 'We hebben inderdaad even met elkaar gepraat. Ik probeer zo eerlijk mogelijk tegen haar te zijn, Jerom, dat weet je, maar ook nu weer heb ik het gevoel dat ze me helemaal niet wil. Ze wil jou niet kwijt, is bang dat ik van je profiteer.'
'Lieverd, dat doe je toch ook?' Hij lachte even om haar verbaasde blik. 'Zolang je van me houdt, mag jij van me profiteren zoveel je wilt. Madelon zal dat moeten accepteren, het heeft alleen tijd nodig bij haar.' Hij zweeg even omdat het verkeer zijn aandacht vroeg. 'Mijn leven is veranderd sinds ik jou weer tegenkwam, Leida, dat klinkt misschien afgezaagd, maar ik voel het echt zo. Tot een halfjaar geleden leefde ik wel, maar niet echt. Ik kon niet echt meer genieten van de dingen om me heen. Het gaf me geen kick meer om een mooie bruidstaart te maken, of een nieuw brood te bedenken. Sterker nog, dat heb ik niet meer gedaan sinds de dood van Milly.'

'Arme klanten,' meende Leida.

'Seb is er ook nog, vlak die jongen niet uit. Hij heeft dan misschien nog geen papieren, een meesterbakker is hij wel. Bovendien hoop ik dat hij over een poosje wel zijn papieren heeft.' Jerom keek haar even zijdelings aan. 'Hij is bezig om zijn diploma's brood- en banketbakker te halen via een avondschool.'

'Echt? Wat goed van hem.'

Ze waren nu vlak bij hun doel, het werd hier drukker met auto's en bussen. Jerom moest even goed opletten op het verkeer voor hem. Even later parkeerde hij de wagen op het parkeerterrein en liepen ze hand in hand naar de ingang van het park.

'Zullen we eerst koffiedrinken? Ik heb nu wel trek in koffie met iets erbij,' stelde Jerom voor.

'Ik vind het best. Daar is nog een tafeltje vrij, met uitzicht op de molen. Zal ik koffie voor ons halen, houd jij dan dat tafeltje bezet?'

Leida kwam een poosje later terug met een dienblad met koffie en een paar appelflappen. 'Het zijn geen flappen van bakker Haagveld, vrees ik.'

Jerom grijnsde. 'Ik neem dit keer met minder genoegen. Het gezelschap maakt ook al veel goed.'

'Waarom neemt Seb de zaak eigenlijk niet van je over? Als hij zijn papieren heeft is er toch niets meer wat hem tegenhoudt om die stap te zetten,' bedacht Leida opeens.

'Daar heb ik vaak aan gedacht, maar ik mag mijn eigen dochter daarin niet voorbijgaan. Zij heeft het eerste recht op de zaak. Bovendien moet Seb dan nog wel zijn ondernemersdiploma halen.'

'Vertel haar dan waar Seb mee bezig is. Je vertelde me zelf dat ze de zaak niet alleen wil voortzetten. Seb kan het ook niet alleen omdat hij niet de juiste papieren heeft, maar ze kunnen partners worden en ze kennen elkaar bovendien al jaren. Ze kunnen het toch samen doen?'

'Dat kan heel goed, maar dat moeten ze zelf ontdekken. Allebei. Ik kan hen niet dwingen. Bovendien moet het goed zitten tussen partners. Ze moeten gelijkwaardig zijn, anders werkt het niet. Ik heb nu vaak het gevoel dat Madelon Seb niet anders ziet dan als een knecht. Hij werkt al twintig jaar bij me. In haar ogen zal hij desondanks altijd een knecht blijven. Zolang ze het zo ziet zal ze nooit met Seb in zee willen gaan.'

'Denk je dat echt?'

'Ik weet het wel zeker. Het heeft geen zin om haar te vertellen dat Seb bijna banketbakker is. Volgens mij weet ze niet eens waar hij al bijna twee jaar lang mee bezig is. Vroeger dacht ik nog weleens dat het zou veranderen tussen die twee. Milly meende zelfs dat ze een poosje verliefd op hem was toen ze nog een tiener was, maar opeens was dat weer voorbij. Geen idee wat er gebeurd is. Seb is op dat gebied ook best gesloten, die jongen vertelt alleen wat hij kwijt wil. Als Madelon dat hooghartige gedrag van haar eens zou laten varen, zou het vast heel anders gegaan zijn, maar het interesseert haar helemaal niet. Wat haar betreft hoort Seb bij het meubilair, net als een mengmachine.'

'Wat jammer. Ik ken hem dan wel niet zo heel erg goed, maar hij lijkt me een hele aardige man. Een betrouwbare man ook, met zo iemand zou ze de zaak kunnen voortzetten.'

'Daar heb je wel gelijk in, maar het is niet anders, Leida, ze zullen er zelf achter moeten komen.'

'Seb zal haar niet vertellen waar hij bezig is. Vertel jij het haar dan, want als ze niet weet wat zijn ambities zijn, zal ze hem ook nooit anders gaan zien,' hield Leida vol.

'Ik vrees dat dat niet werkt bij haar. Madelon is iemand die alles altijd zelf moet ontdekken. Zo was ze vroeger al. Iets voordoen bij dat dametje was er niet bij; zelf doen, riep ze altijd.'

Leida grinnikte zacht. 'Zo is ze inderdaad. Ook met betrekking tot ons. Jij kunt haar nog zo vaak vertellen dat je van me houdt, ze gelooft het pas als ze het zelf in de gaten heeft.' Ze zuchtte even. 'Ik hoop dat mijn gesprekje met haar een duwtje in de goede richting is. Ze was er duidelijk door geraakt.'

Marcella straalde helemaal toen ze de winkel binnenkwam, dat kon zelfs een blinde niet ontgaan.

'Wauw, wat is er met jou aan de hand?' vroeg Madelon.

'Wat denk je?'

'Geen idee. Heb je de loterij gewonnen?' gokte ze lacherig.

'Nee, doe niet zo raar, je weet het best.'

'O ja?'

'Rens en ik, we hebben… verkering. Zeg je dat nog tegenwoordig?'

Nu lachte Madelon voluit. 'Hoe wil je het dan noemen? Wat goed van je, meid.' Ze omhelsde haar vriendin en zoende haar op de wangen. 'Ik wist wel dat het iets zou worden tussen jullie. Wij hebben helemaal geen waarzegger nodig,' zei ze met een knipoog naar Cathy, die naar de winkel gekomen was om gebak te halen.

'Voor jou wel. Jij ziet voor een ander wat je voor jezelf niet ziet,' antwoordde Cathy.

'Hè, is dat Nederlands wat ze nu spreekt?' vroeg Marcella verbaasd.

'Volgens mij wel,' knikte Madelon. 'Volgens Cathy komt er steeds een man hier die een oogje op me heeft. Hoewel ik hem de afgelopen weken niet meer gezien heb.'

'Nee, die blijft niet wekenlang pogingen doen om tot jou door te dringen. Je ziet hem niet eens staan en als je hem aankijkt, is het net of je dwars door hem heen kijkt,' zei Cathy. 'En het was echt een leuke man.'

'Nou ja, een beetje een doetje, niet echt mijn type,' wierp Madelon ertegen in.

'Je moet eens een beetje ontdooien. Je lijkt wel een ijskonijn als het om mannen gaat,' gaf Cathy haar ongezouten mening.

'Zo kom je natuurlijk nooit aan de man,' was Marcella het met haar eens. 'Misschien moeten we jou eens opgeven bij zo'n datingsite.'

'Als je het maar uit je hoofd laat. Ik kom echt de ware nog wel tegen.'

'Hmm, niet als je je hier achter de toonbank blijft verstoppen,' ging Marcella verder. 'Nora heeft Roger naar een vriend gestuurd – iets met voetbal, zij is dus een avondje vrij. Vanavond beginnen de zomerfeesten, daar gaan wij lekker de beest uithangen, en jij gaat mee, Maddy. Zin om ook mee te gaan, Cathy?'

Deze schudde lachend haar hoofd. 'Nee, dank je, wij vertrekken vannacht naar Spanje. Ik kom even afscheid nemen. Gaan jullie nog weg dit jaar?'

Marcella keek wat benepen naar haar vriendin. 'Eigenlijk willen Rens en ik samen weggaan. Vind je dat heel erg, Maddy? We hadden nog niet echt iets afgesproken, toch?' vroeg ze haast smekend.

Madelon haalde haar schouders op in een nonchalant gebaar. 'Maakt niet uit. Ga lekker met je vriend op vakantie. Het is heerlijk weer, dus ik tuf naar het strand. Bovendien heb ik het rijk voor mezelf alleen; pa en Leida gaan twee weken naar Griekenland. Cultuur snuiven.'

'Dat klinkt ook niet verkeerd,' zei Cathy. 'Veel plezier in ieder geval allebei en doe geen dingen die ik ook niet zou doen. Doei!'

Marcella keek haar na. 'Leuke meid, maar die uitspraken van haar… Vind je het echt niet erg dat ik met Rens wegga?'

'Dat zeg ik toch, ga nou maar, ik vermaak me wel. Vanavond gaan we in ieder geval feesten.'

Die avond kleedde ze zich zorgvuldiger dan anders. Nu Marcella officieel met Rens verkering had en Nora al langer met Roger samenwoonde, voelde ze zich opeens alleen en verlaten. Zelfs pa had iemand! Waarom lukte het haar dan niet om een man te vinden? Een leuke kerel bij wie ze zich prettig voelde en met wie ze op vakantie kon gaan, met wie ze haar zorgen kon delen. Sinds Frans weg was, had ze geen nieuwe vriend meer gehad. Lag dat echt aan haar? Was ze echt zo'n ijskonijn als Cathy zei? Vanavond wilde ze bewijzen dat ze best een man aan de haak kon slaan. Haar kleding was uitdagend, op het randje, vond ze zelf. Met een nauwsluitende zwarte heupbroek die een stukje gebruinde en strakke buik vrijliet, een topje in dezelfde zwarte kleur erboven en zilverkleurige stilettosandalen aan haar voeten, was ze meer dan ooit het evenbeeld van een zigeunerin. Haar wilde haardos hing los over haar rug en schouders. Ze had zich zwaarder opgemaakt dan normaal en oefende een zwoele blik voor de spiegel. Het was maar goed dat pa dit weekend samen met Leida naar haar dochter in Limburg was, die daar een vakantiehuisje had gehuurd en hen een weekend uit had genodigd. Hij zou haar beslist niet zo hebben laten gaan.

'Wauw, jij gaat op jacht,' was het eerste wat Nora zei toen ze haar vriendin zag.

Madelon stond bol van gespannen verwachting en zoende haar vriendin luchtig op haar wang. 'Ik ben niet van plan om vanavond met lege handen naar huis terug te gaan.'

'Wie ben jij? Wat heb je met onze verlegen vriendin Madelon Haagveld gedaan?'

'Ik, verlegen?' lachte Madelon vrolijk. 'Meestal krijg ik te horen dat ik hooghartig ben en een ijskonijn.'

Marcella draaide met haar ogen en hief proostend haar glas op naar Madelon. 'Ik drink op het ontdooien van ons ijskonijn. *Go get them, girl!*'

De warme avond, de gezellige sfeer op de terrasjes en de bands die in de cafés voor muziek zorgden, zetten de toon. Madelon, Nora en Marcella vermaakten zich opperbest. Haar outfit had al voor diverse opmerkingen gezorgd, waardoor ze aan belangstelling van mannen geen gebrek had.

Er was een verhoging op het plein gemaakt, een podium waarop een groepje linedancers liet zien wat ze hadden ingestudeerd. Ze moedigden het publiek aan mee te doen bij hen op het podium.

'Kom op, meiden, dat kunnen wij toch zeker ook,' zei Madelon, overmoedig en onvast ter been door de hoeveelheid rosé die ze vanavond al ruim had ingeslagen. Ze gaf het voorbeeld en klom op het verhoogde podium. Nora deed enthousiast met haar mee, alleen Marcella bleef staan en klapte mee met de muziek.

Madelon, niet gewend aan de hoge hakken, kon de snelheid van de passen niet helemaal volgen en deed aan de rand van het podium mee, zich vasthoudend aan een paal, aangemoedigd door het publiek. Tot ze naast het podium stapte en met een gil van schrik achterover viel. Een paar sterke armen ving haar op en hield haar stevig vast. De schrik was meteen vergeten nu ze zo stevig werd vastgehouden door een man. Ze giechelde melig.

'Wat ben jij lekker sterk, dat je mij zomaar op kunt vangen. Dat verdient een beloning,' lispelde ze met dubbele tong. Ze draaide zich om in de armen van de man. 'Als dat Seb niet is, onze meesterknecht. Nooit geweten dat jij zo sterk bent.' Ze nestelde zich nog wat dichter tegen hem aan en snoof een kruidige geur van aftershave op. 'En je ruikt ook zo lekker, niet naar gebak, maar naar echte man.'

Nora was bezorgd van het podium geklommen. 'Gaat alles goed met je? Heb je je niet bezeerd?'

'Nee hoor, deze heerlijke stoere man heeft me opgevangen.' Ze liet haar hoofd tegen zijn brede schouder rusten en zuchtte verrukt.

'Misschien kun je beter naar huis gaan,' stelde Nora voor. 'Je hebt een beetje te veel gedronken.'

Ook Marcella voegde zich nu bij hen. 'Ja joh, we gaan naar huis, het is leuk geweest voor vanavond.'

'Naar huis? Ik denk er niet aan. Ik heb nog geen man gevonden om mee te nemen, dat was de afspraak.'

'Je hebt mij nu toch,' klonk de zware stem van Seb boven haar hoofd.

Ze keek naar hem op, had moeite haar blik te focussen op zijn gezicht. Wat was er aan de hand met haar ogen? Had Seb nog een tweelingbroer die naast hem stond? 'Jij en je broer mogen best met me mee naar huis.' Ze keek hem lodderig aan.

Marcella en Nora wisselden even een korte blik met Seb, die Madelon ontging.

'Wij zorgen er wel voor dat je thuiskomt,' knikte Seb. Hij sloeg zijn arm om haar middel en hield haar stevig vast. Ze kwamen maar langzaam vooruit door de drukte in de stad, maar eenmaal buiten het centrum ging het een stuk vlotter, al bleef Madelon onvast ter been op haar hoge hakken.

'Je krijgt nog een beloning omdat je me opving; je broer niet, hoor,' lalde Madelon weer. Ze bleef staan en bood hem haar lippen aan.

Even aarzelde Seb maar drukte toen een vluchtige kus op haar mond.

'Hmm, dat is een kus die je ook aan je oma geeft. Ik wil een echte zoen.' Ze sloeg haar armen om zijn hals en trok hem weer naar zich toe.

Seb keek haar indringend aan met die donkere ogen van hem. Even steeg de nevel, veroorzaakt door een teveel aan drank, op en ging er een rilling van verwachting door haar heen. Seb kuste haar weer, dit keer niet zoals hij zijn oma zou kussen. Zijn tong streelde plagend langs haar lippen en gleed naar binnen, wat een verrukkelijke sensatie in haar buik veroorzaakte. Madelon kreunde van genot en drukte zich dichter tegen hem aan. Zijn handen gleden over haar rug en haar billen, totdat hij plotseling stopte.

'Kom, schoonheid, we zijn nog niet thuis,' mompelde hij, met een stem laag van ingehouden hartstocht. Ze vervolgden hun weg, Madelon meer hangend dan lopend, en kwamen eindelijk aan in het straatje achter het winkelcentrum.

'Ik heb de sleutel van de bakkerij niet bij me,' zei Seb.

'Mazzelaar, ik wel,' lispelde ze nog altijd in een alcoholroes. Stommelend en struikelend, totdat ze haar hoge sandaaltjes

uit schopte, kwamen ze boven aan. Ze trok hem aan zijn shirt mee naar haar slaapkamer. Daar aangekomen begon ze aan zijn kleren te sjorren, maar haar handen werkten niet echt mee en leken geen vat op hem te hebben, dus trok ze hem mee naar het bed, waar hij half naast en half op haar neer viel.
'Kom, meesterknecht, vannacht ben jij van mij.'
'Ho, rustig aan, we hebben de hele nacht,' mompelde Seb. Hij boog zich over haar heen en kuste haar weer.

'Ik wil graag een gesneden vloerbrood en een slagroomtaart,' zei de vrouw. 'Heeft u er nog?'
'Geen verse meer. Ik heb nog wel een taart in de vriezer, maar die kunt u uiteraard niet meteen opeten,' antwoordde Madelon.
'Dat maakt niet uit. Ik heb hem vanavond pas nodig, dan zal hij toch al wel ontdooid zijn?'
'Vast wel. Ik haal er wel even een voor u.' Ze liep naar achter, waar de grote diepvrieskasten waren, en dook half in de kast om de beoogde taart te vinden. Toen ze eruit kwam met de taart in haar handen, kwam ze onzacht in botsing met iemand.
'Ho, kijk even uit, ik kan je nu niet opvangen met mijn handen vol gebak,' zei Seb, die een plaat vasthield met versgebakken taartbodems. 'Zelfs voor jou laat ik dit niet vallen.'
'Beter ook van niet,' zei Madelon, die zelf ternauwernood de taart die ze vasthield kon houden.
Seb keek haar met een belangstellende blik aan. 'Ben je alweer een beetje bekomen van zaterdagavond?'
Zaterdag? Had ze hem toen gezien? Waar dan? Flitsen van beelden verschenen op haar netvlies. Hadden ze gedanst? Verwarrende beelden. Had ze hem gekust? Een plotselinge hitte verspreidde zich door haar lichaam.
'Ik moet naar de winkel,' mompelde ze confuus en ze haastte zich de bakkerij uit. Ze hielp de klanten vlug verder totdat ze weer alleen in de winkel stond. Zaterdag, wat was er zaterdagavond gebeurd? Ze had gedanst, op een podium, dat wist ze nog. Was ze gevallen? Een man had haar opgevangen. Beschaamd opeens drukte ze haar handen tegen haar vuurrode wangen. Die man was Seb geweest. Ze had hem gezoend

midden op straat. O nee, wat had ze gedaan? Hij had haar thuisgebracht, ze waren op haar bed terechtgekomen, dat had ze dus niet gedroomd. Daar hadden ze nog meer gezoend, en daarna? Ze wist het echt niet meer. Zondag was ze in de loop van de ochtend alleen wakker geworden, slechts gekleed in haar slipje, dat wist ze nog wel. Ook wist ze nog al te goed dat ze doodziek was geweest, met een kater zo groot als een huis. Alle rosé van de vorige avond was eruit gekomen. Zo had ze zich nog nooit laten gaan. Haar sleutels had ze later teruggevonden op de deurmat in de winkel. Iemand moest die door de brievenbus hebben gestopt. Dat moest Seb geweest zijn. Wat had ze gedaan?

Tijdens de koffiepauze durfde ze hem niet aan te kijken, praten met hem nog veel minder. Niet dat ze daar bang voor hoefde te zijn; haar vader voerde het hoogste woord en vertelde enthousiast over het vakantiehuis van Joyce in Limburg.

'Het is daar heerlijk wandelen. Daar gaan we beslist nog eens heen. Ga een keer met ons mee, Madelon. Dan huren we een huisje voor een weekend of voor een midweek.'

'Jij stopt misschien met werken, ik niet,' merkte Madelon nuchter op.

'O, nou ja, dan een keer met Pasen of met Kerstmis, dan zijn we toch langer gesloten,' bedacht Jerom. 'Hoe waren de zomerfeesten? Ben je daar nog heen geweest met Marcella en Nora?'

Madelon voelde hoe een rode kleur opsteeg vanuit haar hals en zich verspreidde over haar gezicht. Ze stond op om nog een keer koffie in te schenken, in de hoop dat het pa niet opviel dat ze zo opvlamde. 'Leuk, hoor.'

'Dat klinkt tamelijk mat.'

'Het was gezellig druk. Ze hadden het weer ook mee,' antwoordde Seb.

'Jij bent ook geweest? Hebben jullie elkaar nog gezien?' vroeg Jerom onschuldig verder.

Wist pa iets? Had hij iets opgevangen of gehoord van iemand? Talloze mensen hadden haar gestuntel op het podium natuurlijk gezien. Of had iemand Seb en haar hier naar binnen zien gaan in het holst van de nacht?

'Ik heb Madelon nog naar huis gebracht,' zei Seb kalmpjes.
'O,' was alles wat Jerom daarop zei.
Wat betekende dat? O, fijn dat je dat gedaan hebt; o, dus jij was het; o, dat had ik liever niet gehad. Wat bedoelde pa met die ene 'o'? Ze schonk de koffie zo wild in dat een deel over de kopjes heen ging.
'Je bent lekker op dreef vandaag,' zei Jerom.
'Hoezo? Wat heb ik nog meer fout gedaan dan?' beet ze hem toe.
'Niets, maar ik heb zo'n gevoel dat het echt maandag is voor jou, een blauwe maandag dan wel,' grinnikte Jerom.
Madelon pakte een doekje en depte de koffie van de tafel. Ze dronk haar koffie te snel op, waardoor ze haar mond verbrandde, en vluchtte daarna haastig terug naar de winkel. Pa had iets in de gaten en Seb deed geen enkele moeite om de schijn op te houden dat er niets gebeurd was.

Seb deed evenwel geen moeite om haar apart te spreken te krijgen in de dagen die volgden, en toch leken ze elkaar vaker dan ooit tegen te komen in de bakkerij. Cathy was er immers niet om de bestellingen klaar te maken of om iets te halen achter in de bakkerij. Nu pas had Madelon in de gaten hoe klein de bakkerij eigenlijk was, hoe smal de ruimte tussen de werkbank, de machines en de ovens. Of leek dat maar zo omdat Seb met zijn grote gestalte de ruimte vulde? Ze bekeek hem opeens met heel andere ogen. Seb de knecht; meesterknecht had zij hem die zaterdag genoemd; groot, stevig, met donker kort haar en donkerblauwe ogen die soms nog dieper blauw leken en waarmee hij haar heel doordringend kon aankijken. Altijd lag er een zweem van een donkere baard op zijn wangen en kin, alsof hij zich nooit schoor. Hij verwarde haar en ze werd zenuwachtig als hij te dicht bij haar in de buurt kwam. Nog altijd had ze er geen idee van wat er precies was gebeurd die zaterdagnacht. Tussen het moment dat ze op bed beland waren en ze de volgende ochtend doodziek wakker was geworden, zat een gat, een levensgroot gat in haar geheugen. En het aan hem vragen durfde ze niet, uit angst te horen te krijgen dat ze zich nog meer had laten gaan dan ze zich in haar stoutste dromen voor durfde te stellen.

Marcella belde haar op donderdagavond of ze meeging naar de stad; ze had dringend een bikini nodig. Daar stemde ze graag in toe. Ze had wat afleiding nodig en heel misschien wist Marcella wel raad met haar dilemma. Ze stapte op de fiets en reed naar de flat van haar vriendin. Die kwam al naar beneden gerend nog voordat ze haar fiets aan de ketting had gezet.

'Jij hebt haast,' zei Madelon.

'Ik wil om negen uur terug zijn. Rens komt straks nog even langs.'

'Dan gaan we maar meteen door.' Jammer, ze had gehoopt haar probleem rustig aan haar vriendin voor te kunnen leggen. Daar kwam nu niets van natuurlijk.

'Wat kijk je bedrukt,' begon Marcella. Ze keek haar onderzoekend aan. 'Hoe is het afgelopen met je stoere man? Je meesterknecht?' vroeg ze wat lacherig. 'Je bent veilig thuisgekomen, weet ik van Nora. Maar verder?'

'Dat wil je niet weten,' mompelde Madelon.

'Als je zo begint, wil ik het juist helemaal wel weten.' Ze bleef staan met ogen die schitterden van nieuwsgierigheid. 'Vertel op. Wat is er gebeurd? Je hebt hem toch niet echt je bed in gesleurd? Toch niet Seb?'

Toen ze bleef zwijgen, gilde Marcella het bijna uit van plezier. 'Je hebt het echt gedaan! Met Seb!'

'Ja, kan het nog harder? Volgens mij hebben ze het aan de andere kant van de stad nog niet gehoord,' beet Madelon haar toe. 'Ik weet het niet.'

'Wat weet je niet?'

'Wat er precies gebeurd is,' siste ze met een vuurrood hoofd.

'Kom op, Maddy, zoiets weet je echt wel. Zo dronken was je toch ook weer niet. Anders zou je helemaal van niets meer weten. Toch?'

Madelon zuchtte diep. 'Ik weet nog een heleboel, maar niet hoe ver we gegaan zijn,' ging ze op zachte toon verder. 'Hij is mee naar boven gegaan, naar mijn kamer, en we zijn op bed terechtgekomen. Wat er daarna gebeurd is weet ik dus niet meer. De volgende ochtend werd ik doodziek wakker. Zonder

kleren en zonder Seb.'
'Vraag het hem,' antwoordde Marcella laconiek.
'Doe niet zo maf, dat doe ik echt niet. Stel dat er wel iets gebeurd is en ik het niet meer weet; dat is toch verschrikkelijk. Of dat er niets is gebeurd terwijl ik denk van wel.' Ze schokschouderde. 'Ik weet niet wat ik moet doen.'
'Maar je wilt het wel weten?'
'Natuurlijk, dat zou jij toch ook willen.'
'Ik denk niet dat er iets is gebeurd tussen jullie, dan had je dat echt nog wel geweten,' zei Marcella na enig nadenken.
'Zou je denken?'
'Natuurlijk, dat weet je echt wel. Dat voel je toch ook?'
'Ik weet echt niets meer.'
'Waarschijnlijk ben je gewoon in slaap gevallen en is hij weggegaan. Zo iemand lijkt Seb me wel, hij zal vast geen misbruik van je hebben gemaakt terwijl jij knock-out op bed lag.'
'Nee hè? Zo is hij niet, toch?' antwoordde Madelon aarzelend. Opgelucht haalde ze adem. 'Je hebt gelijk. Zo is Seb helemaal niet. Hè, dat is een pak van mijn hart.'
'Ik snap het niet, jullie zien elkaar iedere dag. Heeft hij dan niets tegen je gezegd?'
'Niet daarover. Hij doet net of er niets gebeurd is. Hij vertelde nota bene doodleuk aan mijn vader dat hij me thuis heeft gebracht.'
'Dan is er ook echt niets gebeurd. Probleem opgelost.' Marcella stak haar arm door die van Madelon en gearmd liepen ze verder naar de winkels. 'Ik wil een bikini die Rens helemaal dol maakt. Sexy en mooi.'
'Geen badpak meer?' vroeg Madelon verbaasd. Marcella wilde nooit in bikini omdat ze vond dat anderen haar kwabben niet hoefden te zien.
'Nee, voor mij geen badpak meer.'
'Eén nul voor Rens,' zei Madelon. Hoe wist ze zo zeker dat Seb niet zo was, bedacht ze opeens terwijl ze door de kledingrekken spitte. Hoe goed kende ze de bakkersknecht eigenlijk? Wat wist ze van hem? Het was meer een gevoel dat hij zulke dingen niet zou doen dan een weten.

Jerom had voor deze vrijdagmiddag een afspraak gemaakt bij een bedrijfsmakelaar om te horen wat de mogelijkheden waren. Madelon wilde bij het gesprek aanwezig zijn, tenslotte ging het haar ook aan. Leida lette op dit moment op de winkel, hoewel het vast niet druk zou worden op deze laatste dag voor de vakantiesluiting.

Een accountant had inmiddels een schatting van de boekwaarde gemaakt en een taxateur van het pand. Met die gegevens op tafel had de makelaar een plan opgesteld.

'Het kan wel even duren voordat u het pand verkocht hebt. Zoveel vraag is er op dit moment niet naar bakkerijen. Wel naar leegstaande winkelpanden, maar ik neem aan dat u het speciaal als bakkerij wilt verkopen,' begon de man die zich voorgesteld had als Tom Linders.

'Uiteraard. Het zou het mooiste zijn als er weer een bakker in komt te zitten,' antwoordde Jerom, een beetje beduusd door dit antwoord. 'Ik ga het toch niet verkopen als leegstaand pand. Heb je enig idee wat die machines waard zijn?'

'Dat begrijp ik volkomen,' sprak Linders op sussende toon. 'Voor de lange termijn is het misschien wel een optie.'

'Ook niet voor de lange termijn. U zet het pand te koop als bakkerij en tot het moment dat het daadwerkelijk als zodanig verkocht wordt, blijven we open als bakkerij. Ik wil ook niet dat er een bord aan de gevel komt en ook wordt de bakkerij nergens op een website of in folders of kranten gezet. Als de klanten in de gaten krijgen dat ik de boel wil verkopen, blijven ze weg.'

'Dat kan allemaal, dan proberen we het in eerste instantie onderhands te verkopen, zonder er publiciteit aan te geven. U kunt zelf aangeven wanneer het moment daar is dat het wel in de krant mag komen te staan.'

Jerom knikte tevreden en keek naar Madelon, die eveneens instemmend knikte.

'Een tussenoplossing is om het pand als bakkerij te verhuren aan iemand met de juiste papieren,' ging de makelaar verder. 'Vaak is daar wat meer belangstelling voor. Niet iedereen is geneigd om direct een pand te kopen als ze net beginnen. We kunnen dan een huurconstructie opstellen, u blijft het pand in dat geval gewoon verhuren terwijl een ander de goodwill en de inventaris overneemt en het bedrijf voortzet. Dat dekt de kosten van de hypotheek en de bakkerij kan als vanouds in bedrijf blijven.'

'Dat is ook een oplossing. Zet het voorlopig maar gewoon te koop. Over verhuren moeten we nog even nadenken,' zei Jerom.

Madelon had zelf ook al aan die optie gedacht. Het was wel lastig dat ze geen enkele zekerheid had over een termijn waarop de bakkerij overgenomen zou worden. Ze moest toch zelf weer een andere baan gaan zoeken en mogelijk andere woonruimte. Als de bakkerij verkocht of verhuurd zou worden, was dat zo goed als zeker met de bovenwoning erbij. Nu had ze nog wel even de tijd om alles te overwegen en een andere baan te zoeken. De bakkerij zou echt niet binnen nu en een halfjaar verkocht worden, volgens de makelaar.

Haar vader had te kennen gegeven te willen stoppen met werken als hij drieënzestig werd, eind november. Dat was al snel. Leida zou daarna nog maar een paar maanden moeten werken. Zij werd in februari zevenenvijftig en ging dan met vervroegd pensioen. Die beslissing was al genomen. De stap om de bakkerij te koop te zetten, was voor hen een nieuw begin, besefte Madelon maar al te goed. Als pa straks niet meer als bakker werkzaam zou zijn, moest er dus iemand anders komen om zijn plaats op te vullen tot de tijd dat de zaak verkocht of verhuurd werd. In beide gevallen betekende het dat ze zochten naar een speciale man of vrouw: een bekwaam bakker die bovendien de ambitie had eigen baas te worden.

'We moeten Seb op de hoogte brengen van de naderende verkoop,' meende Jerom toen ze terug naar huis reden.

'Waarom? Voorlopig verandert er voor hem toch niets? Ook na november draait de bakkerij gewoon door met een andere bakker aan het roer.'

'Zolang de bakkerij nog niet verkocht of verhuurd is niet, maar als er een nieuwe eigenaar in komt, loopt hij het risico dat hij zijn baan verliest.'

'Als je hem nu vertelt dat je de zaak wilt verkopen, gaat hij vast ook op zoek naar een andere baan. Dan ben je je knecht kwijt,' hield Madelon hem voor.

'Daar heb je gelijk in, maar hij moet het wel weten. Het zou niet eerlijk tegenover hem zijn om hem daar niet in te kennen. Het kan een paar maanden duren, maar misschien ook nog wel een paar jaar, voordat de zaak verkocht wordt.'

Dat besefte Madelon ook. 'Ik ga langs wat uitzendbureaus, misschien hebben zij nog ambitieuze bakkers in hun bestanden zitten.'

Jerom knikte en moest zich even concentreren op het verkeer voor hem. 'Je wilt echt de zaak zelf niet overnemen?' vroeg hij even later.

'Nee, pa, het is ook voor mij tijd voor iets anders.'

'Jammer, ik had het wel een prettig idee gevonden wanneer jij de bakkerij zou voortzetten.' Hij deed het af met een schouderophalen.

Ieder in hun eigen gedachten verzonken reden ze zwijgend verder.

HOOFDSTUK 6

Zoals ze dat ieder jaar al had gedaan, begon Madelon ook nu met de grote schoonmaak van de bakkerij en de winkel. Normaal hielp haar vader mee, maar die zat nu vast ergens halverwege een berg in Griekenland. Ze sopte de vitrines uit en verschoof kasten zodat ze de kruimels eronderuit kon vegen. Ook de diepvries maakte ze nu helemaal leeg zodat ze deze een goede beurt kon geven. Met weemoed bedacht ze dat dit weleens de laatste keer kon zijn dat ze dit karwei deed. Opeens stopte ze met boenen; er klonk gestommel vanuit de bakkerij. De poort en de achterdeur zaten op slot; ze verwachtte geen leveranciers in de vakantie. Pa en Cathy waren niet eens in de stad en Sebs plannen kende ze niet, maar ook hij zou vast niet onaangekondigd in zijn vakantie hierheen komen. Er waren de laatste tijd een paar overvallen gepleegd in winkels hier in de buurt, op klaarlichte dag nog wel, vandaar dat ze alles zorgvuldig had afgesloten.

Ze keek zoekend om zich heen naar iets wat ze als wapen kon gebruiken. De stang van de vitrine! Ze pakte het ijzeren ding dat normaal de deur vastklemde en woog hem in haar hand. Niet echt een geweldig wapen, maar beter dan een stofdoek of een raamwisser. Met bonzend hart sloop ze door het kleine portaaltje dat de winkel van de bakkerij scheidde. In de bakkerij was alles donker nu er niet gewerkt werd. Ze bleef even in de deuropening staan om haar ogen aan de donkerte te laten wennen.

'Je bent toch niet echt van plan om me de hersens in te slaan met die stang,' klonk het plotseling achter haar vanuit het keukentje.

Met een gil van schrik draaide ze zich om. 'Seb! Wat doe jij hier? Ik schrik me een ongeluk!'

Hij lachte zacht en nam de staaf uit haar handen. 'Wat dacht je van jou helpen met de jaarlijkse schoonmaak. Jerom vroeg me of ik je wilde helpen. Het lukt je vast niet om in je eentje al die machines van de kant te krijgen.'

Madelon liet opgelucht haar adem ontsnappen. 'Daar heeft pa niets van gezegd.'

Seb schokschouderde. 'Dat zal hij vergeten zijn in de drukte om die reis naar Griekenland.'

'Dat zal best. Hij gaat voor het eerst zo ver weg, stel je voor. Pa is tweeënzestig en nog nooit verder weg geweest dan de Ardennen.'

'Zulke mensen bestaan nog. Goed, waar ben je bezig?'

'In de winkel. Ik had eigenlijk al ruzie met de grote vitrine, die krijg ik met geen mogelijkheid van zijn plaats geschoven,' gaf ze toe.

'Dan help ik je eerst daarmee en daarna begin ik met de machines. Die zal ik wel schoonmaken.' Hij ging haar voor naar de winkel.

Madelon bleef een ogenblik staan en keek hoe zijn brede rug het portaal leek te vullen. Pa had er toch aan gedacht dat ze niet alles alleen kon. Zij wist dan misschien niet hoe ze met hem om moest gaan, hoe ze moest reageren na die ene vreemde nacht, Seb had er duidelijk minder moeite mee.

Neutrale onderwerpen, dat was het beste, besloot ze. 'Heb je geen vakantie geboekt?' vroeg ze daarom, nadat hij de vitrine een stuk opzij had geschoven.

'Nee, dit jaar niet. Ik moet studeren.'

Ze keek even vreemd op. Studeren? Seb? Ze wist niet dat hij een studie volgde. 'O, wat studeer je dan?' Ze probeerde het niet te neerbuigend te laten klinken. Zover ze wist had hij de lts gedaan, had een paar keer een klas gedoubleerd, en daarna was hij gaan werken. Hij was hier binnengekomen op veertienjarige leeftijd als knechtje en sindsdien was hij niet meer weggegaan, zo was hij langzaam in het vak gegroeid. Nu ze erover nadacht, kende ze Seb zeker al een jaar of twintig, maar wat wist ze eigenlijk van hem? Niets, toch? Hij woonde nog altijd bij zijn moeder, zijn vader was een jaar of acht geleden van zijn moeder gescheiden, en hij had een jongere broer, dat wist ze, maar verder? Ze ging ervan uit dat hij op dit moment geen vriendin had – waarom anders was hij met haar meegegaan. Het was maar droevig gesteld met wat ze wist van iemand die ze bijna haar hele leven al kende.

'Ik ben bezig mijn papieren voor bakker te halen. Avondschool. Dit najaar moet ik examen doen,' antwoordde Seb.

'Bakker? Ik wist niet dat je die ambitie had.'

'Dacht je dan dat ik mijn hele leven knecht wilde blijven? Meesterknecht?' Zijn ogen fonkelden toen hij haar aankeek en ze wendde verward haar hoofd af. Hij was het in ieder geval niet vergeten. Snel ging ze verder met het uitspoelen van de doek om hem niet aan te hoeven kijken.

'Nee, natuurlijk niet, iedereen heeft behoefte om te groeien in zijn vak, lijkt me zo,' mompelde ze. 'Ik wist niet dat je aan het studeren was. Weet mijn vader dat wel?'

'Ja hoor, waarom zou ik er een geheim van maken? Het is voor mij een kans om vooruit te komen. Zeker nu er sprake van is dat de bakkerij verkocht zal worden.'

Madelon wist niet in hoeverre haar vader hierover nog met Seb had gesproken; ze vond het verstandiger daar niet op in te gaan. 'Lukt het leren wel na zo lang niets meer gedaan te hebben?'

'Eerlijk gezegd gaat het me niet zo best af. De praktijk hoef ik niet meer te leren, maar de theorie moet ik erin stampen.' Hij schudde zijn hoofd. 'Ik heb een vorm van dyslexie, vandaar dat ik nooit heb doorgeleerd. Leren ligt me niet zo, daarom duurt het ook zo lang voordat ik mijn diploma heb. Woorden zeggen me niet zoveel. Als ik iets zie, kan ik het bij wijze van spreken zo namaken, maar laat het me niet uit een boekje leren, dan bak ik er nog geen brood van.'

Ze verwonderde zich over de openhartige manier waarop Seb zijn probleem op tafel legde. Hier had ze absoluut geen weet van. Misschien kwam het ook wel omdat ze nog maar sinds twee jaar echt in de zaak werkte en ze voorheen niet zoveel contact met hem had gehad, ook al werkte hij met haar vader samen. Wat zagen ze elkaar in die tijd? Toch nauwelijks. Bovendien was hij de knecht. Niet dat ze op hem neerkeek, maar ze was wel van een heel ander niveau dan hij met haar diploma bedrijfskunde op zak, meende ze.

'Ik kan je wel helpen,' hoorde ze zichzelf zeggen. 'Met leren en lezen. Overhoren, uitleggen wat er staat en dat soort dingen, als je dat wilt,' voegde ze er aarzelend aan toe.

'Echt? Zou je dat willen doen?' Seb keek haar verwonderd aan. 'Dat zou ik heel fijn vinden.'

'Waarom niet? Als je daarmee geholpen bent,' mompelde ze, zich afvragend hoelang het zou duren voordat ze spijt kreeg van dat spontane aanbod.

Seb bromde nog iets en ging naar de keuken, waar hij een emmer vulde met heet water. Even later hoorde ze hem bezig in de bakkerij. De radio ging aan en werd nog iets harder gezet nu er toch geen klanten waren om zich aan het lawaai te storen. Nog wat later hoorde ze hem zelfs meezingen met de muziek.

Later zaten ze samen aan de koffie in de keuken. 'Heb je zelf nog vakantieplannen?' wilde Seb weten.

'Niet echt, het zal het strand wel worden als het zulk mooi weer blijft.'

'Je aanbod om me te helpen blijft toch staan, hè?'

'Natuurlijk, wat ik beloof, doe ik ook.'

Seb knikte nadenkend. 'Vind je het vervelend om me deze twee weken te helpen? We hebben nu beiden de tijd, en als het eenmaal in mijn hoofd zit, blijft het daar echt wel zitten. Ik hoop echt dit najaar examen te doen en dan klaar te zijn, alle hulp is dus welkom.'

'O.'

'Het hoeft niet per se als je niet wilt,' zei hij snel, haar aarzeling bemerkend. 'Ik kan me voorstellen dat je andere plannen hebt.'

'Nee, niet echt,' gaf ze aarzelend toe. 'Ik kan je best helpen met je theorie deze paar weken.'

'Mooi. Vanavond dan maar?'

Madelon lachte hoofdschuddend.

'De koe bij de horens vatten, zou Cathy zeggen,' grijnsde Seb.

'Oké, vanavond. Jij besteedt je vakantie ook aan schoonmaakwerk dat mijn vader eigenlijk behoort te doen.'

'Lust je chinees? Ik ga ervan uit dat je geen zin meer hebt om hierna nog uitgebreid te koken. Ik ga straks naar huis, knap me wat op en breng chinees mee terug. Wat wil je eten?'

Die avond was de tafel bezaaid met studieboeken. Madelon moest zich er even in verdiepen voordat ze Seb kon helpen, maar al snel waren ze serieus aan het werk. Zij las een stuk voor en vervolgens las hij het zelf nog een keer. Hij had duidelijk moeite met lezen. Onwillekeurig bewonderde ze hem omdat hij toch de moed had om verder te willen komen. Ze lazen samen de theorie door zodat de stof meer voor hem ging leven. Zo kwam ze erachter dat zijn moeder hem nooit had kunnen helpen omdat zij zelf niet kon lezen en dat hij al bijna twee jaar naar de avondschool ging om zijn diploma's brood- en banketbakker te behalen, waarvoor hij toch in de avonduren moest leren en naar school moest.

'Hoe heb je het al die tijd vol kunnen houden? Je staat toch iedere ochtend om vier uur weer hier in de bakkerij, en als mijn vader na de middag alweer in bed ligt, ben jij vaak nog bezig,' zei ze vol bewondering.

'Je vader heeft me al die tijd veel gesteund en geholpen. Ik neem vaak genoeg mijn boeken hiermee naartoe. Daarbij heb ik het voordeel natuurlijk dat ik al bij een bakker werk en alles wat ik leer meteen in de praktijk kan brengen. Die theorie doet me alleen de das om en die moet ik toch echt halen, wil ik dat felbegeerde papiertje krijgen.'

'Ik hoor dit echt allemaal pas voor het eerst,' gaf ze wat beschaamd toe, 'terwijl jij al twee jaar bezig bent.'

'Ik had ook niet de indruk dat jij je voor mij interesseerde.' Seb stond op en begon zijn studieboeken bij elkaar te zoeken en terug in de rugzak te stoppen.

Daar zei hij een waar woord. Ze had zich inderdaad nooit echt voor hem geïnteresseerd. Seb hoorde bij de bakkerij, dat was gewoon zo. Hij was er altijd en deed wat hij moest doen, zonder protest. Ze besefte nu pas dat ze hem altijd als vanzelfsprekend had genomen. Pas sinds die ene nacht toen hij haar naar huis had gebracht was daarin iets veranderd, was ze hem gaan zien als een man en niet meer als een onderdeel van de bakkerij.

'Pa wil de bakkerij verkopen,' zei ze opeens. Ze had het gevoel dat ze dit niet langer voor hem verborgen mocht houden. Misschien had pa er al met hem over gepraat dat het nu echt in werking was gezet, misschien ook niet. 'We zijn gisteren naar een bedrijfsmakelaar geweest en nu staat de zaak officieel te koop.'

'Dat weet ik,' antwoordde hij rustig.

'O, pa heeft er al met je over gepraat?'

'Ja.' Meer zei hij niet.

Ze keek hem even afwachtend aan, maar meer kwam er niet.

'Lust je iets anders te drinken dan koffie? Wijn? Bier?'

'Als je bier koud hebt staan, dan graag.' Seb ging naar buiten, naar het dakterras, waar nu nog een warm avondzonnetje scheen. Er stond een zacht briesje, maar nog altijd was het warm genoeg om buiten te zitten. Ze nam zijn bier en een glas wijn voor zichzelf mee naar buiten en zette het op de tuintafel.

'Wat ga je doen als de bakkerij verkocht wordt?' ging ze verder.

'Ik ga ervan uit dat ik hier kan blijven werken bij de nieuwe eigenaar. Ik hoop tegen die tijd mijn papieren te hebben gehaald. En als hij niemand nodig heeft, zoek ik iets anders. Wat ga jij doen?'

'Daar heb ik nog niet over nagedacht. Ik denk dat ik weer bij een accountant of een administratiekantoor ga werken.' De sfeer tussen hen was vertrouwelijk. Ze was ontspannen en hoefde zich voor even niet anders voor te doen dan ze was. Dit was Seb, hun knecht, hij kende haar al twintig jaar, vanaf dat ze een tiener was, nog zonder borsten en met een beugel. Zelfs hetgeen er tijdens de zomerfeesten tussen hen was gebeurd, was nu voor even uit haar gedachten verdwenen en leek niet langer tussen hen in te staan. Een onbezonnen actie tijdens een dronken bui, dat was het, niet meer en niet minder. Seb leek er niet mee te zitten, waarom zij dan wel?

'Ben je er nog?'

'Sorry, wat zei je?' Haar gedachten waren even afgedwaald.

'Werken op een administratiekantoor, net als een paar jaar geleden?'

'Ik denk het wel. Wat moet ik anders? Daar heb ik toch voor geleerd.'

'Je moet het niet alleen doen omdat je ervoor geleerd hebt; je moet je hart volgen. Die keuze kun je maken.'

Was dat zo? Kon ze die keuze maken? Als de zaak werd verkocht, moest ze toch ander werk gaan zoeken. Bovendien zouden haar vader en Leida vroeg of laat willen gaan samenwonen of trouwen. Waarschijnlijk trokken ze dan in de woning die Leida nu had, of pa kocht een ander huis. Dat was om het even; ze zou in ieder geval niet bij hen gaan wonen, dat wilde ze absoluut niet. De bovenwoning zou samen met de winkel verkocht worden, die hoorden nu eenmaal bij elkaar. De consequentie daarvan was dat ze andere woonruimte moest zoeken.

'Waarom neem je de zaak niet over? Je kunt het best,' onderbrak Seb andermaal haar gedachten.

'Dat wil ik helemaal niet, en zeker niet alleen.'

'Dan zoek je een zakenpartner.'

'Alsof die voor het oprapen liggen. Nee, ik zoek gewoon ander werk.'

'En als een concern de bakkerij nu eens overneemt, dan kun je misschien wel franchiser worden,' dacht Seb hardop verder. 'Dan ben je wel eigen baas, maar heb je een bedrijf achter je staan dat je kan helpen en sturen.'

'Dat is niet hetzelfde. Dan kan ik niet de kwaliteit leveren die we nu hebben. Dat wil ik niet. Als ik de zaak overneem, wil ik doorgaan in de lijn die mijn vader heeft gezet. Afwijken van het fabrieksbrood, van de koude bakker die alleen nog maar afbakt en niets zelf doet. Maar dat is allemaal niet aan de orde, ik zoek ander werk, ik wil niet hier blijven werken als de zaak verkocht wordt.'

'Jammer dat je de stap niet durft te nemen, je zou het volgens mij best kunnen,' ging Seb nog even verder en hij nam een slok uit zijn flesje. 'Lekker. Je zit hier trouwens heerlijk.'

'Zeker als de winkels gesloten zijn, dan hoor je hier praktisch niets,' knikte Madelon. 'Dit zal ik wel gaan missen.'

'Je hebt straks een andere woonruimte nodig,' begreep hij. 'Sta je al wel ingeschreven voor een woning?'

'Natuurlijk, al vanaf mijn achttiende. Ik heb het alleen nog nooit nodig gevonden om hier weg te gaan. En helemaal niet meer sinds mama overleden is. Jij woont toch ook nog altijd bij je moeder?'

'Jazeker, gelukkig wel, zonder mijn moeder had ik echt die studie niet kunnen doen. Ik hoef me nergens anders op te

concentreren dan op mijn studie en mijn werk. Heerlijk.'
Madelon lachte even. 'Hoe oud ben je nu? Vier-, vijfendertig?
Heb je nooit de behoefte gehad om op jezelf te gaan wonen?'
'Jij toch ook niet?' legde hij de bal terug bij haar.
'Ik heb op kamers gezeten tijdens mijn studie en ik heb een paar keer op het punt gestaan om samen te gaan wonen,' verdedigde ze zichzelf.
'O ja, met die Frans,' deed Seb schamper. 'Dat was echt geen kerel voor jou. Enfin, dat bewees hij door je te laten zitten na de dood van je moeder.'
Madelon ging verontwaardigd rechtop zitten. 'Wat weet jij daar nou van? Je kende hem niet eens!'
'Die paar keer dat ik hem gezien heb, waren genoeg. Die kerel was zo onzeker dat hij bang was om van het gebaande pad af te wijken. En op het moment dat jij iets anders deed dan de geijkte weg volgen, dumpte hij je. Nee, dat was beslist geen man voor jou.'
'Nou ja zeg!' Hoewel ze het met hem eens was, kon ze het toch niet laten Frans te verdedigen. Zij had immers verkering met hem gehad. Wat maakte dat dan van haar? Net zo'n bangerik?
'Wat voor man heb ik dan nodig volgens jou? Iemand als jij zeker?' gooide ze eruit.
'Dat zou helemaal zo gek nog niet zijn. Ik sta een stuk steviger in mijn schoenen dan bange Frans,' grijnsde hij.
Het gevoel van vertrouwen en rust was op slag verdwenen. Er hing nu een zekere spanning tussen hen. Madelon was geïrriteerd omdat hij zo plompverloren zijn mening spuide over haar ex-vriend.
'En jij hebt natuurlijk een stuk meer ervaring met vrouwen dan Frans, vandaar dat je nog altijd bij je moeder woont,' snibde ze.
Sebs kaak verstrakte. Zijn hand, die het flesje bier vasthield, werd wit bij de knokkels door het harde knijpen. Madelon hield haar adem in en besefte dat ze te ver was gegaan. Hij was echt boos nu. Had ze Seb ooit boos gezien? Echt boos? Nog nooit. Dat was misschien de reden waarom hij nog altijd alleen was en bij zijn moeder woonde. Had hij last van driftbuien? Hij was in ieder geval geen man die ergens veel woor-

den aan vuil maakte, niet zo'n prater.

Hij dronk zijn bier op en stond met stijve bewegingen op. 'Ik ga maar weer eens, bedankt voor je hulp. Morgen weer?' 'Eh, ja, best,' stamelde ze. 'Het is morgen zondag, ik ga morgen niet verder met schoonmaken.' Ze wilde omhoog komen. 'Blijf maar zitten, ik weet de weg. Je ziet me in de loop van de middag wel verschijnen. Ik draai de deuren wel achter me op slot.' En weg was hij. Vanaf het dakterras zag ze hem over de binnenplaats lopen en door de poort naar buiten gaan.

Madelon bleef nog lange tijd zitten, lang genoeg om het donker te zien worden. Ze zag de sterren een voor een verschijnen aan de donkere hemel, een fraaie halve maan opkomen en vleermuizen die tussen de huizen door schoten op zoek naar insecten.

Alleen met haar gedachten voelde ze zich opeens eenzaam. Vroeger, als tienermeisje, had ze goed met Seb op kunnen schieten. Die grote jongen die haar vader hielp was heel aantrekkelijk geweest toen ze dertien jaar was en ze een andere kijk op jongens kreeg. Ze was in die tijd niet weg te slaan uit de bakkerij, had zelfs geholpen met bakken. Seb had haar niet neerbuigend behandeld omdat ze zoveel jonger was dan hij. Hij had haar geholpen en geplaagd zoals een grote broer met zijn zusje zou doen. En dat had ze maar al te goed beseft. Hij zag haar toen niet als een potentiële vriendin, maar als zijn jongere zusje. En Seb, een leuke flinke knaap van zeventien, kreeg verkering, meisjes kwamen hem ophalen na het werk en hij begon uit te gaan. Langzaam maar zeker had ze beseft dat er altijd een afstand zou blijven tussen hen. En die afstand bleek ook nu weer niet te overbruggen. Ze verschilden te veel van elkaar.

De volgende ochtend was ze al vroeg wakker na een rusteloze nacht. Het vervelende gevoel van gisteravond was gebleven; ze voelde zich schuldig, was bang dat ze hem beledigd had met haar opmerking. Ze bleef maar piekeren en in een kringetje ronddraaien met haar gedachten. Hij was niet abnormaal driftig, dan had ze daar wel vaker iets van gemerkt. Gisteren had ze blijkbaar een teer punt geraakt. Wie weet wat hij had meegemaakt met een meisje waardoor hij nog altijd thuis woonde. Dat zou de reden wel zijn; hij had natuurlijk iets vreselijks meegemaakt. Maar wat dan? Een leuke man als Seb bleef toch niet lang alleen? Vroeger al had hij het ene na het andere meisje gehad. Vanaf haar vijftiende was ze hem uit de weg gegaan, wilde ze van de ene op de andere dag niet meer helpen in de bakkerij. Ze had zelfs na schooltijd een baantje in een supermarkt aangenomen, tot grote verbazing van haar ouders, die daar overigens niets van zeiden. Vanaf toen werd de kloof tussen haar en Seb nog groter. Later ging ze voor haar studie op kamers in een andere stad wonen en kreeg ze zelf verkering. Stephan, Vincent en Frans hadden elkaar in de loop van dertien jaar opgevolgd, maar geen van hen bleek de ware te zijn.

Ze gebruikte de ochtend om wat rond te kijken op het internet, te zoeken naar artikelen over dyslexie en alles wat daarmee te maken had. Dyslexie, las ze, had vaak grote invloed op de ontwikkeling van jonge kinderen. Lezen was een vaardigheid die iedereen nodig had en waar je steeds meer mee te maken kreeg, je hele leven lang. Kon je niet goed lezen, dan liep je al snel een grote achterstand op op leeftijdsgenootjes. Kinderen konden wreed zijn tegen iemand die anders was dan zij; die niet zo goed kon lezen en niet leek te begrijpen waar de meester of juf het over had. Het was dan ook niet vreemd dat dyslexie het zelfvertrouwen van een kind behoorlijk kon ondermijnen, dat ze teruggetrokken, angstig of zelfs agressief werden. Leerproblemen kwamen, niet verwonderlijk, veelvuldig voor. Misschien had Seb de pech een juf of meester te hebben gehad op de lagere school die het probleem niet onderkend had, en was hij daardoor achtergebleven op leerniveau. Aan zijn intelligentie lag het in ieder geval niet, had Madelon al wel in de gaten. Nu begreep ze ook beter waarom Seb een paar keer was blijven zitten op de basisschool en op de lts. Zij had dat geweten aan onwil, luiheid en dom zijn. Niets was minder waar. Wat moest hij een hekel gehad hebben aan school.

Ook deze middag stond hij opeens in de woonkamer alsof hij hier kind aan huis was. Wat in zekere zin ook zo was, bedacht ze tegelijkertijd, want hij kwam hier al twintig jaar.

'Hoi, zullen we buiten gaan zitten?' stelde ze voor. 'Ik heb de parasol opgezet zodat we in de schaduw kunnen zitten.'

'Best,' knikte Seb. Hij liep door naar het dakterras en legde zijn boeken op tafel.

Madelon volgde hem met een kan ijsthee. 'Sorry nog van gisteravond. Ik ging te ver met mijn opmerking,' mompelde ze terwijl ze de kan en glazen op tafel zetten, het vermijdend hem aan te kijken.

'Dat zit wel goed. Ik reageerde ook wat al te aangebrand. Jij kon ook niet weten dat het gevoelig lag bij mij.'

'Wil je erover praten?'

'Nee,' zei hij kort, 'laten we maar aan het werk gaan. Ik wil je straks nog meenemen naar dat nieuwe restaurantje aan de Haagweg, daar kun je heerlijk eten.'

'Dat is toch niet nodig,' protesteerde ze.

'Jawel. Jij helpt mij in je vakantie, daar mag best iets tegenover staan.' Hij sloeg een boek open en schoof dat naar haar toe.

Samen begonnen ze het hoofdstuk te lezen dat hij moest leren. Seb spelde woorden en luisterde aandachtig naar haar, stelde af en toe een vraag of vroeg haar een stukje nog eens te lezen. Hij maakte nooit aantekeningen, leek de informatie uitsluitend in zijn geheugen op te slaan, maar als ze hem er een uur of wat later over ondervroeg, kon hij het antwoord zo oplepelen.

Zo werkten ze door tot het een uur of vier was. Met een diepe zucht klapte Seb het boek dicht waaruit ze aan het lezen waren. 'Dat is weer genoeg voor een dag. Dit is stukken vermoeiender dan een hele dag in de bakkerij werken.'

'Dat kan ik me wel voorstellen.' Ze stond op en pakte de lege kan en de glazen. 'Wil je iets anders drinken?'

'Lekker, heb je nog bier koud staan?'

Ze knikte en ging naar de keuken, waar ze een flesje bier voor hem pakte en wijn voor zichzelf.

'Ik vind het verbazingwekkend dat je zoveel onthoudt, en dat na een paar keer iets gehoord te hebben. Waarom heb je nooit verder geleerd?' wilde ze weten. 'Je bent er slim genoeg voor.'

'Daar dacht je vroeger toch anders over.'
'Toen wist ik niet beter. Ik moet een vervelend kind geweest zijn in die tijd. Een echte betweter.'
'Dat was je zeker, en je liet ook geen gelegenheid voorbijgaan om mij onder mijn neus te wrijven dat ik máár lts had.'
Dat was hij dus ook niet vergeten. Het schaamrood steeg alweer naar haar wangen. 'Ik was een echt kreng, het spijt me.'
'Ik houd het er maar op dat je niet beter wist,' grijnsde Seb. 'Je voelt je nu in ieder geval niet te min om me te helpen. Misschien heb je wel geleerd van je fouten.'
'Ik was inderdaad een kreng. Waarom heb je me niet vaker op mijn kop gegeven? Toen ik twaalf was, vond je het helemaal geen probleem om me een halfuurtje als straf in de diepvries op te sluiten. Of een zak meel over mijn hoofd te gooien en daarna de waterslang erop te zetten.'
'Omdat je tegen je moeder zei dat ik je mishandelde,' bracht hij haar in herinnering.
'Heb ik dat echt gedaan?' Ze sloeg beschaamd haar handen voor haar gezicht. 'Vreselijk.' Toch begon ze zachtjes te lachen. 'Maar jij was ook een rotjoch vroeger. Je pestte me altijd.'
'Je kleurde ook altijd zo leuk rood als ik dat deed, nu trouwens nog steeds. Ik kon het eenvoudig niet laten,' grinnikte Seb nu ook. Hij dronk zijn bier leeg en stond op. 'Kom, ik heb om vijf uur een tafel besproken.'
'Het is pas halfvijf, zo ver is het toch niet?'
'Wel als we met de fiets gaan.'
'O, ik dacht aan de auto.'
'Dan zul jij toch moeten rijden, want ik heb geen auto en geen rijbewijs,' antwoordde hij laconiek.
Ze keek hem verwonderd aan en besefte dat ze hem inderdaad nog nooit met een auto gezien had. Als er bestellingen gehaald of gebracht moesten worden, reed haar vader altijd. Nooit Seb. Ze knikte begrijpend; waarschijnlijk ook een gevolg van zijn dyslexie.
'Wat heb je nog meer moeten laten vanwege die dyslexie?'
'Het heeft me een paar relaties gekost. Ik heb geen computer,

daar kan ik niet zoveel mee, en ik lees nooit een boek. Met Nederlandse films heb ik geen problemen, maar een Engelse of Franse film wordt al een ander verhaal. De ondertiteling gaat vaak te snel voor mij, al begrijp ik Engels een stuk beter dan Frans. Dat rijbewijs had ik overigens best kunnen halen, daarbij is het niet zo'n belemmering, het is er alleen nooit van gekomen en ik had het ook niet nodig.'

'Je zou veel vaker moeten lezen, dan krijg je daar vanzelf minder moeite mee,' meende Madelon. 'We gaan met de fiets, ik heb ook al aan de wijn gezeten.'

Het was niet druk in de stad met dit zomerse vakantieweer. Veel mensen waren blijkbaar met vakantie of hadden de tocht richting strand gewaagd, waar ze straks ongetwijfeld in een lange file stapvoets van terugkeerden. Ook in het restaurant was het nog niet druk. Ze kozen een tafeltje buiten op het terras met uitzicht op een kleine dierenweide.

Een jonge serveerster kwam hun vragen wat ze wilden drinken en overhandigde hun de menukaarten.

Madelon zag Sebs ogen over de tekst gaan en vroeg zich af of hij begreep wat er stond. Ze moest zich bedwingen om het niet voor te gaan lezen en deed net of ze de menukaart bestudeerde.

'Ik begin met lente-uisoep,' las ze hardop, 'dat lijkt me wel lekker, en daarna ga ik voor de biefstuk met peperroomsaus.'

'Klinkt lekker, ik denk dat ik dat ook maar doe,' knikte Seb en hij legde de menukaart weg.

'Waarom ben je zo openhartig over je dyslexie, Seb?' wilde Madelon weten toen ze de soep op hadden. 'Je gaat er zo gemakkelijk mee om, ik kan me haast niet voorstellen dat het je niets doet.'

Hij glimlachte over zijn glas heen. 'Het is ook niet gemakkelijk om het toe te geven, zeker niet aan zo'n perfectionist als jij bent, maar het heeft toch ook geen zin om het te ontkennen of te verbergen? Dat heeft me al genoeg problemen opgeleverd. Ik heb inmiddels geleerd dat ik verder kom als ik gewoon toegeef dat ik moeite heb met lezen. Ik loop er niet mee te koop, maar als het nodig is, vertel ik het wel.'

'Wauw, dat is ongelooflijk dapper van je.'

'Vind je?'

'Echt, ik zou zoiets nooit durven toegeven. Ik ben veel te bang dat mensen me dan dom vinden.'

'Jij? Dat kan ik me haast niet voorstellen. Jij kunt toch alles wat je maar wilt.'

'Was het maar waar. Ik ben een grotere bangerik dan je denkt,' antwoordde ze met een grimas. Nu zou ze het kunnen vragen, of zou ze daarmee de sfeer tussen hen weer bederven? Stel dat hij zei dat er wel iets gebeurd was. Nee, dat kon ze zich haast niet voorstellen. Toch wilde ze het weten.

'Waar denk je aan?' vroeg Seb en hij keek haar afwachtend aan.

'Of ik wel aan jou durf te vragen wat er precies is gebeurd nadat jij me thuis hebt gebracht,' zei ze haast op fluistertoon. Seb begon te lachen, waardoor ze zich nog ongemakkelijker voelde. 'Weet je dat echt niet meer?'

'Nee.' Ze had het gevoel dat hij haar uitlachte en werd een beetje boos. 'Anders zou ik het toch niet vragen.'

'Maddy,' gebruikte hij het koosnaampje van vroeger, 'je was buiten westen. Denk je echt dat ik daar misbruik van zou maken?'

'Eerlijk gezegd niet, maar aangezien ik me niets kan herinneren en ik zonder kleren aan wakker werd, wist ik niet wat ik ervan moest denken,' mompelde ze met vuurrode wangen.

'Wow, dan had ik dus toch iets langer moeten blijven. Zelfs dat heb ik niet gedaan. Erewoord, al zou ik dat graag gezien hebben.' Hij leunde ontspannen achterover en keek haar met pretogen aan.

'Ja, stop maar weer, het is zo al erg genoeg.' Ze dronk haar glas in een teug leeg en schonk zichzelf direct weer bij.

'Rustig aan een beetje met die drank,' waarschuwde Seb. 'Dat is je de laatste keer ook niet goed bekomen.' Hij lachte vrolijk om haar beduusde gezicht. 'Ik zal het aan niemand vertellen,' beloofde hij.

'Dat is je geraden,' mompelde ze.

HOOFDSTUK 7

De volgende dagen waren ze overdag bezig met het schoonmaken van de bakkerij; de machines, diepvrieskasten en de werkbanken kregen een goede schrobbeurt. In de avonduren aten ze gezamenlijk en hielp Madelon hem met zijn studie. Al die tijd werkten ze harmonieus samen, zonder dat er een onvertogen woord viel.

Op woensdag besloot Madelon de binnenplaats een goede beurt te geven en ze sloeg verwoed aan het vegen, krabde onkruid tussen de stenen uit, ging zelfs met water en azijn aan de slag om de alg van de tegels te verwijderen. Het was warm tussen al die stenen, de zon brandde ongenadig op haar hoofd en aan het trekken van haar huid voelde ze dat ze zelfs verbrand was op haar schouders. Haar hemdje was nat van het zweten en haar korte broek en benen smerig van het harde werken en op haar knieën zitten. Haar normaal zo weerbarstige haar had ze in twee vlechten bijeengebonden, die nu ook nat van het zweten tegen haar hoofd lagen geplakt. Ze leunde vermoeid op haar bezem en pufte net even uit toen Seb de poort binnenkwam met zijn fiets aan de hand. Hij zette de fiets tegen de muur weg en keek verbaasd naar haar.

'Wat nou? Je bent toch zeker niet moe van dat beetje poetsen?' riep hij vrolijk.

'Wat? Een beetje? Hoeveel tegels denk jij dat er hier liggen?' riep ze verontwaardigd uit. 'Ik weet het nu precies, omdat ik al het vuil ertussenuit heb gekrabd.'

'Geen idee, nooit geteld. Dat beetje lichaamsbeweging kun jij wel gebruiken, allemaal lui zweet, wat er nu uit komt.'

'Lui zweet?' Opeens was de vermoeidheid vergeten. Verbazingwekkend snel greep ze de emmer met water en gooide die in zijn richting leeg.

Met een behendige sprong wist hij het smerige water te ontwijken en hij lachte vrolijk. 'Jij wilt met water spelen. Zeg dat dan.'

Madelon zag zijn ogen naar de tuinslang gaan en ze nam een aanloop om het ding te pakken, maar Seb was sneller. Hij richtte de slang op haar en draaide de kraan wijd open.

'Niet doen!' gilde ze, proberend de koude straal te ontwijken en af te weren met haar handen. Al snel was ze helemaal doorweekt en droop het water uit haar haren en kleren. Met haar rug half naar de straal gekeerd rende ze naar hem toe en ze greep de slang met beide handen beet. Worstelend om het spuitstuk in de richting van Seb geduwd te krijgen werd ze zo mogelijk nog natter. Gillend en lachend ging het gevecht om de slang verder.

'Geef je het op?' vroeg hij na een poosje, zelf ook steeds natter wordend.

'Oké oké, ik geef het op,' riep ze, rillend van het koude water. Sebs greep verslapte en hij reikte met één hand naar de kraan, met de andere nog altijd de slang vasthoudend. Op dat moment zag Madelon haar kans schoon, rukte de slang uit zijn hand en richtte hem vol op Seb.

'Hé, valsspeler.' Vlug draaide hij de kraan dicht en trok haar met slang en al naar zich toe. Lachend en hijgend viel ze tegen hem aan met haar natte kleren. Hij sloeg een arm stevig om haar middel zodat ze niet meer kon ontsnappen en deed een greep naar de slang die ze zo hoog mogelijk buiten zijn bereik probeerde te houden, wat jammerlijk mislukte omdat Seb nu eenmaal langer was.

'Daar had ik je toch mooi te pakken. Wie niet sterk is, moet slim zijn,' giechelde ze.

Opeens veranderde de uitdrukking op zijn gezicht; zijn ogen gleden over haar gezicht en bleven bij haar mond hangen. Madelon voelde de kou niet meer en de slang hing vergeten tussen hen in. Haar hart ging als een bezetene tekeer. Hij boog zijn hoofd en kuste haar natte mond, eerst aarzelend en aftastend, maar toen ze niet protesteerde, werden zijn kussen intenser en heftiger. Ze sloeg haar armen om zijn hals en voelde door haar natte kleren heen de warmte van zijn lichaam. Hij tilde haar even later op en droeg haar de bakkerij binnen, schopte de deur achter zich dicht en legde haar op de schone werkbank, zonder ook maar één moment zijn mond van de hare te halen. Hij boog zich over haar heen, drukte haar met zijn gewicht op de werkbank terwijl zijn handen over haar lichaam dwaalden. Ze sloeg haar benen om zijn heupen en trok hem zo nog dichter naar zich toe. Haar handen zochten naar de onderkant van zijn shirt. Ze schoof de doorweekte stof omhoog en voelde onder haar handen zijn gespierde, warme rug. Haar handen gleden strelend naar beneden tot ze bij de band van zijn broek aan waren gekomen en ze op zoek gingen naar de voorkant en frunnikten aan de knoop. Nog voordat ze deze los had gemaakt, sloot zijn hand zich om de hare.

'Stop, voordat we iets doen waar je straks spijt van krijgt.' Zijn stem was vreemd laag en zijn ogen donkerder dan ze ooit gezien had. Seb liet haar los, deed een paar passen achteruit, trok zijn shirt recht en ging weg, haar op de werkbank achterlatend. Even later hoorde ze de poort open en weer dicht gaan.

Verdwaasd bleef ze liggen, half en half verwachtend dat hij terug zou komen. Toen een paar minuten er nog meer werden rolde ze langzaam van de werkbank af, een grote natte plek achterlatend. Ze draaide de buitendeur op slot en liep op wankele benen naar boven. Hoe kon hij haar zo opeens alleen laten? Moest ze hem nu dankbaar zijn omdat hij op tijd gestopt was, omdat hij geen misbruik van haar wilde maken, iets zou doen waar zij spijt van zou krijgen? Zo voelde het helemaal niet. Wel voelde ze een diepe teleurstelling. Kennelijk wilde hij haar niet. Oké, er waren mannen die niet met een vrouw om wie ze niets gaven het bed deelden, daar zou ze blij om moeten zijn. Ze wilde niet de zoveelste verovering worden, maar Seb had ze wel gewild. Op dat moment leek het niet eens vreemd dat ze zich zonder meer aan hem had willen geven, iets waar Frans bijna drie maanden over had gedaan. Ze ging onder de douche staan, waar het water zich al snel vermengde met tranen, en spoelde het vuil van zich af. Na een poos draaide ze de kraan dicht, droogde zich met langzame bewegingen af, draaide een handdoek om haar natte haren en trok schone kleren aan.

Het samen studeren was nu vast ook voorbij. Hij kwam nu natuurlijk niet meer, bang dat zij hem op verkeerde gedachten zou brengen. Lusteloos ging ze in een tuinstoel op het dakterras zitten en liet zich verwarmen door de zon. Het gevoel van eenzaamheid en verlatenheid was nog nooit zo groot geweest.

Ze moest in slaap zijn gevallen en schrok wakker van de telefoon. Helemaal rozig en warm van de zon liep ze op wankele benen naar binnen.
'Met Madelon Haagveld,' mompelde ze.
'Hé, meisje, hoe gaat het daar?' klonk de vrolijke stem van haar vader in haar oor.
'Hé, pa, goed hoor.' Ze moest zich vasthouden aan de leuning van de bank om niet te vallen en ging vlug zitten. 'Het is hier heerlijk weer. En bij jullie?'
'Om te smelten, het is bijna te warm om iets te doen. We hebben vandaag een paar tempels bezocht. Hier moet je echt ook een keer heen gaan, het is hier schitterend. Lukt het een beetje met de grote schoonmaak? Het spijt me dat ik je er alleen mee heb laten zitten.'
'Ik kan me niet voorstellen dat je liever hier zou lopen ploeteren met een doek en schrobber. Seb heeft me geholpen, we zijn klaar. Als je terugkomt, kun je weer gelijk aan de slag.'
'Dat is heel mooi.'
'Zeg, pa, waarom heb je me eigenlijk nooit verteld dat Seb aan het leren is voor banketbakker en broodbakker?'
'Dat heb ik vast weleens verteld, misschien is het niet blijven hangen.'
'O, nou, ik help hem in ieder geval met zijn studie.' Ze liet haar hoofd tegen de kussens zakken omdat ze een beetje draaierig werd.
'Echt? Goed van je. Vroeg hij het zelf?'
'Ja, als tegenprestatie omdat hij geholpen heeft met de schoonmaak. Je hebt ook niet verteld dat hij dyslectisch is. Waarom eigenlijk niet?'
Nu bleef het even stil. 'Omdat ik niet zeker wist of Seb wel zou willen dat jij het wist. Heeft hij het je verteld?'
'Ja, hoe zou ik het anders moeten weten. Had het maar wel verteld, nu weet ik tenminste waarom hij altijd zoveel moeite had met leren.'

'Tja, maar toentertijd was je waarschijnlijk toch te jong om te beseffen wat voor impact dyslexie op iemand heeft.'

'Misschien wel,' gaf ze toe. 'Ben je nog niet ziek geworden van al dat Griekse eten?'

'Nog niet. Het is wel heel apart in ieder geval, normale aardappels heb ik er nog niet gezien. Hé, lieverd, Leida staat naar me te gebaren dat ik moet komen. Geniet maar lekker van je vrije dagen, ga je nog ergens heen?'

'Weet ik nog niet. Groetjes aan Leida en tot over een week of zo. Doei.' De verbinding werd verbroken. Ze legde het toestel op de salontafel neer. Pa had het in ieder geval naar zijn zin daar in Griekenland, dat was wel duidelijk. Wat al heel wat was voor iemand die meende dat ze in België al zo vreemd aten. Pa genoot met Leida. Hij wel. Nee, dat waren nare gedachten die ze niet mocht denken. Het was niet zijn schuld dat zij haar vakantie met een bezem en emmer doorbracht, met als enig verzetje een watergevecht met de knecht van haar vader. Dat had ze aan zichzelf te danken.

Misschien was het beter dat ze hier gewoon wegging, niet wachten tot de winkel verkocht was, peinsde ze verder. Ze kon beter weggaan van de zaak, weg van Seb en alle verwikkelingen waarin ze nu weer terecht dreigde te komen. Pa redde zich wel, om hem hoefde ze niet thuis te blijven. Het werd tijd dat ze op eigen benen leerde staan. In een eigen huisje, met een andere baan. Misschien dat ze dan eindelijk ook het geluk eens vond. Marcella had Rens, Nora had Roger, pa had Leida, en wie had zij? Niet eens een kat die haar kopjes kwam geven als ze verdrietig was. En Seb zou zich nu vast niet meer laten zien.

Ze richtte zich op en werd meteen overvallen door een hevige duizeligheid. De hele kamer leek te draaien, ze werd misselijk en had het opeens bloedheet, haar hart klopte zo snel dat ze even bang was dat het uit haar borstkas zou springen. Ze bleef een poosje liggen, tot de misselijkheid weer wat afzakte. De duizeligheid bleef, die leek zich nu te ontwikkelen tot een fikse hoofdpijn, en ook haar hart bleef flink tekeergaan. Ze voelde zich nu ook te zwak om ook maar iets te doen, zelfs een hand naar haar voorhoofd brengen was een beweging die haar ontzettend veel moeite kostte. Bloedheet, voelde ze, had ze koorts? Haar huid schrijnde en trok alsof deze uitgedroogd was.

Versuft bleef ze een poosje liggen, likkend met haar tong langs haar droge lippen. Ze had een vreselijke dorst. Drinken, ze moest iets drinken, maar op het moment dat ze zich wilde bewegen, kwam die duizeligheid in alle hevigheid weer terug. De telefoon, ze moest iemand waarschuwen, Marcella... Een dokter. Ze stak haar arm uit en ging op de tast over de tafel heen. Haar hoofd in die richting draaien veroorzaakte meteen weer een duizeling, zelfs met haar ogen draaien was al een te grote inspanning. Een vaas met bloemen moest het ontgelden, die veegde ze zo van de salontafel af. Eindelijk vond ze wat ze zocht. Met bevende vingers drukte ze een toets in, opende haar ogen tot spleetjes om de cijfertjes te onderscheiden. Op dat moment werd alles zwart om haar heen.

Kreunend deed ze haar ogen open en ze wreef over haar armen. Koud. Wat was het koud hier. En waarom waren haar kleren nat?

'Ha, daar ben je weer.' Seb boog zich over haar heen en legde een hand op haar voorhoofd. Een warme hand. 'Hoe voel je je?'

'Koud,' kreunde ze, haar tong kleefde aan haar gehemelte. 'Drinken.'

'Hier heb je wat. Rustig aan, anders word je misselijk.' Hij ondersteunde haar totdat ze zat en hield haar een glas water voor. Voorzichtig dronk ze een paar slokken en liet haar hoofd daarna weer tegen zijn arm rusten. Seb nam het glas uit haar handen en zette het weg.

Ze was in de badkamer, zag ze nu. 'Wat doe ik hier?'

'Afkoelen. Je hebt te lang in de zon gelegen, dametje, je hebt een zonnesteek. Nog een geluk dat je me wist te bellen.'

'Heb ik jou gebeld?'

'Dat is je geluk geweest. Je belde en ik hoorde maar niets aan de andere kant van de lijn, vandaar dat ik hierheen ben gegaan om poolshoogte te nemen. Je was bewusteloos en vuurrood van de zon. Je hebt een zonnesteek. De dokter raadde me aan je kleren nat te houden maar ervoor te waken dat je onderkoeld raakte.'

'Ik heb het koud,' rilde ze.

'Kun je omhoog komen? Je temperatuur is bijna weer normaal. Ik denk dat je nu wel iets droogs kunt aantrekken.'

Madelon probeerde zich op haar armen omhoog te duwen, wat jammerlijk mislukte.

'Laat maar, ik til je wel op.' Hij schoof een arm onder haar benen en de andere onder haar schouders en droeg haar zo vanuit de badkamer naar haar slaapkamer toe. Voorzichtig zette hij haar op het bed neer. In de kast zocht hij naar een shirt. 'Je bent ook behoorlijk verbrand door de zon. Zal ik je nog een keer insmeren, of lukt je dat zelf?'

Madelon ving een glimp van zichzelf op in de spiegel die aan de kast hing en schrok. Haar gezicht, schouders en armen waren vuurrood en op sommige plaatsen had ze zelfs blaasjes. Had ze zo lang in de zon gelegen? Een zonnesteek, had Seb gezegd.

'Ik ben helemaal verbrand,' stamelde ze. Nu ook voelde ze het branden van haar huid.

'Had je nog wat langer in de zon gelegen, dan waren het vast brandblaren geworden en had je naar het ziekenhuis gemoeten. Ik heb zalf van de dokter gekregen om de plekken in te smeren. En pijnstillers. Ga maar liggen, ik doe het wel.' Voorzichtig trok hij haar natte kleren uit, depte haar zorgvuldig droog, smeerde de verbrande huid in en dekte haar toe met een laken.

Ze had niet de energie om te protesteren en eerlijk gezegd kon het haar ook niet veel schelen. Wat later bracht hij haar pijnstillers en nog iets te drinken.

De nacht leek eindeloos te duren. Draaien durfde ze niet goed omdat ze steeds duizelig werd en omdat die hoofdpijn er nog altijd was. Ook was het schuren van het laken te pijnlijk om veel te bewegen. Seb kwam een paar keer bij haar kijken en gaf haar dan iets te drinken en een pijnstiller. Zo slaap-waakte ze de nacht door.

Ze was al vroeg weer wakker en kwam voorzichtig omhoog. De hoofdpijn leek wat minder, ze was niet meer duizelig en ook de zalf deed zijn kalmerende werking op haar rode benen, armen, schouders en gezicht. Het gloeide nog altijd, maar het droge, trekkerige gevoel was verdwenen. Ze voelde zich sterk genoeg om uit bed te komen, trok een hemdje aan en schoot in een kort sportbroekje zodat ze zo min mogelijk wrijving had met haar gevoelige rode huid.

Op blote voeten ging ze naar de badkamer, nog wat onvast ter been, maar de duizeligheid bleef in ieder geval weg. In de badkamerspiegel bestudeerde ze een poosje haar vuurrode huid. Haar ogen waren nog wat dikker en als ze met haar mond bewoog, was het nog gevoelig. Dat zou nog wel een poos zo blijven, nam ze aan. Wat ontzettend stom om in de zon in slaap te vallen. Dat telefoontje van pa had haar in ieder geval behoed voor een nog zwaardere verbranding, besefte ze nu.

Haar buik begon flink te knorren en liet weten dat ze eten nodig had, wat niet verwonderlijk was; gisteren had ze niets meer gegeten. Ze besmeerde een paar boterhammen toen Seb ook in de keuken verscheen.

'Goedemorgen, nog wat kunnen slapen?'

'Dat kan ik beter aan jou vragen. Ben je de hele nacht hier gebleven?'

'Natuurlijk, ik kon je toch niet zomaar alleen laten liggen.'

'Dank je wel,' mompelde ze. 'Je mag nu wel naar huis gaan. Ik voel me een stuk beter.'

'Zometeen, ik lust ook wel een boterham.'

Naast elkaar maakten ze hun ontbijt klaar en ze gingen tegenover elkaar aan tafel zitten.

'Probeer straks nog te rusten en blijf uit de zon,' adviseerde hij.

'Dat zal ik zeker doen. Voor mij geen zon meer.' Ze trok een voorzichtige grimas. 'Ik zie er niet uit. Bedankt dat je bent gebleven en dat je me geholpen hebt. Ik begrijp alleen niet goed hoe ik je heb kunnen bellen. Bij mijn weten heb ik echt geen nummer ingetikt, het lukte me amper om iets te zien. Ik wilde de dokter bellen.'

'Jerom heeft mijn nummer onder een sneltoets staan; de twee. Die heb je waarschijnlijk ingedrukt en zodoende mij gebeld. De dokter had trouwens niet binnen gekund als je die had gebeld; alles zat op slot. En jou was het niet gelukt om naar beneden te gaan.'

'Dat zal wel niet. Een applaus voor de sneltoets.'

HOOFDSTUK 8

Madelon knapte vlugger op dan ze verwacht had, maar de eerste dagen werd ze nog geplaagd door hoofdpijn en was ze snel moe. De zalf van de dokter genas de zonnebrand en de blaasjes snel, al bleven er op haar schouders wel een paar flinke plekken over die waarschijnlijk littekens zouden worden. Ze was Seb wel enige dank verschuldigd en ging dan ook door met hem helpen met zijn studie. Ze ging zelfs zo ver dat ze hem probeerde te leren gemakkelijker te lezen.

Er werd tussen haar en Seb met geen woord meer gesproken over het 'watergevecht', zoals ze het in gedachten noemde. Blijkbaar wilde hij dat incident ook zo snel mogelijk vergeten en was het niet gebeurd omdat hij diepere gevoelens voor haar had. Diep vanbinnen vond ze het jammer dat hij het doodzweeg, dat ze er niet meer over spraken. Mensen begonnen toch niet zomaar te zoenen en te vrijen, zonder dat er een zekere aantrekkingskracht tussen heb bestond? Dat bleef haar dwarszitten, maar zolang Seb er geen toespelling op maakte, repte zij er ook met geen woord over. Ze was veel te bang om zich belachelijk te maken.

Omdat ze niet een hele dag over de boeken gebogen wilden zitten, gingen ze samen verder met het opknappen van de bakkerij. Hij hielp haar met het schuren en schilderen van de kozijnen en de deuren, waarbij hij steeds een zekere afstand tot haar bewaarde; hij raakte haar niet meer aan. Die grens had hij nu tweemaal overschreden – hij waakte ervoor het nog een keer zover te laten komen, leek het wel. Dat maakte de sfeer er niet beter op.

Die constante spanning veroorzaakte bij Madelon het gevoel op eierschalen te lopen en dat was ontzettend vermoeiend. Ze was dan ook blij dat haar vader en Leida terugkwamen van hun vakantie in Griekenland. Aan het nauwe samenwerken met Seb zou daarmee een einde komen.

'Het is dat je me door de telefoon verteld hebt wat er gebeurd is, anders zou ik me rot geschrokken zijn,' gaf Jerom eerlijk toe. Hij hield zijn dochter op armlengte van zich af en bekeek haar van top tot teen. 'Je ziet eruit alsof je gaar gestoofd bent.'

'Zo voelde het ook wel. Het doet nu gelukkig geen pijn meer. Hebben jullie een leuke vakantie gehad?' Haar vader had een gezonde bruine tint gekregen en zijn ogen straalden. Hij was gelukkig, dat zag ze ook wel. De vakantie had hem goed gedaan, hij zag er een stuk jonger uit dan zijn tweeënzestig jaar, wat ook weer een steek veroorzaakte in haar binnenste. Had hij er met mama ook zo gelukkig uitgezien? Ze hadden tot het laatst toe van elkaar gehouden, dat wist ze zeker, maar na een huwelijk van vierendertig jaar had die verliefdheid, die hij nu voor Leida tentoonspreidde, bij hen zich verdiept tot een houden van en was daar een hechte en liefdevolle relatie voor in de plaats gekomen.

Met mama was hij nooit zo ver op vakantie geweest. Dat had hij niet gewild omdat de bakkerij schoongemaakt moest worden in de vakantie. Het bleef vroeger altijd bij een week en dan het liefst niet te ver van huis. Waarom kon dat dan nu wel met Leida? Dat had vroeger toch ook gekund, tijdens de zomervakantie? Schoonmaken deden ze toch wel.

'Het was er heerlijk. Ik zou bijna zeggen: ga er zelf een kijkje nemen, maar nu ik jou zo zie, kun je beter naar de Noordpool op vakantie gaan dan naar Griekenland.'

'Voor mij inderdaad geen zon meer. Ik heb al blaren genoeg.'

Jerom had Leida eerst bij haar eigen huis afgezet, zij zou later die dag nog terugkomen.

Jerom ging naar beneden en liep keurend door de bakkerij.

'Jullie hebben de kozijnen en de deuren zelfs geverfd,' knikte hij bewonderend.

'Tja, we moesten toch iets. Ik kon niet meer naar het strand. Bovendien had Seb nu de kans om stevig door te leren voor zijn studie. 's Morgens, als de zon hier nog niet stond, hebben we geverfd, en daarna steeds geleerd. Bovendien verkoopt een goed in de verf zittende bakkerij ook een stuk beter.'

'Jullie hebben echt samengewerkt, toe maar.' Hij keek zijn dochter bewonderend aan. 'Dat had ik niet achter je gezocht.'

'Waarom niet?' Waarom dacht iedereen zo slecht over haar? Was ze echt zo'n kreng?

'Jij trok je nooit zoveel van een ander aan.'

'Pa,' zei ze verontwaardigd, 'zo erg ben ik toch niet?'

'Blijkbaar niet; gelukkig niet,' grijnsde hij. 'Heb je nog iets gehoord van de makelaar?'

'Dat had je toch niet verwacht? Het is vakantie in het hele land.'

'Daar heb je gelijk in, het is de verkeerde tijd van het jaar om kopers te verwachten. Ben je straks thuis als Leida terugkomt?'

'Dat denk ik wel.'

'Mooi, want we willen even met je praten.'

Madelon begreep dat er beslissingen genomen waren tijdens hun vakantie. Ze was benieuwd wat er zou veranderen, al kon ze zich daar wel een beetje een voorstelling van maken.

Leida was ook bruinverbrand, en dat maakte haar nog knapper. Ze was gekleed in een driekwartbroek en een nauwsluitend blousje en ook zij zag er jaren jonger uit dan ze in werkelijkheid was. Jerom trok zijn vriendin zacht naar zich toe toen ze binnenkwam, zijn grote handen sloten zich om haar tengere middel en hij kuste haar teder.

Het was een knap stel om te zien, en toch kon ze er niet onverdeeld gelukkig om zijn. Weer ging er een steek van pijn door Madelon heen. Waarom zij wel? Hier had haar moeder moeten staan en niet deze slanke, knappe vrouw. Ze wendde zich van hen af en haastte zich naar buiten onder het mom dat ze nog wat boodschappen moest doen.

Ze wandelde door het centrum, waar nu weer wat meer leven in begon te komen dan de afgelopen weken. Nog een week, dan begonnen de scholen en moest het merendeel weer aan het werk. Her en der werd ze begroet door mensen die haar kenden vanuit de bakkerij. Ze kocht wat groenten en vlees, volkomen overbodig omdat er nog genoeg in de koelkast en de vriezer lag. Ze moest iets omhanden hebben. Ze wilde niet bij die twee tortelduifjes blijven zitten. Straks zouden ze haar ongetwijfeld vertellen dat ze wilden trouwen of samenwonen. Dat zat er dik in.

Ze had gehoopt dat ze de afgelopen weken zelf een beetje na had kunnen denken over wat ze nu precies wilde en hoe het verder moest; hier weggaan en ergens ander opnieuw beginnen, en wat wilde ze dan gaan doen? Helaas was dat erbij ingeschoten; veel nagedacht had ze niet. Die zonnesteek had haar meer aangegrepen dan ze verwacht had en bovendien viel ze 's avonds als een blok in slaap, moe als ze was van het verven en het studeren met Seb. Daarbij leek de verkoop van de bakkerij ook nog zo ver weg. Het zou vast nog maanden duren voordat deze verkocht werd.

Met de terugkomst van pa en zijn mededeling dat ze met haar moesten praten, ging alles misschien toch nog sneller veranderen dan ze verwacht had.

Ze duwde de deur van de bakkerij open. Onder aan de trap hoorde ze de stemmen van haar vader en Leida. Ze lachten ergens om, klonken vrolijk en gelukkig. Opnieuw ging het door haar heen dat het haar moeder had moeten zijn die gelukkig en gezond aan de zijde van haar man stond, die samen met hem lachte en vakantie gevierd had in Griekenland. Waarom was het leven zo wreed? Met lood in haar schoenen klom ze naar boven en ze begon de tassen met boodschappen leeg te maken.

'Daar ben je weer. Ik heb een crème bij me die wonderen doet voor een verbrande huid. Een paar dagen smeren en je ziet er haast niets meer van,' begon Leida. 'Ook voor op je schouders. Het zou jammer zijn als je er littekens aan overhield.' Ze gaf haar een tubetje crème.

'Dank je,' mompelde Madelon, niet van plan het ooit te gebruiken. Meer dan ooit voelde ze antipathie tegen de vrouw die voor haar stond. Zij had hier niet mogen staan, niet op de plaats van haar moeder. 'Ik begin met het eten, pa zal vast snakken naar gewone aardappelen en een bal gehakt.'

Leida had de tafel gedekt en schonk een glas wijn in voor hun drieën, stak een paar kaarsen aan en vouwde de papieren servetten in een aparte vorm.

Wat een uitsloofster, dacht Madelon, wie wilde ze daar een plezier mee doen? Ze zette de schalen met vlees, groenten en aardappelen op tafel neer en ging zitten.

Jerom hief zijn glas op naar zijn vriendin en zijn dochter. 'Op de twee mooiste vrouwen in mijn leven.' Hij keek trots naar Leida en knipoogde naar Madelon, die grote moeite moest doen om niet in tranen uit te barsten.

Er zat een behoorlijke brok in haar keel die zich niet zomaar weg liet slikken. Achter haar glas verborg ze haar echte gevoelens en ze hoopte dat het eten snel voorbij zou zijn. De tranen zaten haar hoog.

Leida en haar vader praatten over de vakantie, zodat Madelon niet veel meer hoefde te doen dan te knikken, te glimlachen en op het juiste moment 'o ja?' te zeggen. Na een halfuur leek het alsof die glimlach op haar gezicht vastgeplakt zat. Het eten smaakte haar totaal niet. Toch at ze dapper door, wat de steen in haar maag niet ten goede kwam.

'Madelon, met het te koop zetten van de bakkerij hebben we een stap in een bepaalde richting genomen,' begon Jerom bij het toetje. 'Vroeg of laat moeten we hier weg. Jij ook. Leida en ik willen niet wachten tot de bakkerij verkocht wordt. Zoals we hebben besproken, stop ik dit jaar nog met bakken. Seb zal mijn werk zolang voortzetten. Leida gaat begin volgend jaar met pensioen en dan willen we de rest van ons leven samen blijven, niet ieder in een apart huis, maar als man en vrouw in één huis. We willen trouwen. Op 14 september om precies te zijn.' Hij wachtte even om die woorden tot Madelon door te laten dringen en keek haar met glanzende ogen aan. Ook Leida straalde en over tafel heen grepen ze elkaars hand vast.

Trouwen? Wilde hij trouwen met haar? En mama dan? Hij was toch al getrouwd met mama?

Het ongeloof en de schrik moesten van haar gezicht af te lezen zijn. Jerom pakte haar hand vast en drukte die even. 'We willen het goed doen en daarom trouwen we. Geen grootse toestand, tenslotte hebben we allebei al een huwelijk achter de rug; alleen met jou, de kinderen van Leida erbij en een paar goede vrienden. Een receptie, een etentje en daarna verder met ons normale leventje. Ongetrouwd samenleven is dan wel geaccepteerd en normaal vandaag de dag, wij willen het graag doen zoals het hoort. Ik hoop dat je daar begrip voor hebt. Leida en ik houden van elkaar. We hebben veel gepraat in Griekenland en nagedacht. Jij bent een volwassen vrouw, het is niet goed voor jou om nog altijd bij je vader te wonen en straks samen met Leida. Daarom gaan wij na ons huwelijk voorlopig in het huis van Leida wonen. Jij mag hier blijven wonen als je dat wilt, totdat de zaak verkocht wordt uiteraard.'

Voorlopig? Zaten er nog meer plannen in zijn hoge hoed? Wezenloos luisterde ze verder naar de plannen van haar vader, die enthousiast praatte over de mogelijke aankoop van een vakantiehuis in Griekenland. Ze hadden zelfs al iets op het oog. Waren het wel zijn plannen? Had Leida hem dit alles niet aangepraat? Zonder haar zou pa vast nog niet gestopt zijn met de zaak.

'Je krijgt jouw deel bij de verkoop van de zaak. Daarmee kun je uiteraard doen wat je goeddunkt,' hoorde ze hem zeggen. Dat wilde ze helemaal niet! Ze wilde dat geld niet! Natuurlijk had ze beseft dat dit eraan zat te komen, maar nu pas drong het tot haar door dat die toekomstplannen op korte termijn werkelijkheid werden. Het duizelde haar opeens, ze kreeg het benauwd en was het liefst naar buiten gerend.

'Gaat het wel goed met je, Maddy, je bent zo bleek opeens?' vroeg Jerom bezorgd. Zijn stem klonk als van verre. 'Is het zo'n schok voor je? Je moet toch beseft hebben dat Leida en ik verder wilden met elkaar?'

Ze sloot even haar ogen, ademde diep in. Voor haar vader moest ze zich rustig houden. Hij wilde dit, het was zijn leven, hierin mocht zij niet ingrijpen. Ze was volwassen, precies zoals hij zei, het werd hoog tijd dat zij haar eigen leven ging leiden, zonder haar vader. Als ze nu nog met Frans samen was geweest, zou ze dat niet meer dan normaal hebben gevonden en woonde ze vast en zeker al op zichzelf. Nu voelde ze zich echter aan de kant geschoven als een overbodig geworden oude stoel.

'Het is goed, pa,' zei ze met een glimlachje. 'Ik ben heel blij voor jullie en ik hoop dat jullie gelukkig worden samen.' Of haar vader zich voor de gek liet houden, wist ze niet. Hij aanvaardde in ieder geval haar verklaring dat ze hoofdpijn had en dat ze daarom zo tam reageerde.

Later zat ze alleen op haar kamer, onder het mom van die hoofdpijn. Ze moest eruit; het benauwde haar hier enorm. Ze moest met iemand praten die haar zou begrijpen en haar gelijk zou geven. Maar met wie? Marcella zou vannacht pas thuiskomen van haar vakantie, daar kon ze niet heen. Nora was er evenmin, en Cathy, die zou de plannen van Jerom alleen maar toejuichen, dat wist ze absoluut zeker. Seb? Ook hij vond het niet meer dan normaal dat zijn baas verderging met zijn leven, al had hij dat niet met zoveel woorden gezegd. Seb maakte zich geen zorgen over zijn toekomst. Als hij straks zijn diploma's op zak had kon hij zo een andere baan krijgen, met zijn ervaring moest dat geen enkel probleem zijn. En zij? Ook zij zou verder moeten, een andere baan zoeken, nieuwe woonruimte.

'Ik heb niet de indruk dat ze echt blij is met ons aanstaande huwelijk,' zei Leida op zachte toon. Ze zaten buiten op het dakterras, genietend van een nog altijd warme avond.
'Ze moet wennen aan het idee. Echt, het komt wel goed,' verzekerde Jerom haar. 'Ze snapt ook wel dat wij op een bepaald moment de volgende stap zouden zetten. Nee, dat komt heus wel goed.' Jerom was echter niet zo zeker van zijn dochter als hij zei. Madelon kon behoorlijk dwars doen. Ze was in staat zich fel te verzetten tegen hun voorgenomen huwelijk, al geloofde hij niet dat ze dat zou doen. Ze was veranderd, deze paar weken dat ze alleen hier was geweest. Misschien kwam het door Seb. Die jongen was altijd kalm en nuchter; ze hadden toch twee weken samengewerkt in de bakkerij, en met zijn studie had ze hem geholpen. Seb had haar opgevangen na die zonnesteek; hij had vast een goede invloed op haar.
'Weet je zeker dat je in november al wilt stoppen met werken?' vroeg Leida. In Griekenland hadden ze er ook al wel over gepraat, maar nu ze thuis waren, kwam het allemaal heel snel dichtbij. Het was zo november.
'Ja, dat weet ik nog steeds heel zeker.' Hij nam haar hand in de zijne en drukte er een kus op. 'Maak je daar maar geen zorgen over. Met de kerst zal ik nog wel bijspringen, dan redt Seb het echt niet alleen, maar verder heb ik er alle vertrouwen in dat hij klaar is om mijn taak over te nemen.'
'Denkt Madelon er ook zo over?'

'Hmm, dat weet ik nog niet. Ze heeft hem geholpen met zijn studie de afgelopen twee weken. Ik zou toch haast wel denken dat ze nu inziet dat Seb een heel bekwame bakker is. Hij mist alleen het papiertje nog, maar als hij dat heeft, is hij officieel brood- en banketbakker.'

'Kan hij dan de zaak overnemen als hij dat zou willen?'

'Als hij hierna zijn ondernemersdiploma nog haalt, dan wel. Madelon heeft wel de juiste papieren om een zaak te beginnen.'

'Maar dat wil ze niet, hè?'

'Nee, helaas niet. Het zou voor mij een hele geruststelling zijn als het wel zo zou gaan, dat mag je best weten. Ik hoef de zaak niet per se te verkopen als ik wist dat mijn dochter hem zou willen voortzetten. We kunnen dan een constructie bedenken waarmee ze me jaarlijks een bepaald bedrag betaalt. Hetzelfde geldt voor Seb. Die jongen werkt al twintig jaar bij me. Ik weet wat hij kan.'

'Het was in ieder geval een goed idee van je om tegen Seb te zeggen dat Madelon hem wel kon helpen met zijn studie.'

'Dubbel geluk,' knikte Jerom. 'Het had erger af kunnen lopen met Maddy door die zonnesteek als Seb er niet was geweest.'

Ondertussen slenterde Madelon door de straten naar het centrum. De bovenwoning benauwde haar nu pa en Leida weer thuis waren. Door te wandelen werd ze wat rustiger en kon ze even alles van zich af zetten. Het was gezellig druk op straat. Ze zocht op een terras een plaatsje aan de straatkant; ze wilde zo veel mogelijk mensen kunnen bekijken, dan had ze tenminste niet het gevoel dat ze alleen was. De serveerster bracht haar een rosébiertje en genietend nam ze een slok van het koele, zoete bier.

Er viel genoeg te bekijken op dit tijdstip van de zaterdagavond, zeker hier, waar ze vlak bij de ijssalon zat die immens populair was met dit warme zomerweer. Jonge stelletjes kwamen gearmd voorbij, likkend aan één ijsje; kleine kinderen met druppende ijsco's; oudere mensen die voorzichtig van de lekkernij snoepten. Ook hier herkende ze verschillende klanten van de bakkerij. Sommigen bleven even staan om een praatje te maken en te vertellen dat ze het brood van Bakker Haagveld de afgelopen weken wel gemist hadden. Ze bewonderde de baby van een oud-klasgenote die voorbijkwam en haar herkende. Even haalden ze herinneringen op aan hun schooltijd tot haar man kwam aanlopen met twee ijsjes in zijn hand en ze weer verderliepen.

'Madelon Haagveld?' klonk een onbekende mannenstem. Ze draaide haar hoofd en keek op in een vriendelijk gezicht. Een beetje lachend haalde ze haar schouders op. 'Sorry, je komt me bekend voor maar ik heb geen idee wie je bent. Help me even.'

'Nick Awater, de zoon van Leida. Mag ik?' wees hij op de lege stoel.

Opeens wist ze weer waarom hij haar zo bekend voorkwam; ze had hem immers bij de begrafenis van zijn vader gezien. 'Natuurlijk, ga zitten.'

'Ik heb je vroeger weleens gezien. Je kwam een keer met je moeder mee, maar dan praat ik over een jaar of vijfentwintig geleden. Je weet toch wel dat onze moeders bevriend met elkaar waren?'

'Uiteraard weet ik dat, hoewel ik bijna nooit mee mocht.' Nick leek veel op zijn moeder, zag ze nu, maar had meer mannelijke trekken in zijn gezicht. 'Jij bent toch de zoon met de twee jongste kinderen? Jurien en Joep?'

'Ja, die twee bengels zijn van Nadia en mij. Ik was op weg naar de ijssalon om wat lekkers voor ons te halen. Leida en Jerom zijn vandaag thuisgekomen. Hoe hebben ze het gehad? Ik zie ze morgen, dan komen ze langs. Ik begreep van mam dat jij er niet best aan toe bent geweest terwijl zij weg waren.'

'O ja? Dat valt wel mee. Ik had een zonnesteek, dat zal ze bedoeld hebben.' Praatte Leida over haar met haar kinderen? Van pa hoorde ze haast nooit iets over Leida's kinderen. Nu was pa niet zo spraakzaam en moest je de meeste informatie uit hem trekken – blijkbaar was Leida anders. Nick moest ook een foto van haar gezien hebben. In die vijfentwintig jaar was ze echt wel veranderd, daar kon hij haar niet van herkend hebben.

'Een zonnesteek kan anders knap gevaarlijk zijn, je kunt er

zelfs van in coma raken,' wist Nick.

'Zo erg was het niet. Ik ben wel even buiten bewustzijn geweest,' zwakte ze het af. 'Een vriend van me vond me bijtijds.'

'Dan heb je geluk gehad. Goed dat ik je hier nu tref. Ik had toch al contact met je op willen nemen.'

Madelon keek hem vragend aan.

'Vanwege het aanstaande huwelijk van onze ouders,' verduidelijkte hij. 'Het leek ons – Joyce, Nadia, Jos en mij – leuk om samen met jou een cadeau te geven. Ze gaan dan wel in het huis van mijn moeder wonen en hebben niet echt iets nodig, maar toch moet het mogelijk zijn om iets origineels voor hen te bedenken. Heb je een idee voor je vader, wat hij leuk zou vinden? Misschien een mooi beeld voor in de tuin of zo.'

Madelon probeerde haar gezicht in de plooi te houden en deed net of ze nadacht. Zij had vandaag pas te horen gekregen dat haar vader en Leida wilden trouwen. Haar kinderen wisten dat blijkbaar al langer. Samen een cadeau geven? Ze kende hen niet eens! Niemand had het tot nu toe belangrijk gevonden dat zij de kinderen van Leida leerde kennen. Pa ging kennelijk vaak bij hen op bezoek. Oké, zij woonde nog thuis; niemand hoefde bij haar op bezoek te komen, maar toch!

'Ik overval je hiermee,' besefte Nick. 'Het zou leuk zijn als we elkaar beter leren kennen, tenslotte worden we familie van elkaar.'

Ze aarzelde even, stelde toch de vraag die haar al zo lang bezighield. 'Wat vinden jullie van de situatie? Ik bedoel… Jouw vader is nog niet zo lang geleden overleden. Het moet toch moeilijk voor jullie zijn om je moeder dan weer met een andere man te zien.'

'In het begin wel. Ik begreep absoluut niet hoe ze het kon. Was ze pap nu alweer vergeten? Had ze niet zoveel van hem gehouden? Maar wij zagen al snel dat ze weer gelukkig werd. Ze werd weer onze oude vrolijke moeder, die altijd lachend door het leven ging, wat voor problemen ze ook tegenkwam. En dat werd veroorzaakt door jouw vader. Die twee houden van elkaar, dat zie je meteen als ze ergens binnenkomen. Het straalt van ze af.'

Dat moest Madelon beamen. Nick en zijn zus hadden er dus geen enkel bezwaar tegen dat hun moeder opnieuw in het huwelijk trad. Zag zij het dan zo verkeerd? Was Leida het beste wat haar vader kon overkomen?

'Ze hebben plannen om een vakantiehuis te kopen in Griekenland. Dat betekent dat ze vaak daar zullen zijn,' zei Madelon.

'Tja, voor ons kinderen niet zo leuk natuurlijk, maar als zij daar gelukkig zijn, wie zijn wij dan om hen per se hier te willen houden? Griekenland is goed te bereiken en we hebben daar dan meteen een voordelig vakantieadres,' grijnsde Nick en hij sprak snel verder bij het zien van haar verschrikte gezicht. 'Het zal zo'n vaart wel niet lopen. Ze hebben er nu twee weken doorgebracht en zien alles nog door een roze bril. Ik ken jouw vader nu inmiddels wel zo goed dat ik weet dat hij niet over één nacht ijs gaat.'

'Dat hoop ik ook niet. Pa is normaal helemaal niet zo reislustig.'

Nick trok zijn wenkbrauwen op, maar zei verder niets. Hij stond op. 'Kom morgenavond eens langs bij ons, dan kun je kennismaken met de rest van de familie. En dan kunnen we meteen samen nadenken over een cadeau voor hun huwelijk. Akkoord?'

'Best, geef me je adres maar,' knikte ze.

HOOFDSTUK 9

'Je ziet er goed uit, Jerom. Die vakantie heeft je goed gedaan. Of is dat de aandacht van Leida? Zo'n vrouw moet je niet meer laten gaan,' grijnsde Seb. Hij kwam zijn baas begroeten en de werkzaamheden doorspreken van de komende dagen. Na een vakantie van twee weken was dat noodzakelijk om maandag en de dagen daarna de klanten weer te kunnen voorzien van brood en lekkernijen zoals ze dat van hen gewend waren. Ook Madelon moest hier bij zijn omdat zij als geen ander wist wat er dagelijks over de toonbank ging.

'Dat ben ik ook niet van plan, jongen. We trouwen in september, de veertiende om precies te zijn,' vertelde Jerom glunderend.

'Je meent het! Gefeliciteerd. Goed van je.'

Jerom knikte met een stralend gezicht. 'Wie had dat kunnen denken, hè, dat die ouwe nog een keer het geluk zou vinden bij een vrouw.'

'Het is je gegund. Jij krijgt er ook meteen een hoop familie bij, zelfs broers en zussen,' zei Seb tegen Madelon.

Ze trok een grimas. 'Nou, leuk hè.' Aan het gezicht van pa zag ze dat het klonk zoals ze het voelde, helemaal niet leuk. 'Ik ken ze niet eens. Gisteravond kwam ik toevallig Nick tegen in de stad. Hij weet blijkbaar wel wie ik ben,' ging ze verder met een verwijtende blik richting haar vader.

Deze krabde zich op zijn hoofd. 'Het spijt me dat jullie niet eerder kennis met elkaar gemaakt hebben, maar jij was ook niet erg toeschietelijk in die richting. Leida heeft je zelfs nog mee gevraagd naar de verjaardag van Jesper. Je had beter mee kunnen gaan, dan had je meteen iedereen leren kennen.'

'Alsof ik daar plompverloren op een kinderfeestje aan kom zetten waar ik niemand ken, dat geloof je toch zelf niet!'

'Ik hoop wel dat je wat vriendelijker doet als je iedereen vanavond ziet.'

'Jij bent er dan toch niet?'

'Nee, Leida en ik gaan vanmiddag eerst bij Nick en Nadia op bezoek en daarna gaan we naar Joyce en Jos, waar we op de kleinkinderen passen tot zij terug zijn.'

'Heb je nog wel tijd om te bakken?' vroeg Seb met een lach.
'Daar wil ik het ook met je over hebben. Ik heb je al verteld
dat ik in november helemaal wil stoppen met werken. Jij kunt
mijn werk dan overnemen, het is dan alleen zoeken naar een
knecht, of we moeten er een leerling bij nemen. Dat moet niet
zo moeilijk zijn. We kunnen nu best een stageplek creëren
voor het ROC, die lui zijn altijd op zoek naar stageplaatsen.'
Madelon wist niet wat ze hoorde. 'Dat denk ik toch niet,' zei
ze dan ook. 'Seb heeft geen papieren, die heb je wel nodig om
een leerling te kunnen begeleiden. Bovendien lijkt het me niet
verstandig om een leerling hier neer te zetten. Het gaat niet
alleen om de praktische uitleg.'
Jerom keek haar stomverbaasd aan. Sebs gezicht stond
opeens strak en ondoorgrondelijk.
Dat was toch zeker zo? Dat wist pa toch ook wel, waarom
stelde hij het dan voor? Madelon praatte snel verder. 'Een
school neemt niet zomaar stageplaatsen aan. En als we
inspectie krijgen, moet er hier iemand staan met de juiste
diploma's. Ik stel voor een bakker met de juiste papieren te
zoeken totdat jij klaar bent met je opleiding.' Ze verkruimelde
de koek die voor haar op een bordje lag en keek niet naar de
mannen die tegenover haar zaten. Als ze Seb beledigd had
met haar opmerking, was dat jammer. Ze moesten gewoon
aan de eisen voldoen, daar kon haar vader noch zij omheen.
Jerom begon de planning voor deze week door te nemen. Er
werd verder niet meer gepraat over stoppen, diploma's of
leerlingen totdat Seb weg was.
'Waar ben jij mee bezig? Ik dacht dat je nu wel van mening
veranderd was,' begon hij zodra de buitendeur achter Seb in
het slot viel.
'Wat bedoel je?'
'Jij ziet Seb nog altijd als de knecht. Dat is hij niet meer,
Madelon, allang niet meer. Hij is een volleerd banketbakker.'
'Op dat ene papiertje na,' hield ze hem voor ogen. 'Daar gaat
het om, pa, om dat papiertje. Zolang hij dat niet heeft, zul je
hier een bakker met geldige diploma's neer moeten zetten,
anders kun je net zo goed de winkel meteen sluiten.'
'Hij doet dit najaar examen, dus over een maand of wat heeft

hij die diploma's die jij zo belangrijk vindt,' antwoordde Jerom op stugge toon.

'Wat doe je als hij zakt voor zijn examen?'

'Waarom zou hij zakken?'

'Misschien omdat hij de vragen niet begrijpt.'

'Hij kan extra tijd krijgen omdat hij dyslectisch is,' wist Jerom.

'Allemaal leuk en aardig, maar hij kan nog altijd zakken. Het gaat niet alleen om de praktijk, ook de theorie moet hij kennen.'

'Die kent hij ook!' stoof Jerom op. 'Daar ben je de afgelopen twee weken toch mee bezig geweest?'

'Dat klopt.' Madelon had niet het idee dat ze onredelijk was of absurde eisen stelde. De bakkerij had een gediplomeerd bakker nodig, en zonder haar vader was die er niet.

'Ik blijf in naam bakker. Ik stop pas als Seb zijn diploma in handen heeft,' hield Jerom vol.

Ze schudde met een diepe zucht haar hoofd. 'Je weet ook wel dat dat nog maanden kan duren als hij zakt.'

'Die gok neem ik dan maar.'

'Zonder met Leida te overleggen? Je zult dagelijks in de bakkerij moeten zijn. Seb kan het echt niet alleen af en drie man in de bakkerij kunnen we niet betalen.'

'Ik hoef geen salaris. Zolang de zaak op mijn naam staat, deel ik in de winst, dat is voldoende. Leida staat achter mijn beslissing, dat weet ik heel zeker.' Jerom stond op. 'Bovendien neem ík nog altijd de beslissingen zolang ik de baas in deze zaak ben. Vergeet dat niet. Ik ga nu naar Leida toe. We eten bij Joyce en Jos en daarna blijven we daar. Misschien zien we elkaar vanavond nog, dan praten we wel verder.'

Madelon keek haar vader na, wiens gezicht nu boos en zorgelijk stond. De vrolijke glans was verdwenen. Dat was haar schuld, door haar gedram dat Seb niet als bakker in de zaak kon staan. Toch meende ze dat ze de juiste beslissing had genomen. Het waren nu eenmaal de regels, daar hadden ze zich aan te houden. Hoe vervelend dat ook was voor Seb of voor haar vader.

Ze ging achter haar computer zitten en zocht het bestand van een vacaturebank op waar ze een advertentie had geplaatst. Er zouden toch wel een paar werkeloze bakkers zijn die direct aan de slag konden? Een tijdje geleden had ze een oproep geplaatst voor een bakker die tevens eigen baas wilde worden. De mogelijkheid om het pand te kopen had ze er nog niet bij vermeld, dat schrok misschien af. Voorlopig ging ze ervan uit dat er een huurovereenkomst mogelijk was; daar had de makelaar ook over gesproken als tussenoplossing voor het geval de verkoop te lang op zich liet wachten.

Gisteravond had ze in haar mailbox gezien dat daar een reactie op was gekomen. Ze had er nog niet met haar vader over gesproken, wilde eerst eens kijken wat voor iemand het was en hoe serieus die persoon was. Haar vader wist wel dat ze bij een uitzendbureau langs was geweest en daar een vacature had lopen, maar niet dat ze het ook op internet had gezet.

Ze klikte het bericht open. De man die gereageerd had, was een gediplomeerd bakker van veertig jaar: Mark Strekhaard, met de juiste papieren om zo een bedrijf te kunnen starten.

Hij had een cv bijgevoegd, dat ze meteen nieuwsgierig opende en doorlas.

Mark werkte nu nog bij een bakker in Eindhoven. Hij kon desgewenst referenties geven. Hij kwam oorspronkelijk hiervandaan en wilde graag dichter bij zijn familie komen wonen. Zijn huwelijk was stukgelopen en hij had twee kinderen die bij hun moeder bleven wonen. Zijn cv zag er in ieder geval veelbelovend uit.

Ze nam zich voor hier vanavond nog met haar vader over te praten. Hij zou er wel niet van willen horen, zou het te vroeg vinden om over verhuren te praten, meende ze, maar als Mark na een eerste gesprek echt serieuze plannen bleek te hebben om voor zichzelf te beginnen, kon hij best een poosje op proef meedraaien zodat pa de man kon leren kennen. Anderzijds kon Mark er zo achter komen of het bedrijf wel was wat hij zocht. Dat leek haar zo'n slecht plan nog niet, hiertegen kon haar vader toch geen bezwaar hebben?

Madelon ging naar beneden. Ze wilde nog een laatste keer, voordat ze morgen opengingen, een stofdoek over de planken halen, tasjes klaarleggen, de kassa van een volle rol voorzien en alvast de verbinding van de pinautomaat testen.

Toen ze klaar was in de winkel ging ze naar de bakkerij en deed daar ook een laatste controle. Normaal behoorde dit tot de taak van haar vader, maar deze had het te druk met zijn nieuwe vriendin en liet het werk blijkbaar met een gerust hart aan haar over. Ze zette de thermostaat van de vrieskast lager zodat ze er direct gebruik van konden maken.

'Zelfs dat durf je niet aan mij over te laten,' klonk het spottend achter haar. Ze draaide zich langzaam om. Seb leunde ontspannen tegen de diepvrieskast en keek haar strak aan.

'Daarom doe ik het niet. Bovendien heb je niet gezegd dat je vandaag nog terugkwam,' verdedigde ze zichzelf.

'Wil je eigenlijk wel dat ik terugkom?'

'Natuurlijk wel, waarom niet.'

'Omdat je er kennelijk nog altijd niet in gelooft dat ik mijn diploma ga halen. Je weet inmiddels wat ik kan en nog altijd twijfel je.'

'Totdat je dat diploma hebt, kan er nog van alles gebeuren.'

Seb deed een paar stappen dichter naar haar toe zodat ze naar hem moest opkijken. Hij stond zo dicht bij haar dat de geur van zijn aftershave haar neus prikkelde.

'En in die tussentijd mag ik de knecht blijven spelen. Is dat wat je wilt? Je vader dwing je nu zo'n beetje aan het werk te blijven. Komt het weleens bij je op dat hij niet meer wil? Dat met het overlijden van je moeder het plezier in zijn vak verdwenen is? Hij gaat nog dagelijks naar de bakkerij omdat hij moet, maar als hij had mogen kiezen, en als jij er niet was geweest, had hij de zaak allang verkocht.'

'Hoe weet jij dat? Daar heb ik hem nog nooit over gehoord.'

'Misschien luister je niet goed genoeg. Je bent een harde tante, Madelon Haagveld, altijd zakelijk, altijd strikt en volgens de regeltjes. Mensen hebben gevoelens, hebben behoeftes, niet iedereen is gebaat bij die strakke regeltjes, en soms kun je daar ook best wat losser mee omgaan. Zelfs jij.'

'Wat bedoel je daarmee?'

'Je bent lang niet zo hard als je iedereen wilt laten geloven. Maak het jezelf en je vader niet zo moeilijk. Kom eens een beetje los. Je weet dat je dat best kunt. Ik heb je menselijke kant gezien deze weken, en die is heel wat aangenamer dan de zakelijke Madelon. Verstop die niet langer voor iedereen en wees vooral niet zo hard voor je vader. Zie je dan niet dat hij gelukkig is met Leida? De enige die dat geluk verstoort, ben jij. Waarom gun je hem dat geluk niet?'

Zijn woorden raakten haar recht in haar hart; ze wilde haar vader geen pijn doen, niet met opzet. Ze slikte en rechtte haar rug. 'Ik misgun hem dat geluk echt niet. Van mij mag hij, maar de bakkerij is een andere zaak.'

'Je ziet het echt niet, hè?' vroeg Seb hoofdschuddend.

'Wat zie ik niet?' riep ze op wanhopige toon. 'Wat zou ik moeten zien?'

'Dat Jerom het liefst heeft dat jij de bakkerij voortzet.'

'Daar heb ik allang met pa over gesproken, dat is niets nieuws voor mij. Ik doe het niet en wil het ook het niet, zeker niet alleen.'

'Je hoeft het niet alleen te doen. We kunnen het samen doen. Jij en ik. Jij hebt de papieren om een bedrijf te runnen; ik heb straks mijn diploma en ben dan een gediplomeerd banketbakker zoals jij zo graag wilt. We kunnen het toch samen doen?'

Ze schudde haar hoofd. 'Nee, dat wil ik niet. Volgende week komt er iemand praten. Een bakker met papieren. Hij wil de zaak graag overnemen.'

Sebs kaak verstrakte, zijn ogen boorden zich in de hare, totdat ze ze verward neersloeg en langs hem heen de bakkerij uit vluchtte. Ze ging niet terug naar boven, maar liep regelrecht de straat op. Het winkelcentrum was nagenoeg verlaten. Ze wilde alleen zijn met haar gedachten en bleef een poos voor de etalage van de bloemenwinkel staan, zag zichzelf weerspiegeld in de grote ruit.

Wat Seb had gezegd deed haar ontzettend veel pijn. Kon ze in zijn ogen dan niets goed doen? Begreep hij echt niet dat ze geen andere mogelijkheid had? Samen met hem zou ze nooit de bakkerij kunnen runnen. Dat ging toch niet? Hoe kon je een bedrijf leiden als je niet eens fatsoenlijk een brief kon lezen? Ze zou steeds overal bij moeten zijn, constant moeten controleren wat hij deed.

Ze had met plannen rondgelopen om te moderniseren – voordat haar vader met het nieuws kwam dat hij wilde stoppen – meer met computers werken om zo de bestellingen sneller en gemakkelijker te kunnen verwerken, alles ook te koppelen aan de administratie, wat weer een hoop werk uit handen nam. Dat zou Seb niet kunnen. Ze zouden nooit gelijkwaardige partners worden, niet met zijn handicap. Waarom begreep hij dat niet? Waarom wilde iedereen haar in een richting duwen die ze niet wilde?

Sebs opmerking dat pa eigenlijk al na de dood van haar moeder had willen stoppen met de zaak, deed haar nog het meest pijn. Haar vader had daar blijkbaar wel met zijn knecht over gesproken maar nooit met haar. Het leek wel of pa meer met Seb van doen had dan met zijn eigen dochter! Opeens bemerkte ze dat haar wangen nat waren. Wat was zij voor dochter? Hard en zakelijk, had Seb haar genoemd. Voor zichzelf én voor haar vader. Was dat zo? Ze had toch het beste voor met haar vader en met de zaak? Dat wist pa toch wel? Nee, het was niet zoals Seb zei, helemaal niet.

Er kwamen stemmen dichterbij; een stelletje wandelde hand in hand door het centrum en kwam haar richting uit. Madelon veegde over haar wangen en liep verder. Ze had geen idee waar ze heen ging, zolang ze maar niet terug naar huis hoefde.

Zo dwaalde ze door de stad tot ze uiteindelijk bij het flatgebouw aankwam waar Marcella woonde. Die was vannacht thuisgekomen, wist ze. Ze drukte op de bel, wachtte een poosje en drukte nog eens. Het bleef stil. Berustend liep ze verder. Marcella was vast bij Rens. Ze sloeg een volgende straat in en herkende het naambordje opeens als de straat die Nick opgegeven had. De zoon van Leida woonde hier. Pa en Leida waren bij hen op bezoek. Ze draaide zich vlug om voordat iemand haar zou zien en herkennen.

'Madelon?'

Daar had je het al, die betweter van een Nick had haar gezien. Wat deed hij op straat? Behoorde hij niet bij zijn visite te zitten? Ze liep stug door.

'Hé, Madelon, wacht even,' riep hij weer.

Ze hoorde rennende voetstappen achter zich en werd al snel ingehaald.

'Hoi, hoorde je me niet roepen?' Nick liep naast haar mee, maar toen hij haar bloeddoorlopen ogen zag, pakte hij haar bij de arm en dwong haar zo stil te blijven staan. 'Wat is er met jou aan de hand?'

'Niets,' mompelde ze, 'last van hooikoorts.'

'Daar geloof ik helemaal niets van. Heb je ruzie gehad met je vriend?'

'Ik heb geen vriend.'

'O, ik dacht dat jij en die andere bakker iets met elkaar hadden. Sorry, mijn fout. Wil je erover praten?'

'Nee.'

'Jerom en Leida zijn net weg naar Joyce en Jos. Loop even mee, je ziet eruit alsof je wel een opkikkertje kunt gebruiken.'

'Nee, dank je, ik ga weer op huis aan.' Ze wilde zich omdraaien, maar Nick hield haar bij haar arm vast.

'Kom even mee,' drong hij aan. 'Als je geen mot hebt gehad met je vriend, dan toch wel met je vader. Hij was er niet helemaal bij met zijn gedachten. Ze waren ook een stuk later bij ons dan we verwacht hadden. Misschien kun jij me daar wat meer over vertellen. Zijn er problemen?'

'Niet dat ik weet.'

'Niet tussen Leida en Jerom, maar tussen jou en je vader.'

Madelon beet op haar lip. Deze Nick was aardig en leek oprecht in haar geïnteresseerd. Bovendien werden ze stiefbroer en -zus. Vroeg of laat zou hij ook te horen krijgen wat er tussen haar en pa aan de hand was, bedacht ze.

'Je weet toch dat mijn vader wil stoppen met de bakkerij,' begon ze.

Nick knikte.

'Hij stelde daarstraks voor dat Seb de bakkerij overneemt totdat de zaak verkocht wordt.'

'Dat is toch zo'n gek plan nog niet?'

'Wel als je geen gediplomeerd bakker bent.'

'Oké, maar hij werkt al twintig jaar bij je vader. Is hij dan niet automatisch bakker? Hij is toch niet zwakbegaafd of zo? Volgens Jerom draait de bakkerij nu haast ook helemaal op

hem en is Jerom nu zo'n beetje zelf de knecht.'
Madelon schudde haar hoofd. 'Dat kan wel zijn, maar als pa stopt staat er nog altijd een bakker zonder diploma's. Dat mag niet.'
'En jij hebt geen papieren om de zaak over te nemen?'
Ze legde uit hoe het precies zat en wat haar vader wilde doen. 'Dat moet hij niet doen. Ik ken je vader nu iets langer dan een halfjaar, maar volgens mij wil hij echt stoppen, is hij moe gewerkt. Hij praat over niets anders dan de tijd na de verkoop van de bakkerij. Als je hem zo plannen hoort maken, krijg je het idee dat de zaak morgen overgenomen wordt.'
'Was dat maar waar. Ik vrees dat het nog wel een hele poos gaat duren. Maar je hebt het wel goed gezien, pa wil echt stoppen.'
'En tot de zaak verkocht is, blijf jij in de bakkerij werken?'
'Uiteraard, want Cathy werkt maar een paar dagen per week. Bovendien doe ik de administratie en de bestellingen. Ik heb het werk van mijn moeder overgenomen na haar dood.'
'Terwijl je eigenlijk helemaal niet in de zaak wilde, begreep ik van Jerom.'
'Nee, dat wilde ik aanvankelijk ook niet, maar na het overlijden van mijn moeder viel pa in een diep gat. Er zat niets anders op dan in de zaak te gaan helpen, wilde die niet volledig op zijn gat gaan. Dat wilde ik niet; mama heeft niet al die jaren zo hard gewerkt om het nu in elkaar te laten zakken.'
'Maar nu wil je niet meer?'
Madelon praatte verder en verwonderde zich erover dat ze zo open tegen deze man was. Ze kenden elkaar amper. Tegen Nick zei ze precies wat haar dwarszat, wat ze zelf het liefste zou willen doen; ook liet ze niet achterwege wat Seb had gezegd over haar vader. Als laatste voegde ze eraan toe dat er iemand op haar advertentie gereageerd had.
'Eigenlijk zou ik je willen adviseren met Seb verder te gaan. Te oordelen naar wat ik van je vader hoor en nu ook van jou, kan hij het wel.'
'Maar zijn dyslexie dan?'
'Je zult ervan staan te kijken hoeveel mensen met dat probleem te kampen hebben en zich toch heel goed kunnen red-

den, en beslist niet de minste functies hebben. Hun geheugen is vaak beter getraind omdat ze alles moeten onthouden. Ze kunnen immers niet nalezen wat ze gehoord hebben. Zo is het vast ook met Seb. Je vertelt zelf dat hij onthoudt wat hij een paar keer heeft gehoord.'

'Ik ben er toch niet altijd om alles voor te lezen. Hij heeft nog nooit met een computer gewerkt, hoe moet hij dan weten wat er nodig is om alle bestellingen te kunnen leveren?'

'Daar zijn vast wel oplossingen voor te bedenken als je hem dat probleem voorlegt,' hield Nick haar voor. Hij sloeg een arm om haar schouders en drukte haar even tegen zich aan; een broederlijke omhelzing. 'En bedenk even dat je er nu niet meer alleen voor staat. Je hebt ons nu ook.'

Madelon glimlachte even. 'Dat is waar. Ik heb er nu een broer en een zus bij gekregen. Pfff, ik ben er doodmoe van, dat gepieker over de zaak.'

'Dan is het nu tijd om met me mee naar huis te gaan. Nadia vindt het vast leuk jou te leren kennen. Eet lekker met ons mee, je zou toch al hierheen gekomen zijn.'

Het klonk aantrekkelijk. De andere optie, thuis iets opwarmen en in haar eentje voor de televisie eten, was niet zo aanlokkelijk. Ze knikte. 'Als je zeker weet dat het kan, dan graag.'

Ze draaiden om en liepen terug naar het huis van Nick.

HOOFDSTUK 10

'Nadia, mijn zus Madelon,' stelde Nick haar voor.

Ze glimlachte een beetje gegeneerd omdat ze plotseling met Nick mee was gekomen. Nadia bleek een heel aardige jonge vrouw te zijn die haar onmiddellijk accepteerde. 'Natuurlijk kun je mee-eten, gezellig toch, dan leer je je nieuwe familie in stukjes kennen. Het lijkt me voor jou toch al een hele verandering. Je hebt toch geen broers of zussen?'

'Nee, ik ben enig kind. Ik hoop niet al te verwend.'

'Ben je mal. Je hebt een heel lieve vader, daar kun je trots op zijn. Het is fantastisch om te zien hoeveel hij van Leida houdt, toch, Nick?'

'Dat is het zeker,' knikte deze.

Madelon wilde dat ze ook zoiets liefs van Leida kon zeggen. Niet dat Leida geen lieve vrouw was; juist wel. Ze was fantastisch voor haar vader. Hij was opgeleefd sinds hij haar kende, dat kon ze niet ontkennen, en toch vond ze het nog steeds moeilijk te aanvaarden dat Leida de plaats van haar moeder in zou nemen.

Nadia voelde haar stemming echter haarfijn aan en legde even haar hand op haar arm. 'Hé, ik begrijp het best, hoor. Ik vond het heel moeilijk dat Jerom opeens de plaats van mijn schoonvader innam, want ik hield ontzettend veel van Samuel. Nick had daar minder moeite mee, hij begreep dat Leida net zo goed als ons recht heeft op geluk. Ze is toch veel te jong om de rest van haar leven alleen te blijven. Jij bent daarbij nog alleen ook, je had niemand om erover te praten. Wij hadden elkaar en Joyce en Jos.'

Dat was niet helemaal waar; bij Marcella had ze vaak genoeg haar nood geklaagd en die zei min of meer hetzelfde als wat Nadia nu vertelde. Ook al had ze geen broers of zussen, bij haar vriendinnen kon ze altijd terecht, die steunden haar of duwden haar terug in de juiste richting als dat nodig was. Marcella durfde haar keihard de waarheid te vertellen als ze meende dat haar vriendin echt fout zat.

Madelon liet zich meeslepen met het jonge gezin, genoot van de capriolen van de kleine Joep en luisterde aandachtig naar de verhalen die Jurien haar vertelde. Het was een verademing om met deze mensen samen te eten en te ontspannen, na de ruzie en de verkrampte manier waarop pa en Seb met haar omgingen. Ze hielp Nadia met het afruimen van de tafel en ging zelfs mee naar boven om Joep en Jurien in bad te doen omdat Nadia dat vroeg. Nick stond voor deze keer graag zijn plaats aan haar af, zei hij.

'Wat heb je een heerlijk gezin,' zei Madelon naar waarheid.

Nadia straalde. 'Dank je. Ze zijn echt niet altijd zo lief.'

'Dat kan ik me haast niet voorstellen. Het zijn geweldige kinderen.'

'Kom zo vaak op bezoek als je wilt. We zijn binnenkort immers familie.'

'Van dat aanbod maak ik vast en zeker gebruik.'

Jurien eiste dat Madelon een verhaaltje aan hem voorlas terwijl Nadia Joep op bed legde. Tegen de tijd dat de kinderen sliepen en ze weer naar beneden gingen, waren Joyce en Jos aangekomen. Nick had ondertussen koffie gezet en bracht het dienblad met kopjes, koffie en koeken naar buiten.

'Ha, daar zijn jullie weer. We zitten buiten,' zei hij.

Madelon volgde hem naar buiten. Ze herkende de vrouw die er zat direct als de dochter van Leida. Ook haar had ze op de begrafenis gezien. Ze ging naar haar toe en stelde zich voor.

'Joyce Molendijk, fijn je te ontmoeten,' mompelde de vrouw en ze ontweek haar blik.

Madelon kreeg direct een naar gevoel; Joyce mocht haar niet. Jos daarentegen begroette haar veel hartelijker.

'Eindelijk maken we dan kennis met de dochter van Jerom. Leuk je te leren kennen.'

Madelon mompelde iets soortgelijks en nam plaats op een lege stoel. Nick deelde de koffie rond en de koeken.

'Volgende keer verwachten we wel gebak van Bakker Haagveld,' grapte Jos.

'Daar zal ik zeker voor zorgen. Aangezien de bakkerij twee weken gesloten is geweest, is de voorraad aardig geslonken,' antwoordde Madelon.

'En als het aan jou ligt slinkt die voorraad nog veel verder,' mompelde Joyce.

'Sorry?' Madelon keek de vrouw niet-begrijpend aan.

'Houd je maar niet van de domme. Jij wilt het laten escaleren,' beet Joyce haar toe.

'Hoe bedoel je?'

'De zaak. Je drijft het net zo lang op de spits tot je vader blijft werken. Hij zal wel moeten, hè? Van jou mag de andere bakker immers de zaak niet overnemen.'

'Zo is het helemaal niet,' begon Madelon. Ze rechtte haar rug. 'Ik houd me alleen maar aan de regels die gelden bij een normale bedrijfsvoering van een bakkerij.'

'O, nou, mij lijkt het eerder alsof je helemaal niet wilt dat er iemand anders in komt. Je wilt het zelf niet overnemen, dus mag niemand anders dat.'

'Je begrijpt er helemaal niets van.' Het kostte haar moeite rustig te blijven. 'Als je precies wilt weten wat er speelt, wil ik je dat graag uitleggen, maar dit lijkt me niet de juiste plaats en nog minder de juiste tijd.' Ze wist best dat het hooghartig klonk, maar ze kon niet anders. Dat was nu eenmaal haar manier van zichzelf verdedigen.

Het gezicht van Joyce werd beurtelings rood en wit. Ze opende haar mond om haar van repliek te dienen, maar Nick stak zijn hand op.

'Ho, stop. We zitten hier niet om te zwartepieten. Met de bakkerij hebben wij niets te maken.'

'Dat hebben we zeker wel. Je vergeet even dat onze moeder met háár vader trouwt. Of denk je soms dat mama op deze ontwikkelingen zit te wachten? Ze heeft net getekend voor een pensioen op haar zevenenvijftigste en nu gaat mevrouw daar even stoken. Let op mijn woorden: het komt nog zover dat Jerom van háár tot zijn vijfenzestigste door moet werken,' wees ze met een priemende vinger naar Madelon. 'En waarom? Jij wilt helemaal niet dat ze trouwen, is het wel?' gooide Joyce haar op hatelijke toon voor de voeten.

Madelon klemde haar lippen op elkaar om zich te beheersen en de vrouw niet een ongelooflijke sneer te geven. Wie dacht ze precies dat ze was? Hoopte ze misschien een graantje mee te pikken van de verkoop van de bakkerij? Leida werkte bij een notaris, voor haar een kleine moeite om iets in het testament van haar vader te veranderen, dat bij Wittebols gedeponeerd was. Ze stond op, rustig en beheerst, al kookte ze inwendig van woede.

'Als je ergens over mee wilt praten, moet je wel alle kaarten kennen. Als je dat niet doet, raad ik je aan je nergens mee te bemoeien. Het is inderdaad ónze bakkerij, daar sta jij helemaal buiten.' Ze draaide zich om en liep met afgemeten passen naar de poort. Achter zich hoorde ze hoe Joyce van drie kanten aangevallen werd. Het maakte niet uit, ze wist wanneer ze niet gewenst was, ook al was het maar door één. Daar wilde ze echt niet tussen blijven zitten. Madelon liep door naar het begin van de straat en probeerde zich te oriënteren hoe ze het beste terug kon lopen naar huis. Achter zich hoorde ze rennende voetstappen.

'Madelon, wacht, ga nou niet zo weg. Joyce bedoelt het niet zo,' riep Nick.

'Dat doet ze wel. En als zij er zo over denkt, kan ik er niets aan doen om dat te veranderen. Sterker nog, ik heb er genoeg van me steeds te moeten verdedigen. Ik hoor wel wat jullie hebben afgesproken voor het huwelijk van onze ouders.'

'Toe, blijf nog even. Leg uit aan Joyce hoe het echt zit. Zij heeft waarschijnlijk het een en ander opgevangen en daaruit haar eigen conclusies getrokken.'

'Dat is haar goed recht, Nick. Bedankt voor de gastvrijheid.' Ze liep verder de straat uit. Na de eerdere hartelijke ontvangst van Nick en Nadia was dit een ongelooflijke afknapper. Hoe durfde dat domme mens haar zo aan te vallen? Ze wist niet eens waar ze over praatte! Tranen van frustratie gleden over haar wangen. Ze veegde ze met een ongeduldig gebaar weg. Op de automatisch piloot liep ze door de straten totdat ze weer langs de flat van Marcella kwam. Voor de tweede keer die dag drukte ze op de bel en wachtte ongeduldig. Ze wilde net nog een keer drukken toen er geluid uit de intercom klonk. 'Ja?'

'Cella?' riep Madelon. 'Mag ik boven komen?'

Het antwoord kwam in de vorm van een gezoem waarmee de buitendeur geopend werd. Ze haastte zich naar de lift, en toen dat te lang naar haar zin duurde, rende ze de trappen op naar de derde verdieping. Hijgend en met een pijnlijk stekende zij bleef ze voor de deur van Marcella's flat staan. Ze sloeg met vlakke hand op de deur.

Marcella opende hem met een slaperig gezicht. 'Hé, Maddy, heb je me zo gemist?'

Snikkend viel Madelon om de hals van haar vriendin, die meteen klaarwakker was en haar mee naar binnen trok.

'Wat is er aan de hand, lieverd? Kom, ga zitten, hier heb je tissues.'

Madelon trok een handvol tissues uit de doos en drukte die tegen haar ogen. 'Het is zo gemeen. Joyce denkt dat ik niet wil dat pa en Leida trouwen. Seb vindt me koud en hooghartig en pa wil de bakkerij openhouden. Maar hij heeft geen diploma! Dat kan toch niet? Zeg dat ik gelijk heb, Cella, hij is dyslectisch, dan kun je toch geen eigen zaak beginnen?'

'Ho, wacht even. Ik ben net wakker, mijn hersens werken nog niet optimaal, begin even bij het begin. Ik begrijp er nu al helemaal niets meer van. Wie is Joyce?'

'De dochter van Leida.'

'Gaat je pa trouwen?'

'Ja, op 14 september. Met dat plan kwamen ze terug uit Griekenland, maar Nick wist het al veel langer. Waarom vertelt niemand ooit iets aan mij?' Weer begon ze te huilen. Iedereen leek tegen haar te zijn. Het was zo gemeen.

'Lieverd, ik kan je helemaal niet volgen. Begin eens vanaf de dag dat ik met vakantie ging, dan begrijp ik misschien wat er allemaal gebeurd is,' probeerde Marcella nog een keer.

Met horten en stoten, huilend, snuivend en met veel armbewegingen, vertelde Madelon wat er allemaal was gebeurd. Ze liet niets weg en vertelde over Seb, zijn dyslexie en zijn studie, de zonnesteek, de kinderen van Leida, het huwelijk en als laatste de gemene uitval van Joyce.

Marcella sloeg haar arm om de schouders van Madelon heen en trok haar zacht tegen zich aan. 'Arme schat. Ze moeten je wel hebben.'

'Het is toch niet eerlijk? Ik heb alleen maar het beste met pa en de zaak voor.'

'Tja, dat wel, maar moet je de regels zo letterlijk nemen?'
'Begin jij nou ook al?' stoof Madelon op.
'Hé, rustig, nu niet boos worden op mij. Je komt hier om te praten, om goede raad, en die geef ik niet als ik op alles wat jij roept ja en amen zeg. Ik geef je raad en mijn mening zul je op de koop toe moeten nemen. *Take it or leave it.*'
Madelon zuchtte diep en snoot nog een keer haar neus.
'Kun je geen afstand nemen van dit alles? Ga een poosje weg. Laat het bezinken, misschien kijk je er dan wel anders tegenaan.'
'Nee, dat gaat echt niet. Ik kan pa toch niet zomaar alleen laten? Wie moet mijn werk dan overnemen? Cathy kan het niet en pa weet amper wat ik doe.'
'Als je ziek wordt, zullen ze het ook alleen moeten doen,' hield Marcella haar voor.
'Dan ben ik er toch nog om antwoord op vragen te geven.'
'Niet als je in het ziekenhuis ligt. Niemand is onmisbaar, Maddy, ga er even tussenuit. Je hebt niet eens vakantie gehad omdat je thuis bent gebleven en de bakkerij hebt geverfd en Seb hebt geholpen. Allemaal leuk en aardig, maar jij zit vierentwintig uur en zeven dagen per week met je neus in die bakkerij. Ga een week weg, voor mijn part een paar dagen, maar ga ergens heen waar je even helemaal niet meer aan die bakkerij hoeft te denken.'
'Ik kan mijn gedachten toch niet thuislaten?'
'Dat begrijp ik, als je maar weggaat. Ik weet de perfecte bestemming voor jou: je gaat een paar dagen naar een beautyfarm en laat je daar gruwelijk verwennen. Massage, sauna, peelings en weet ik wat nog meer. Dan kun je even helemaal tot rust komen.' Enthousiast over haar eigen plan sprong ze op en begon te zoeken in een stapeltje folders. 'Hier heb ik het. Beautyfarm Blue Sensation. Wat die blauwe sensatie precies is, weet ik niet, maar het ziet er veelbelovend uit. Het ligt vlak bij zee in een schitterende omgeving. Je kunt er zelfs overnachten en dineren, wat wil je nog meer?'
Madelon schudde resoluut haar hoofd. 'Nee, dat gaat echt niet. Cathy kan het niet alleen af en pa weet amper waar ik alles bestel.'

'Maddy, het is geen vraag; je gaat! Ik regel het wel met Cathy, en je vader is vast niet zo dom dat hij van niets weet, en anders heeft hij Seb ook altijd nog.'

'Ik weet het niet, hoor. Weggaan lost toch niets op?'

'Dat niet, maar je kunt even afstand nemen van alles. De zaak zal echt niet failliet gaan als jij een paar dagen weg bent. Je hinkt nu constant op twee benen; je gaat het liefst verder zoals het nu is, maar dat kan niet omdat je vader ermee stopt. Dus houd je jezelf voor dat het beter is om de zaak te verkopen en zelf een andere baan te zoeken.'

Madelon knikte gelaten. Zo zat het precies en welke kant ze op moest gaan, wist ze nog altijd niet. Ze had nu voortdurend het gevoel dat ze achter de feiten aan holde.

Met lood in haar schoenen ging ze terug naar huis. Er stond haar nog een moeilijk gesprek met haar vader te wachten. Hij wist inmiddels vast wel dat ze met ruzie bij Nick was weggelopen. Dat moest ze in ieder geval uitleggen en bovendien wilde ze met hem praten over een mogelijke vervanger voor hem. Als hij wilde stoppen met werken, moest er sowieso iemand anders bijkomen. In zijn ogen was Seb dan wel geschikt als opvolger, voorlopig had hij nog geen papieren. Met die bakker die gereageerd had erbij kon het alleen maar beter worden.

Boven wachtte niet alleen haar vader op haar, ook Leida zat in de woonkamer.

'Daar ben je dan. Waar heb je gezeten?' wilde Jerom weten.

'We kregen een telefoontje van Nick dat je weg was gegaan.'

'Bij Marcella.' Wat deed Leida hier? Het ging haar toch niet aan? Kreeg ze nu van haar vader én van zijn vriendin een preek? Nee toch zeker, ze was geen opstandige puber meer.

'Ik zit er echt niet op te wachten om aangevallen te worden door jouw dochter, Leida. Ze weet amper wat er precies speelt,' ging ze tot de aanval over, want dat leek haar de beste tactiek.

'Ze maakt zich net als jij zorgen om ons. Joyce is nogal direct, die neemt geen blad voor haar mond. Het was vast niet haar bedoeling om zo vijandig te doen,' verontschuldigde Leida haar dochter.

'Het gaat haar niet aan wat er met de bakkerij gebeurt, dat is iets tussen pa en mij, daar staat zij buiten.'

'Niet helemaal, Maddy,' zei Jerom. 'Wat mij raakt, raakt Leida en automatisch haar kinderen. We moeten er wel een oplossing voor zien te vinden, zo kan het niet langer. Een bevredigende oplossing voor beiden.'

'Die heb ik ook.' Ze ging tegenover haar vader op het puntje van de stoel zitten. 'Er heeft al iemand gereageerd op mijn advertentie; een bakker met diploma's en de zin om een eigen zaak op te zetten.'

'Wanneer heeft die gebeld dan? Daar heb je gisteren toch niets over gezegd?'

'Hij heeft me een mail gestuurd. Hij heeft ervaring. Ik wil hem vragen te komen praten, als jij het goed vindt uiteraard,' zei ze vlug.

Jerom knikte nadenkend en streek over zijn gezicht. 'Ik weet het niet, Madelon, het gaat tegen mijn gevoel van rechtvaardigheid in om zo aan Seb voorbij te gaan.'

Ze slikte een verontwaardigd antwoord in. Zag hij Seb soms als de zoon die hij nooit had gehad? Het moest niet veel gekker worden! 'Seb kan toch gewoon blijven? Er zal hoe dan ook iemand bij moeten komen. Deze man, Mark Strekhaard, heeft papieren om een zaak te beginnen. Die heeft Seb toch niet.'

'Dus jij stapt eruit?'

Madelon knikte. 'Ik ga op zoek naar een andere baan. Mijn besluit staat vast.'

'Waarom wil je nu al per se iemand zoeken die de zaak over kan nemen?' wilde Leida weten. 'Als je de bakkerij over een poosje verkoopt, is het toch aan de nieuwe eigenaar om dat te regelen?'

'De zaak is zomaar nog niet verkocht, dat kan nog jaren duren. Pa wil in november stoppen met werken, moeten we de winkel dan maar sluiten?' antwoordde ze op ietwat ongeduldige toon. Waar bemoeide Leida zich mee? Moest ze zich nu ook al verantwoorden tegenover die vrouw?

'Dat is niet de bedoeling, maar in november heeft Seb zijn diploma vast al gehaald,' ging Leida verder.

'Vooropgesteld dát hij zijn diploma haalt! Hij heeft het nog niet. Seb is dyslectisch; hij kan niet zoals pa de bestellingen afhandelen; hij kan niet eens bestellingen rondbrengen omdat hij geen rijbewijs heeft. Hoe moet hij contracten afsluiten met leveranciers als hij ze niet eens kan lezen?'

'Nou nou, zo erg is het nu ook weer niet met hem gesteld,' begon Jerom. 'Ik heb de afgelopen twee weken met hem geleerd en gelezen, en zo erg is het wel. Hij gaat vooruit, dat zeg ik er ook bij, maar hij is er nog lang niet.'

'Jij bent er toch. Ik zie het probleem niet. Jij gaat toch door tot de zaak verkocht is? Of stop jij met werken als je vader met pensioen gaat?' ging Leida verder.

'Ik blijf tot ik iets anders heb gevonden, en waarschijnlijk tot de zaak overgenomen is door een ander.'

'Nou dan? Wat is dan het probleem? Jij kunt Seb toch helpen?' Ze keek van Madelon naar Jerom, die knikte dat hij het met haar eens was.

'Ik kan niet met iemand samenwerken die overal in begeleid moet worden.'

'Open je ogen, Maddy. Die man is niet achterlijk!' Jerom stond op en begon door de woonkamer te lopen. 'Waarom wil jij niet zien dat hij het wel kan? Oké, hij is geen ster in lezen, maar verder is Seb een prima bakker. Met jou naast hem moet het wel goed gaan.'

'Ik sta niet naast hem; ik sta in de winkel. En daar heb ik mijn handen vol aan. Of denk je soms dat ik me voortdurend in tweeën kan splitsen om Seb te helpen? Erop te letten dat er niets fout gaat? Dat kan ik niet, pa!'

Jerom zuchtte vermoeid. 'Wat wil je dan?'

'Een bakker erbij, dat zeg ik de hele tijd al. Iemand met papieren én verstand van zaken. Iemand die serieuze plannen heeft om de zaak over te nemen.'

In een berustend gebaar stak Jerom zijn handen op. 'Laat die man maar komen dan, ik vrees dat we er anders niet uitkomen.'

'Je wilt toch stoppen, pa?' vroeg Madelon. De trieste blik op zijn gezicht zou ze er het liefst af gestreeld hebben.
'Ja, lieverd, dat wil ik inderdaad, alleen had ik het me een beetje anders voorgesteld.'

HOOFDSTUK 11

'En dit is onze bakkerij,' ging ze Mark voor en ze maakte een weids handgebaar.

'Ziet er goed uit,' knikte hij. 'Hoe oud zijn de machines?'

'We zijn zes jaar geleden begonnen alles te vernieuwen. De ovens zijn het laatst gedaan; die zijn vier jaar oud,' vertelde Jerom. In eerste instantie had hij niet bij het gesprek aanwezig willen zijn, maar toen Mark Strekhaard eenmaal binnen was, had hij het voortouw genomen in het gesprek.

Terwijl ze door de bakkerij liepen en Jerom hem de machines wees en er iets over vertelde, spiedde Madelon rond naar Seb. Hij was nergens in de bakkerij te bekennen. Op dit tijdstip hoorde hij hier te zijn. Op dat moment klonk de bel van de winkeldeur. Omdat ze zich een beetje overbodig begon te voelen en omdat pa het laatste woord zou hebben of Mark al dan niet in de zaak zou komen om deze op termijn over te nemen, ging ze naar de winkel. Cathy was er wel om de klanten te helpen, toch verontschuldigde ze zich bij Mark en haar vader.

'Wordt hij de nieuwe bakker?' Seb dook zo plotseling vanuit het keukentje voor haar op dat ze schrok.

'Wat doe jij hier?' beet ze hem toe.

'Koffiepauze houden.' Zijn gezicht stond ondoorgrondelijk. 'Is dat de nieuwe bakker?' stelde hij zijn vraag voor de tweede keer.

'Als pa hem goed vindt wel.' Ze keek hem niet aan. 'Hij heeft…'

'… de juiste papieren om de zaak over te nemen,' onderbrak Seb haar, 'dat riedeltje ken ik nu wel. Is het de bedoeling dat ik met hem samen ga werken?'

'Dat lijkt me wel. Je wilt toch niet weggaan hier?' Nu keek ze naar hem op. Ze wilde niet dat hij wegging.

'Hij wordt de baas als Jerom stopt?'

'In de bakkerij wel.'

'Wat heb je toch een enorm vertrouwen in mij.' Met een ruk trok hij zijn schort van de stoel af en bond die weer om zijn middel. 'Ik zie nog wel of ik blijf. Met mijn diploma's en mijn ervaring kan ik binnenkort overal aan de slag waar ik maar wil.' Na een laatste boze blik beende hij naar de bakkerij. Madelon dook de keuken in toen ze de stemmen van haar vader en Mark dichterbij hoorde komen en liet zich op een stoel vallen. Haar hart ging tekeer alsof ze zojuist een marathon had gelopen. Bewust langzaam en diep ademend kwam het weer wat tot rust. Dit ging ze niet trekken. Nog een paar van die dagen dat Seb haar openlijk liet merken dat hij het helemaal niet eens was met haar beslissingen, en haar vader die erbij liep met een berusting waar ze eng van werd, en ze zouden haar af kunnen voeren. Misschien moest ze toch een poosje naar dat beautycentrum gaan, zoals Marcella had voorgesteld, en tot rust komen. Een weekend, dan hoefde er niet zoveel geregeld te worden voor de winkel.

'Mark kan over twee weken beginnen als ik ja zeg,' vertelde Jerom die middag tijdens het eten. 'Met een proeftermijn van twee maanden. Hij wil eerst twee maanden meedraaien voordat hij definitief besluit het bedrijf al dan niet te kopen.'
'Dat is snel. Heeft hij geen opzegtermijn bij zijn huidige baas?' wilde Madelon weten.
'Geen idee hoe het zit. Iets met vrije dagen en zo. Hij stelde zelf voor zo snel te beginnen. Het is mij om het even.'
'Wat vind je van hem?' Ze bestudeerde het gezicht van haar vader aandachtig, op zoek naar tekenen dat hij dit niet wilde.
'Hij lijkt me een aardige man. Hij is geïnteresseerd in wat ik zeg en belangstellend naar de producten die we maken. Ik hoop alleen dat hij een beetje met Seb kan opschieten. Die moet tenslotte met hem werken.'
'Dat zal toch wel,' meende Madelon, al bleef haar vrees bestaan dat Seb hier wegging. Seb was niet de moeilijkste, maar nu werd hij gepasseerd tegen de wens van Jerom in, en dat wist hij. Als Mark ook nog iemand was die duidelijk liet merken dat hij de baas was, kon het best weleens fout gaan.
'Weet Mark van Sebs probleem?'
'Van zijn dyslexie? Nee, dat heb ik hem nog niet verteld. Ik weet niet of dat nodig is. Seb kent zijn werk, daar heeft hij geen letters bij nodig.'
'Wil Mark het pand ook kopen?' Na de bezichtiging van de

winkel en de bakkerij had haar vader verder met hem gesproken.

Jerom schudde zijn hoofd. 'Voorlopig wil hij het huren. Het heeft iets met zijn scheiding te maken. Ik wens me daar niet in te verdiepen, dat is zijn zaak. Linders zal wel weten hoe het een en ander op papier gezet moet worden.'

'Heb je al een afspraak met hem gemaakt?'

'Dinsdag, dan staat Cathy in de zaak. Ik wil dat jij erbij bent. Besef je dat je je baan verliest als Mark hier de baas wordt? Dat kan al over twee maanden zijn. Hij zal zijn eigen personeel wel uitzoeken voor in de winkel en voor de administratie.'

'In dat geval heb ik binnenkort heel veel vrije tijd,' glimlachte ze wrang. Het was haar om het even. Op dit moment zat het haar zo hoog dat ze liever vandaag dan morgen het bijltje erbij neergooide. 'Ik wil volgend weekend een paar dagen weg, pa, denk je dat dat kan? Van vrijdagavond tot zondag?'

'Waarom dat? De vakantie is nog maar net een paar dagen voorbij.'

'Dat was niet echt vakantie voor mij. Ik wil er even een paar dagen tussenuit, even iets anders dan de bakkerij,' gaf ze eerlijk toe. 'Ik ga expres in het weekend zodat het me maar één dag kost.'

'Tja, als je dat nodig vindt. Regel het maar met Cathy. Misschien wil Leida die zaterdag ook wel bijspringen. Ik zal het haar vanavond vragen.'

'Dat zou fijn zijn,' knikte Madelon.

Jerom verschoof de botervloot, pakte zijn mok op en zette hem aan de andere kant van zijn bord neer, veegde de broodkruimels zorgvuldig bij elkaar op zijn bord.

'Vanavond blijf ik bij Leida slapen en daarna ook,' begon hij na een lange aarzeling. 'Er is bij haar in de buurt ingebroken terwijl die mensen op bed lagen. Ze is niet echt bang, maar ik vind het geen prettige gedachte dat ze alleen is terwijl er inbrekers rondlopen. Je begrijpt dat ik haar nu liever niet meer alleen laat.'

Dat zat hem dus dwars. 'Daar stond niets van in de krant.'

'Het is toch echt gebeurd. Drie huizen bij Leida vandaan. Ze zijn langs de tuin binnengekomen en hebben een raam geforceerd. Wat die lui in een huurhuis te zoeken hebben, is me een raadsel.'

'Bedoel je dat je definitief bij haar gaat wonen?'

Jerom knikte.

'O.'

'Dat maakt nu ook niet meer uit op die paar weken tot ons trouwen,' meende Jerom. 'We zullen nog wel kijken wat we met de meubels doen; wat hier blijft en wat ik graag mee wil nemen. Daar hebben we het nog wel over.' Hij stond op en ging naar zijn slaapkamer om de vroege uren van die ochtend in te halen.

Madelon bleef ontredderd aan tafel zitten. Pa ging weg, voorgoed. Oké, dat was niets nieuws; ze had geweten dat hij bij Leida ging wonen na hun huwelijk, maar het ging nu wel heel snel. Dan bleef zij hier alleen achter. Komt hij ook terug als er hier ingebroken wordt? dacht ze meteen opstandig. Dat zij hier alleen achterbleef, zonder directe buren of enige hulp, maakte niet uit, zolang Leida maar niet alleen was. Met veel lawaai en gerammel van de borden en kopjes begon ze de tafel af te ruimen en stampte ze even later terug naar beneden. Ze stoomde door naar de winkel, waar de deurbel zojuist had geklingeld, en kwam onzacht in botsing met een stevig lichaam.

'Ho, rustig aan.' Nick greep haar bij de schouders om te voorkomen dat ze zou vallen.

'Nick, wat doe jij hier?' stamelde ze verward.

'Ik heb beloofd dat ik je op de hoogte zou houden omtrent onze plannen voor het huwelijk. Ik werk hier in de buurt, vandaar dat ik even langs kom wippen. Komt het gelegen?'

'Eh ja, maar we kunnen niet naar boven. Mijn vader is net naar bed gegaan.' Ze was niet echt in de stemming om het nu over een feest te hebben, maar begreep dat ze er niet onderuit kon. 'We gaan hier wel in de keuken zitten, met de deur dicht hoort hij ons ook niet. Dus jullie zijn er nog uit gekomen?' Ze vermeed met opzet over Joyce en haar reactie te praten. Als Nick daar iets over kwijt wilde, zou hij dat wel vertellen.

'Ja hoor, het wordt een beeld voor in de tuin. Dat kunnen ze meenemen als ze ooit nog eens ergens anders heen gaan, wat toch in de planning zit als de bakkerij eenmaal verkocht is.'
Ze knikte triest. 'Pa trekt vanavond al bij je moeder in,' mompelde ze.
Nick streek over zijn kin. 'Zoiets begreep ik al van mam. Een paar huizen verder is er ingebroken. De schrik zit er goed in bij haar.'
'Wat valt er nou te halen bij haar? Heeft ze zoveel waardevolle spullen in huis?'
'Dat niet, maar dat hadden die mensen ook niet. De tuin nodigt alleen heel erg uit om daarlangs in te breken, die sluit aan op een stil plantsoen en zo kun je redelijk gemakkelijk en ongezien wegkomen. Het zal wel om drugscriminelen gaan. De politie heeft gewaarschuwd ramen en deuren gesloten te houden. Mam wil niet hier komen slapen. Dat heeft ook niet zoveel zin denk ik, als de zaak toch verkocht wordt. Dan blijven ze verhuizen.'
En nu blijft pa verhuizen, dacht Madelon gemelijk. Niet dat ze stond te springen om Leida binnen te halen in hun woning. Dan kon pa beter bij haar gaan wonen. Die vrouw hoorde niet in mama's huis.
'Hé, gaat het wel goed met je?' Nick legde een vinger onder haar kin en tilde die iets omhoog zodat ze hem wel aan moest kijken. 'Het komt wel erg snel voor jou zeker?' gokte hij.
Madelon knikte, haar kin begon te trillen en de eerste traan rolde over haar wang.
'Meisje toch, kom hier.' Nick stond op en sloeg zijn armen om haar heen. Hij streelde haar rug en haar haren.
Madelon had het gevoel alsof het verdriet van jaren naar buiten kwam, in lange tijd had ze niet zo gehuild. Ze huilde tot ze volkomen leeg was, al die tijd met die beschermende armen om zich heen. Toen ze wat gekalmeerd was, maakte ze zich beschaamd los uit zijn armen. Hij was binnenkort dan wel haar stiefbroer, toch voelde het niet goed om zo met hem te staan.
'Sorry, het zat me even heel erg hoog,' mompelde ze.
'Maakt niet uit, daar heb je een broer voor. Heb je zin om van-

avond bij ons te komen eten? Jurien wil zijn nieuwe tante graag nog een keer zien.'

Ze aarzelde, eigenlijk had ze nog een hoop werk te doen, maar van de andere kant wilde ze liever niet hier zijn, op de eerste avond dat haar vader het huis uit ging. Het was al zo'n vreemde situatie; normaal verlieten de kinderen hun ouderlijke woning, in haar geval vertrokken de ouders een voor een. Ze drukte haar hand tegen haar mond om de volgende lading tranen tegen te houden.

'Gaat het?' vroeg Nick.

Ze knikte zwijgend.

'Kan ik tegen Nadia zeggen dat je komt eten?'

Weer knikte ze. 'Ik ben wel laat klaar, hoor, de winkel is tot zes uur open.'

'Maakt niet uit. Je komt maar als je klaar bent. Tot vanavond.' Hij drukte nog snel een kus op haar wang en ging via de winkel weer naar buiten.

'De volgende bewonderaar?'

Met een ruk draaide ze haar hoofd om naar Seb. 'Mijn stiefbroer.'

'Natuurlijk, die zal wel blij zijn met een stiefzusje als jij.' Zijn ogen gleden suggestief over haar lichaam.

'Doe niet zo idioot,' beet ze hem toe. 'Nick is getrouwd en heeft twee kleine kinderen. Niet iedereen die me kust heeft andere bedoelingen.'

'Auw, dat is een steek onder de gordel. Volgens mij was jij het, allebei de keren, die andere bedoelingen had.' Hij trok veelbetekenend zijn wenkbrauwen op en liet haar in verwarring achter.

Natuurlijk was ze vaker alleen thuis geweest, zeker de laatste tijd, omdat pa geregeld de nacht bij Leida had doorgebracht als hij de andere morgen niet hoefde te werken. Maar nu was het toch anders. Ze dwaalde een poosje door de bovenwoning, knipte overal het licht aan en keek in kasten, zelfs in die van haar vader waar ze normaal alleen kwam om schone kleren op te bergen. Vanaf vandaag zou ze hier alleen wonen. Pa zou vast een aantal meubels mee willen nemen. Spullen met een dierbare herinnering aan vroeger en de meubels die pas een paar jaar geleden waren aangeschaft. Ze moest zelf dus ook op meubeljacht.

Net of dat zin heeft, dacht ze. Hoelang zou ze hier nog blijven wonen? Mark kwam uit Eindhoven, hij had ook onderdak nodig. De eerste twee maanden, zijn proefperiode, zou hij bij een neef onderdak kunnen krijgen, had hij tegen haar vader gezegd. Hoe het daarna ging lopen, wist ze niet. Pa had nog niets toegezegd. Ze hadden beiden bedenktijd tot vrijdag, dan werd er een beslissing genomen. De week erna zou er een huurovereenkomst getekend worden bij de makelaar. Voorlopig zou Mark het pand huren.

Als hij hier ook wilde gaan wonen, wat er dik in zat, zat er voor haar niets anders op dan te vertrekken. Marcella had al toegezegd dat ze bij haar mocht slapen zolang ze nog geen andere woning had.

Juist op het moment dat ze met de fiets weg wilde gaan, begon het hevig te waaien. De lucht werd groengrijs met nog veel donkerder wolken erachter. Het zou vast niet lang duren voordat er een hoosbui losbrak. Vlug zette ze haar fiets terug in de schuur en ze liep naar boven voor haar autosleutels. Ze keek nog een keer door het grote raam van de woonkamer naar de dreigende lucht. Op straat haastten de mensen zich naar de beschermende overkapping van het winkelcentrum. Een man, met zijn arm stevig om het middel van een jonge vrouw geslagen, rende de andere richting uit. Dat was toch Doreth? Het winkelmeisje van de bloemist? Ze herkende het meisje aan haar platinablonde lange haardos. Sinds wanneer had zij weer een vriend? Nieuwsgierig drukte ze haar neus bijna tegen het raam aan om het beter te kunnen zien. Ze bleven bij het wagentje van Doreth staan om in te stappen; hij had nog altijd een arm om haar middel liggen en wachtte tot ze het portier opende. Op dat moment draaide de man zijn hoofd om en leek haar recht in de ogen te kijken. Dat was Seb! Zelfs vanaf hier kon ze de voldane glimlach zien die op zijn gezicht lag. Wat deed hij met Doreth? Ze bleef naar hem kijken, kon haar ogen niet van hem losrukken. Seb draaide langzaam zijn hoofd, trok het meisje dichter naar zich toe en kuste Doreth.

Nu kwam ze wel in beweging en ze stapte achteruit, weg van het raam zodat ze hen nog wel kon zien, maar Seb haar niet meer. Sinds wanneer had hij iets met Doreth? Ze had het knappe meisje gisteren nog gesproken en toen had ze er niets van gezegd. O, ze wist echt wel dat de jongere meiden die in het winkelcentrum werkten, dweepten met Seb. Hij was ook een leuke kerel om te zien en had een enorme aantrekkings-kracht op die meiden omdat hij altijd zo kalm bleef en hun geflirt met een rustige glimlach beantwoordde. En nu ging hij met Doreth mee.

Een steek van jaloezie ging door haar heen. Hij deed het natuurlijk expres! Hij kuste Doreth recht voor de winkel omdat hij wist dat zij het zou zien. Doreth was nota bene twaalf jaar jonger dan Seb! Haar blik werd weer naar het zoe-nende stel getrokken. De eerste grote druppels begonnen al te vallen en nog altijd kuste hij haar. Was hij nou nog niet klaar? Wil hij soms een record breken, dacht ze wrang. Ze balde haar handen tot vuisten en stormde de trap weer af. Haar auto stond ook op de parkeerplaats. Als ze er zometeen nog ston-den zou ze expres met Doreth gaan praten, bedacht ze wraak-zuchtig. Helaas reed Doreth net weg op het moment dat zij eraan kwam. Seb keek haar met een brede glimlach aan toen hij voorbijkwam. Hij lachte haar gewoon uit! Wat een lef had die kerel!

'Rotzak, ik hoop dat ze je laat stikken als ze erachter komt dat je niet eens een menukaart kunt lezen,' mompelde ze. Nee, dat was gemeen van haar. Waarom zou Seb geen vriendin mogen hebben? Toch voelde ze zich nog eenzamer en triester dan ze al was toen ze naar Nick en Nadia reed.

HOOFDSTUK 12

Kleine Jurien wist haar op te vrolijken door na het eten samen met haar een boek over een klein draakje te lezen. Zijn ogen schitterden. Ze had al snel in de gaten dat hij het verhaal heel goed kende en maakte met opzet fouten die hij dan luid roepend verbeterde.

Nadia keek vertederd toe. 'Dat gaat je prima af, je zou zelf kinderen moeten hebben.'

'Klein detail: het ontbreekt me aan een man,' antwoordde Madelon schouderophalend, een poging wagend om het met humor af te doen. 'De leukste mannen zijn al bezet.' En weer zag ze het beeld van Seb voor zich die Doreth kuste. Ze knipperde snel met haar ogen om dat hinderlijke beeld kwijt te raken.

Terwijl Nick en Nadia de kinderen naar bed brachten, ging Madelon voor het raam staan en keek naar de achtertuin. Een tuin die voor een deel ingericht was voor kinderen, met een zandbak, een plastic glijbaan, een lage schommel. Het kinderbadje in de vorm van een schelp stond nog op het gras en werd nu verder gevuld door de regen die bleef vallen.

Kinderen. Ze had er nog nooit zo over nagedacht. Met Frans had ze die behoefte niet gevoeld, alsof ze toen al had geweten dat hij toch niet de ware was. En daarna was ze te druk geweest met de zaak om erover na te denken. Cathy bracht haar dochtertje weleens mee naar de winkel. Ook al zo'n heerlijk kindje van bijna vier jaar. Pa maakte vroeger nog weleens een opmerking in die richting; dat ze eens aan de man moest geraken, hij wilde nog wel kunnen voetballen met zijn kleinzoon.

Dat zou hij nu vast niet meer zeggen; ten eerste kreeg hij er opeens vier kleinkinderen bij en ten tweede was hun relatie de laatste tijd ook niet meer wat die zijn moest. Het was niet alleen door die inbraak dat hij zo snel bij Leida introk, drong het nu glashelder tot haar door. Ze had hem zelf weggejaagd met haar gedram en haar opmerkingen. Het per se willen doorzetten van wat zij wilde, voorbijgaand aan wat pa in gedachten had, aan wat hij wilde.

Ze sloeg haar armen om haar middel en drukte zo hard dat het pijn deed aan haar ribben. Niet huilen, niet huilen, herhaalde ze in zichzelf. Nick en Nadia dachten anders vast dat ze een huilebalk in de familie kregen.

Kom op, niet huilen nou! Jank straks maar, als je weer thuis bent. Daar kan niemand je horen, niemand je zien. Daar was ze alleen. Zij had haar vader het huis uit gejaagd, zij, en niemand anders. Een snik ontsnapte aan haar keel. Ze drukte vlug een hand tegen haar mond en beet hard op de binnenkant van haar wang om de tranen terug te dringen.

'Zo, die liggen er weer op. Koffie?' vroeg Nadia toen ze een paar minuten later beneden kwam.

Madelon schraapte haar keel en knikte. 'Graag.' Ze bleef nog even met haar rug naar de woonkamer staan tot ze zeker wist dat ze zichzelf weer in de hand had en draaide zich toen pas om.

Nadia ging naast Nick op de bank zitten, hij legde zijn arm om haar schouders nadat ze de koffie op tafel had gezet.

'Ik hoorde van Nick dat er iemand is komen praten vandaag,' begon Nadia. Tijdens het eten hadden de kinderen het hoogste woord gevoerd, zodat er van praten niet veel terecht was gekomen.

'Dat klopt. Een bakker met de wens voor zichzelf te beginnen,' knikte Madelon.

'Dat is wel snel, sneller dan jullie verwacht hadden, toch?' vroeg Nadia verder.

'Dat is het zeker. Voorlopig wil hij het pand huren en op een later tijdstip waarschijnlijk kopen.'

'Is het via de makelaar gegaan?' vroeg Nick.

'Nee, ik had een advertentie op zo'n vacaturebank gezet. Dat we een gediplomeerd bakker zochten met de mogelijkheid de zaak over te nemen. Daar heeft hij op gereageerd.'

'Dat moet een hele geruststelling zijn voor Jerom,' meende Nick.

Madelon knikte en aarzelde even. 'Hoe is het afgelopen met Joyce, zondag?'

'O, eh, we hebben haar aan het verstand kunnen brengen dat ze zich niet moet mengen in de bakkerijzaken,' antwoordde

Nick. 'Dat is iets tussen jou en je vader. Mijn moeder is verstandig genoeg om zich daar niet gek door te laten maken. Ze komen er samen wel uit. En hoe het verder ook gaat, je vader is nu eenmaal emotioneel bij die zaak betrokken. Ik denk niet dat hij zich vooraf gerealiseerd heeft wat er allemaal komt kijken bij zo'n verkoop. Vergeet niet dat hij zevenendertig jaar lang zijn ziel en zaligheid in die bakkerij heeft gestopt. Straks komt er iemand in zijn zaak te staan die een heel andere visie heeft en dingen anders aan wil pakken.'

Niet alleen pa had zich daarop verkeken, zij zelf ook.

Nadia bracht het gesprek op de aanstaande bruiloft. Vertelde wat Leida en Jerom precies van plan waren te doen. Ook wist ze dat er een heuse huwelijksreis gepland was, naar Griekenland.

Madelon liet niet blijken dat ze dat die avond voor het eerst hoorde. De gesprekken tussen pa en haar gingen de laatste tijd alleen nog maar over de verkoop van de zaak, voor zover ze elkaar zagen. Ze nam zich voor hier met hem over te praten. Die bakkerij moest niet tussen hen in komen te staan.

Toch lukte het Nadia en Nick om haar wat op te vrolijken, zodat ze minder bedrukt terug naar huis reed. Het regende nog altijd, wat het er niet gezelliger op maakte. Thuis keek ze nog even naar een show op televisie en dronk een wijntje zodat ze zeker wist dat ze zou kunnen slapen.

Vrijdag kwam het verlossende antwoord. Mark wilde dolgraag de bakkerij overnemen. Hij stelde voor dit weekend naar hen toe te komen zodat ze nog wat dingen konden doornemen.

Het nieuws dat Mark de zaak over wilde nemen, werd door hun drieën niet direct met gejuich begroet. Alle drie hadden ze er hun eigen gemengde gevoelens over.

'Pfff, dat gaat wel heel snel allemaal,' gaf Jerom tijdens de koffiepauze toe. 'Dat had ik echt niet verwacht.' Hij staarde met vochtige ogen in zijn mok.

Madelon had medelijden met hem. Het was precies zoals Nick zei: pa had zevenendertig jaar hier gewerkt – nog langer zelfs als ze de jaren meetelde dat hij voor de eerste baas had gewerkt – en de zaak gemaakt tot wat die nu was. En plotseling moest hij dat overgeven aan een ander. Het beangstigde haar zelfs. Ook voor haar kwam er een einde aan een leven dat zich al dertig jaar lang hier had afgespeeld.

Voor Seb zou er net zo goed een hoop veranderen. Hij had twintig jaar samengewerkt met Jerom, had van hem het vak geleerd. Het was maar de vraag of diezelfde klik er zou zijn met Mark Strekhaard.

'Laat het gaan, Jerom. Die kerel krijgt een geweldig bedrijf in zijn schoot geworpen; hij mag nu laten zien dat hij dat waard is,' zei Seb. Hij klopte zijn baas op zijn schouder, die hem daar een dankbare knik voor gaf.

'Dat krijgt hij zeker. Ik laat in het contract opnemen dat hij jou en Cathy niet mag ontslaan, tenzij jullie zelf weg willen uiteraard. Notaris Wittebols wil het contract voor mij opstellen zodat alle zaken ingedekt zijn.' Jerom keek naar zijn dochter. 'Geldt dat voor jou ook?'

'Nee, je hoeft mij niet in het contract op te nemen. Ik zoek ander werk,' verzuchtte ze. Weer voelde ze die jaloezie vanwege de band die haar vader met Seb had. Hij was degene die haar vader nu troostte, dat had zij moeten zijn. Wanneer was het fout gegaan tussen hen? Vroeger had ze wel het gevoel gehad dat pa trots op haar was, nu niet meer. Nu hij bij Leida woonde, kwam er van praten ook niet zoveel meer; hij ging naar Leida's huis om te eten en te slapen. Daarna kwam hij wel weer een paar uur terug om alles klaar te zetten voor het werk van de volgende ochtend, maar echt tijd om met haar te praten nam hij niet. Ze had haar hoop gesteld op dit weekend, maar nu kwam Mark praten.

'Pa,' begon ze aarzelend, 'als je dit niet wilt, hoef je het niet te doen. Je kunt nu nog terug.'

'Het is goed zo, Madelon. De zaak moet toch verkocht worden. Ik had alleen iets anders voor ogen, maar zo zal het ook wel lukken. Toch, Seb?'

Ging daar iets over en weer? Madelon keek verbaasd van haar vader naar Seb en weer terug. Wat speelde er nu weer tussen die twee waar zij niets van wist? Seb leek het niet te raken dat hij een andere baas kreeg. Had hij voor zichzelf al een ander plan getrokken?

'Ik hoorde van Nick dat jij en Leida op huwelijksreis gaan,' gooide ze het over een andere boeg.

'Heb je hen gezien dan?' Jeroms ogen lichtten op.

Mooi, ze had weer een punt gescoord. 'Ik heb woensdagavond bij hen gegeten.'

'Dat is leuk. Was het gezellig?'

'Dat was het zeker, die jongens zijn een heerlijk stel.'

Jerom knikte met een lachje. 'Zeg dat wel. Je zou onderhand zelf eens aan de man moeten, dan kun jij me er ook nog een paar geven nu ik nog met ze kan voetballen.'

Madelon lachte zacht. Precies datzelfde had zij gedacht! 'Klein detail: daar heb ik een man voor nodig, en de leukste zijn al bezet,' gaf ze ook dit keer hetzelfde antwoord.

'Mijn nieuwe baas is vrij, heb ik begrepen,' zei Seb met een kuchje.

Ze wierp hem een minzaam lachje toe. 'Hoelang blijven jullie weg?' vroeg ze aan haar vader.

'Twee weken is de bedoeling. Mark is hier dan al, dus dat moet geen probleem opleveren wat werk betreft.'

'O, wil je dan niet zo veel mogelijk met hem samenwerken zodat je weet wat je aan hem hebt?'

'Dat hoef ik toch niet te weten; Seb moet met hem door één deur kunnen. Dat vind ik belangrijker.'

Ze keek naar Seb en zag haar glimlachje nu weerspiegeld op zijn mond.

'Weten jullie al welke meubels je mee wilt nemen?' vroeg Madelon die zaterdagavond. Mark zou straks nog wat dingen komen bepraten. Haar vader had het belangrijk gevonden dat Leida daar ook bij aanwezig zou zijn. Eigenlijk had ze Seb ook wel verwacht, maar hij schitterde door afwezigheid.

'De nieuwe meubels die je moeder en ik samen nog hebben uitgezocht,' antwoordde Jerom. 'Ik neem niet aan dat het jouw smaak is.'

'Neem ze maar mee. Ik ga ervan uit dat de flat die ik hoop te krijgen niet veel groter is dan die van Marcella, daar kan deze bank niet eens staan.'

'Misschien heb je nog iets aan mijn meubels,' bedacht Leida. 'Dan kun je rustig zoeken tot je iets gevonden hebt wat je echt mooi vindt. Het is vreselijk om op korte termijn iets te móéten kopen, daar krijg je achteraf haast altijd spijt van. Meubels koop je tenslotte voor een groot aantal jaren.'

'Daar heb je gelijk in,' gaf Madelon toe. Al stond ze niet te springen om het oude meubilair van haar stiefmoeder over te nemen, het gaf haar inderdaad wat ruimte om haar eigen smaak te ontdekken.

'Ik vind het fijn dat je zo goed kunt opschieten met Nick en Nadia,' zei Leida op het moment dat Jerom naar beneden was gegaan om Mark binnen te laten.

'Het zijn ook leuke mensen. Is Joyce al een beetje bijgedraaid?'

'Dat komt wel goed. Ze is bezorgd om ons, meer is het niet.'

Mark en Jerom kwamen binnen. Jerom stelde Leida voor als zijn aanstaande vrouw. Even werden er wat beleefdheden uitgewisseld. Leida informeerde naar de reistijd vanaf Eindhoven en of hij die stad niet vreselijk zou gaan missen als hij eenmaal hier woonde en werkte.

'Dat denk ik niet. We zijn destijds daar gaan wonen omdat mijn vrouw een betere baan had dan ik, maar het is nooit echt mijn stad geworden,' gaf hij toe.

Madelon kreeg nu even de tijd om hem wat beter te bestuderen. Marks blonde haar was kort geknipt; voor een bakker was hij slank, al kon hij een beginnend buikje niet helemaal verbergen. Hij was iets kleiner dan haar vader, smal in zijn schouders en met een vriendelijk gezicht. Op basis van wat ze tot nu toe van hem had gezien, leek hij haar een aardige man. Waarom zou hij gescheiden zijn?

Leida stelde die vraag hardop, dat zou Madelon weer niet gedurfd hebben.

'Mijn vrouw en ik zijn langzaam uit elkaar gegroeid. Door ons werk zagen we elkaar niet zo heel erg veel. Zij werkt als accountmanager bij een grote verzekeringsmaatschappij en is daar ook vaak 's avonds voor bezig, terwijl ik er vroeg in lig omdat mijn werkdag om vier uur begint.'

'Juist. Ik begreep dat jullie ook kinderen hebben. Hoe oud

zijn die dan?'

'Kim en Sofie zijn een tweeling van zes jaar. Ze blijven bij mijn vrouw wonen. Het is wel de bedoeling dat ik ze om het andere weekend heb.'

'Het is wel steeds een hele afstand voor die kinderen. Hoe wil je dat met je werk in de bakkerij combineren?'

Madelon keek haar vader verwonderd aan, die haar heimelijk een knipoog gaf. Waar was Leida mee bezig? Die man doorzagen over zijn privéleven?

'Het is juist goed dat ze hierheen komen. Mijn familie woont hier. Tot nu toe was het contact tussen ons summier, maar als ik hier eenmaal woon, hoop ik dat het toch beter wordt. De bovenwoning hoort er toch ook bij, neem ik aan?'

'Inderdaad, er zijn twee ruime slaapkamers,' knikte Jerom. 'Een paar jaar geleden is het hier helemaal opgeknapt, met een nieuwe keuken, een nieuwe vloer. Er hoeft nagenoeg niets aan te gebeuren. Mijn dochter woont nu nog hier. Ik denk dat je het beste met haar af kunt stemmen wanneer je de woning wilt betrekken.'

'Het zal wel een heel gereis worden iedere dag, van Eindhoven naar hier,' ging Leida verder.

'Ik kan zolang bij mijn neef logeren. Dat is geen probleem. Het komt ook goed uit omdat het huis van mijn vrouw en mij net verkocht is. Zij heeft al een andere woning betrokken. Nu ik nog,' gaf hij met een grimas toe.

'Je gaat er dus al van uit dat je hier blijft,' knikte Leida.

'Dat is wel de bedoeling,' lachte Mark verwonderd. 'Ik ga niet zomaar op een andere baan af.'

'Het wordt je eigen bedrijf, heb je dat al eerder gehad?' vroeg Leida weer.

'Dat niet, maar ik heb lang genoeg als bakker gewerkt om te weten wat erbij komt kijken. Het is niet zomaar een stap die ik zet, daar heb ik lang over nagedacht.'

'Waarom heb je die niet eerder genomen? Vanwege je vrouw?'

'Deels, en omdat er in Eindhoven geen geschikte locatie te vinden was.'

Wat was dit? Een tweede sollicitatiegesprek? Pa had haar beter het woord kunnen laten doen een paar dagen geleden.

Madelon stond op. 'Help je me even mee met de koffie, Leida?'

Jerom trok even verbaasd zijn wenkbrauwen op maar zei niets.

Leida volgde haar naar de keuken. 'Heb je echt hulp nodig?' 'Natuurlijk niet,' zei Madelon op fluistertoon. 'Waarom vraag je zoveel? Mark snapt er vast niets meer van. Hij heeft al een gesprek gehad met pa.'

'Dat weet ik wel, maar Jerom heeft hem niet zo heel veel gevraagd. Ik wil meer van de man weten. Hij neemt tenslotte het bedrijf van Jerom over. Dat is een hele verantwoordelijkheid, dat moet hij goed begrijpen. Jerom zou het vreselijk vinden als die Mark er binnen de kortste keren de brui aan geeft omdat hij zich verkeken heeft op het werk.'

'Daar heb je gelijk in,' moest Madelon toegeven. 'Ik begreep van pa dat jouw baas het contract opstelt.'

'Dat leek ons het beste. Het gaat om een bedrijfsovername, niet om een nieuwe medewerker die in dienst komt. Daar komt gewoon meer bij kijken.'

'Pa boft met jou.' Ze meende wat ze zei.

'Dank je, Madelon. Hij boft ook met jou.'

'Hmm, dat weet ik zo net nog niet. De laatste tijd botert het niet meer zo lekker tussen ons.'

'Dat komt wel weer goed. Het is niet niks om afstand van je zaak te moeten nemen. Als de bakkerij eenmaal goed is overgenomen, komt de rust wel weer terug, let maar eens op.' Leida keek haar met een lieve glimlach aan.

'Denk je?'

'Ik weet het wel zeker, maak je niet te veel zorgen over je vader. Hij redt het wel. Zo, nu die koffie.' Ze begon kopjes uit de kast te halen terwijl Madelon gebak uit de koelkast pakte. Even later liepen ze beiden met een dienblad terug naar de kamer.

'Lekker.' Jerom wierp zijn verloofde een liefdevolle blik toe en kneep even in haar hand toen ze weer naast hem ging zitten.

'Ik neem aan dat je het personeel dat nu in de zaak staat gewoon aanhoudt, Mark,' nam Madelon het woord. 'Cathy werkt maar een paar dagen per week, naast haar zul je dus een andere verkoopster aan moeten nemen.'

'Ik wilde eigenlijk vragen of jij nog een poosje wilt blijven. Jij kent het reilen en zeilen van het administratieve deel van de zaak het beste. Of heb je al een andere baan op het oog?'

'Nee, dat niet.' Hier had Madelon niet op gerekend. Ze was ervan uitgegaan dat ze hier weg zou gaan.

'Je blijft de eerste twee maanden toch zeker wel? Of gooien jullie me echt in het diepe?' vroeg hij met een onzeker lachje.

'Madelon blijft nog een poos,' gaf Jerom antwoord. 'In ieder geval die twee maanden dat je op proef werkt. Daarna moeten jullie er zelf maar uit zien te komen. Seb kan je wegwijs maken in de bakkerij en inwerken. Ik volg het zo'n beetje vanaf de zijlijn. Dat lijkt me ook het beste. Je gaat tenslotte met Seb samenwerken en niet met mij.'

Mark knikte begrijpend. 'Seb heeft zijn bakkerspapieren niet? Dat begrijp ik toch goed?'

'Hij hoopt dit najaar zijn papieren te halen, dan is hij gediplomeerd brood- en banketbakker. Vroeger zag hij de noodzaak niet zo van het papiertje,' zei Jerom.

'Hij wil wel hier blijven werken?'

'Zover ik weet wel. Aan hem heb je een goede bakker. Hij zit ook alweer twintig jaar in het vak.'

'En hij heeft nooit de ambitie gehad om het van u over te nemen?' wilde Mark weten.

'Nee, niet echt. Het ontbreekt hem aan de juiste papieren om een zaak te beginnen.'

Madelon zweeg, maar snapte het niet helemaal. Waarom zei pa dat nou? Seb had wel die ambitie, maar ook hij wilde het niet alleen doen. Hij had haar toch gevraagd om samen met hem de zaak over te nemen. Wist pa dat niet dan?

HOOFDSTUK 13

Jerom keek nog een keer de kamer rond. 'Weet je het zeker? Die grote kast ook?'
Leida knikte. 'Het is toch zonde om die weg te doen. Madelon wil hem vast niet in haar flat. Die jonge mensen houden meer van strak en een kleurtje. Hij past in ieder geval in de woonkamer en bij de rest van de meubels.'
'Vind je het niet erg dan om je eigen meubels weg te doen? Die heb je toch ook samen met Samuel uitgezocht.'
'Mijn herinneringen aan hem kleven niet aan dingen. Nee hoor, we doen het zo. De meubels van jou en Milly zijn een stuk nieuwer en het is ook mijn smaak.'
Jerom sloeg zijn armen om haar heen drukte een kus op haar voorhoofd. 'Mijn praktische lieve vrouwtje. Je deed het ook geweldig met Mark. Wat vind je van hem?'
'Hij lijkt me wel een serieuze kandidaat.'
'Zal hij het redden?'
'Die twee maanden?' Leida keek hem bevreemd aan. 'Waarom niet? Hij begint er toch aan met het idee er iets van te maken, anders kan hij net zo goed bij zijn huidige baas blijven. Krijgt hij wel een kans van Seb?'
'Jawel, die geeft hem een eerlijke kans. Seb weet ook wel dat hij met iemand anders moet gaan samenwerken, hoe dan ook, en als het klikt tussen hen is er toch niets aan de hand?'
'Voelt hij zich niet gepasseerd dan?'
'Nee hoor, Seb wil de zaak helemaal niet overnemen, ik meende eerst van wel, maar hij wil het niet alleen doen. En als hij straks zijn diploma's heeft staan ze met twee bakkers in de zaak. Dat kan ook geen kwaad.'
'Weet je het zeker, Jerom? Een poosje geleden meende je nog dat Seb de zaak best met Madelon samen over kon nemen. Dat dat was wat hij wilde.'
Jerom schokschouderde. 'Hij zegt van niet.'
'Dat zal dan wel. Ik vind het nog steeds jammer dat die twee het niet eens kunnen worden. Hebben ze ruzie of zo? Ik krijg het idee dat Madelon kwaad op hem is.'
'Ik zou het niet weten. Vroeger waren ze ook vaak tegen

elkaar bezig. Madelon zit nogal snel op de kast en daar maakt Seb nogal eens misbruik van.'

'Het zijn toch geen pubers meer!'

'Dat niet, ik heb geen idee wat er speelt tussen die twee. Misschien is er iets in de vakantie voorgevallen, al kan ik me dat niet goed voorstellen. Madelon heeft hem steeds geholpen en Seb is ook vaak genoeg hier geweest om te helpen met verven en zo.'

'Denk je dat Seb haar lastiggevallen heeft?' bedacht Leida opeens.

'Absoluut niet, dat weet ik honderd procent zeker. Heb je een lege doos voor me? We zullen toch eerst de spullen uit de kasten moeten halen voordat we die mee kunnen nemen.'

Even later waren ze samen aan het inpakken. Madelon had van tevoren aangeven wat ze wel wilde hebben aan servies en wat niet. Dat zetten ze apart voor haar weg in een doos.

'Wanneer ga je nou naar dat beautycentrum?' wilde Marcella weten.

'Volgend weekend, van vrijdag tot zondag. Leida komt in de winkel helpen.' Madelon draaide zich om op de kruk en probeerde in de schemerdonkere ruimte te ontdekken of er ook bekenden waren. Na het gesprek met Mark was ze naar haar vriendin gegaan en vervolgens gedrieën naar dit café. Rens haalde drankjes voor hen bij de bar en zette die even later op de tafel neer.

'Alsjeblieft, twee rosé voor de dames. Proost.' Hij nam genietend een hap van de flinke schuimkraag die op zijn bier lag.

'Hoe ging het gesprek met die nieuwe bakker?'

'Goed hoor. Volgende week maandag begint hij, dan kom ik fris en uitgerust terug uit dat beautycentrum,' bedacht Madelon opeens.

'Is hij niks voor jou?' vroeg Rens verder.

'Wie?' wilde Marcella, opeens een en al belangstelling, weten.

'Die bakker die bij haar in de zaak komt.'

'Doe niet zo maf. Hij is net gescheiden, toch Maddy?'

'Dat klopt. Ik zit niet op een gescheiden man met twee kinderen te wachten. Bovendien zeggen ze toch altijd dat de eerste relatie na een scheiding tot mislukken gedoemd is, vanwege het onverwerkte leed.'

'Onzin, er zijn genoeg relaties die wel stand houden na een scheiding,' meende Rens.

'Kan wel zijn, voor mij hoeft het echt niet.'

'Hoe ziet hij eruit?' wilde Marcella weten.

'Gewoon, blond, iets kleiner dan pa. Gewoon een normale man. Niets bijzonders,' antwoordde Madelon schouderophalend. Dacht Marcella nu echt dat ze iets met Mark wilde beginnen? Het idee alleen al, ze kende hem niet eens. Nee dank je, voor haar geen bakker meer. Dat zei ze dan ook tegen haar vriendin.

'Zeg nooit nooit.' Marcella keek haar met een plagende blik aan. 'En Seb dan?'

'Die heeft tegenwoordig iets met Doreth.'

'Bekende naam,' zei Rens. 'Wie is dat ook alweer?'

'Dat jonge blonde ding uit de bloemenwinkel,' zei Madelon.

'Lang blond haar, een stevige C cup en ze kijkt alsof ze niet tot tien kan tellen,' gokte Rens.

'Precies, dat is Doreth, al is ze lang niet zo dom als ze zich soms voordoet. Hoe ken jij haar?' vroeg Madelon.

'Ik kom weleens in het winkelcentrum bij jullie, en in die bloemenzaak. Ze verkopen daar goed spul.'

Marcella keek haar vriend aan alsof ze zojuist iets nieuws aan hem had ontdekt.

'Daar heb je haar net,' wees Rens.

Inderdaad kwam Doreth het café binnen, zonder Seb; ze leek iemand te zoeken.

Rens begon te zwaaien zodat ze naar hen toe kwam gelopen.

'Hé, Madelon, jij ook hier.' Ze wendde zich tot de anderen. 'Ik ken jullie wel van gezicht, maar niet van naam. Doreth Klein.'

'Marcella Keilings, en dit is mijn vriend Rens van de Boom,' zei ze, met de nadruk op 'mijn'.

'Ben je alleen?' vroeg Madelon op onschuldige toon.

'Ik heb hier met een stel meiden afgesproken, maar ik zie ze nog nergens.' Doreth keek nog een keer zoekend om zich heen.

'Komt Seb ook nog?' vroeg Marcella, wat haar een boze blik

van Madelon opleverde.

'Seb? Niet dat ik weet. Waarom zou hij?'

'Ik dacht dat jullie tegenwoordig iets hadden samen,' ging Marcella verder.

Doreths ogen flitsten van Madelon naar Marcella en weer terug. 'O ja, dat klopt, maar vanavond niet. Ik had met mijn vriendinnen afgesproken, dat gaat voor.'

'Je moet prioriteiten stellen,' knikte Marcella niet erg overtuigend.

Doreth knikte heftig. Ze maakte zich nog een keer lang door op haar tenen te gaan staan en zocht het café af. 'Ah, daar zijn ze. Ik ben ervandoor. Veel plezier nog. Doei!'

'Nou, die klinkt wel heel erg verliefd,' mompelde Marcella.

'Wat bedoel je?' Madelon keek haar vragend aan.

'Toen ik net verkering met Rens had liet ik mijn vriendinnen echt niet voor hem gaan. En nu nog niet, hè schatje.' Ze kuste Rens en sloeg haar armen om zijn nek.

Madelon draaide zich met een onderdrukte zucht om. Als ze de hele avond zo plakkerig gingen doen, was ze zo weer weg. Doreth had dus verkering met Seb. Nou ja, het zou haar een zorg zijn. Dan deed hij misschien niet zo opgefokt. Soms was hij ronduit vervelend. Doreth mocht hem hebben.

In het café werd het drukker en warmer. Er trad vanavond een coverband op die op dit moment razend populair was in de omgeving. Marcella, Rens en Madelon hadden vanaf de plaats waar zij stonden goed uitzicht op het podium. Nora en Roger voegden zich later nog bij hen zodat het een gezellige avond beloofde te worden. De band begon in te spelen.

'Hé, ze hebben een dansvloer gemaakt,' wees Nora. 'Daar zullen we Maddy maar uit de buurt houden, hè Cel?' knipoogde ze naar haar vriendin.

'Ze kan er in ieder geval niet vanaf vallen in de armen van de een of andere stoere bink,' grinnikte Marcella.

Madelon wierp haar vriendinnen een vernietigende blik toe, maar kon er toch wel een beetje om lachen.

'Het moet vast een komisch gezicht geweest zijn zoals jij van dat podium af duikelde,' deed Rens een duit in het zakje. 'Dat had ik best willen zien. Er heeft zeker niemand een foto van gemaakt?'

'Gelukkig niet,' zei Madelon.

'Wat een bofkont was die Seb om zo een leuke meid in zijn armen geworpen te krijgen,' grijnsde Roger. 'Je waagt toch nog wel een dansje vanavond? Ik ben niet te beroerd om je op te vangen.'

Dat leverde hem een duw tegen zijn schouder van Nora op. De rest lachte vrolijk.

Een paar meiden zochten de kleine dansvloer aan de zijkant van het café op en bewogen zich uitermate soepel op het ritme van de muziek. Al snel werd het daar drukker, zeker bij de populairdere nummers die gespeeld werden. De stem van de zangeres kon de vergelijking met die van Anouk doorstaan, waarvan dan ook veelvuldig nummers werden gespeeld. Ook Marcella, Nora en Madelon dansten vrolijk mee, los, soms met elkaar en een enkele keer met Rens en Roger. Toen er een langzaam nummer gespeeld werd, ging Madelon terug naar hun tafeltje en keek vanaf de zijlijn toe. Het zou fijn zijn om ook zo met een vriend te kunnen dansen, samen iets te doen zoals haar vriendinnen. Steeds vaker voelde ze dat gemis nu iedereen om haar heen een vriend of vriendin leek te hebben. Nu Seb en Doreth weer. Mark was nog alleen. Ze trok een grimas. Hij zag er wel leuk uit, daar niet van, maar het was niet echt haar type. Bovendien was hij tien jaar ouder en had hij twee kinderen. Nee, zo wanhopig was ze nog niet.

Bij de bar ontdekte ze opeens de gestalte van Seb. Onwillekeurig dook ze wat verder in elkaar, al was haar grote donkere haardos nu niet bepaald onopvallend. Ze keek nog even zoekend om zich heen of Doreth soms ook in de buurt was, maar kon het blonde meisje nergens ontdekken. Raar dat ze ieder apart uitgingen als ze nog maar zo kort verkering hadden. Dan wilde je toch iedere vrije minuut bij elkaar zijn? Misschien werkte dat zo niet meer tegenwoordig. Nu ze wist dat hij er ook was, kon hij haar in ieder geval niet meer verrassen.

Marcella had hem ook gezien en wees naar hem toen ze terugkwamen bij hun tafeltje. 'Seb is er.'

'Heb ik al gezien,' mompelde Madelon.

'Leuk, dan kun je nog een keer echt met hem dansen,' giechelde Nora.

'Nee, dank je, ik leen jouw Roger nog wel een keer. Toch, Roger?'

'Met jou altijd, schoonheid. Sorry, liefje, ben zo terug.' Hij kuste Nora nog een keer en trok Madelon haastig mee naar de dansvloer.

Ze dansten los van elkaar en een enkele keer nam hij haar bij de hand om haar te laten draaien. De band nam even een korte pauze en er werd een muziekband opgezet om de stilte op te vangen.

'Zo, weer even een normaal volume om te kunnen praten,' verzuchtte Rens. 'Wat ga je eigenlijk doen als straks de zaak verkocht is, Madelon?'

'Dat weet ik nog niet. Voorlopig blijf ik nog even in de bakkerij werken. Ik kijk af en toe de kranten door, maar ik zit toch met die termijn van twee maanden dat Mark er nog van af kan zien. Ik zie nog wel.'

'O, ik dacht dat jij geen bakkers meer kon zien,' herinnerde Marcella haar aan haar eigen woorden van een paar dagen geleden.

'Ik weet het nog niet, oké,' antwoordde ze korzelig. 'Misschien neem ik daarna wel een paar maanden vakantie, ga ik reizen, weet ik veel.'

'Oké, verkeerde onderwerp,' concludeerde Nora. 'Heb je je familie nu al helemaal gezien?'

'Deels. Nick en zijn vrouw Nadia en de kinderen ken ik al. Zijn zus Joyce deed bijzonder vervelend de eerste keer dat we elkaar zagen, dus daar is het voorlopig bij gebleven. Met Nick en Nadia heb ik wel een goed contact.'

'Joyce Awater is toch getrouwd met Jos Molendijk,' wist Rens.

'Ken je haar?' vroeg Madelon

'Haar alleen van naam, hem ken ik wel. Hij heeft bij mij op school gezeten. Leuke kerel. Ze hebben twee kinderen, een jongen en een meisje volgens mij. Die waren er vroeg bij.'

'Femke is vier jaar en Jesper twee, zo vroeg is dat toch niet?'

meende Madelon. 'Cathy heeft ook een dochter van bijna vier jaar.'

'Roger en ik hebben nog een nieuwtje,' begon Nora. Haar gezicht straalde met een gloed die van binnenuit leek te komen. Roger sloeg zijn arm om haar heen en drukte een kus op haar wang. 'Wij krijgen over een halfjaar ook een kindje.'

'Wat geweldig!' gilde Marcella. 'Gefeliciteerd, meid!' Ze greep Nora beet en omhelsde haar. 'Wat leuk, echt leuk. Hoe voel je je? Niet ziek?'

Nora lachte vrolijk. 'Dat is gelukkig voorbij.'

Ook Madelon omhelsde haar vriendin en feliciteerde haar. 'Hoe heb je het zo lang kunnen stilhouden? En je dronk toch gewoon? Met de zomerfeesten?'

'Dat was limonade,' grinnikte Nora. 'Waarom denk je dat er in mijn glas steeds een parapluutje stond en in dat van jullie niet?'

'Stiekemerd.'

'Je moet eens weten hoeveel moeite het me kostte om mijn mond dicht te houden, maar we wilden per se wachten tot ik drie maanden was, en dat is nu; dus nu mag iedereen het weten. Ik ben zwanger!' riep ze dan ook keihard door de zaal. Van alle kanten werd ze gefeliciteerd. Roger werd op zijn rug geklopt, tegen zijn schouders gestompt en hij kreeg drankjes aangeboden van bekenden. Ook Seb liet zich niet onbetuigd, hij kende het vriendenclubje immers ook.

'Komt het ook nog in de krant?' Hij omhelsde Nora voorzichtig alsof ze een breekbaar poppetje was. 'Gefeliciteerd.'

'Dank je. De krant is vast niet meer nodig. De halve stad staat hier,' giechelde Nora.

Er werd geproost op Nora en Roger.

'Wordt er nu ook getrouwd?' wilde Marcella weten.

'Dat doen we zeker,' glunderde Nora. 'Roger heeft me tijdens onze vakantie gevraagd, maar ook dat moest nog even een verrassing blijven.' Ze grabbelde in haar tasje en haalde daar een schitterende ring uit die ze omzichtig aan haar vinger schoof. Trots liet ze hem door haar vriendinnen bewonderen.

'Bofkont,' zei Madelon, 'jij hebt het helemaal voor elkaar. Een man én een kindje. Zorg goed voor deze kanjer, Roger, anders krijg je met ons te maken.'

'Haha, dat zal ik zeker,' beloofde hij.

Rens zorgde voor drank zodat er nog een keer geproost kon worden. Als op een teken gingen de glazen tegelijk omhoog. 'Op Nora en Roger,' klonk het uit een heleboel monden.

'Weer een vrouw tevreden,' meende Seb.

Madelon keek hem niet-begrijpend aan.

'Daar is het jullie toch om te doen? Een man en een kind?'

'Wat is dat nu weer voor onzin? Toch niet iedereen gaat voor het huisje-boompje-beestje gebeuren? Er zijn ook mensen die gelukkig zijn zonder partner of kinderen,' bitste Madelon.

'O, noem ze dan eens.' Seb keek haar met een lachje rond zijn mond aan. 'De excentriekelingen mag je niet meetellen.'

'Weet ik veel! Maar het is toch onzin dat alleen vrouwen een gezin willen, alsof mannen gedwongen worden om een gezin te stichten. Zoiets gaat toch vanzelf als je al een poosje samen bent. Wacht maar af tot Doreth de kriebels krijgt.'

'Doreth?'

'Nou ja, je hebt toch iets met haar? Of mag ze de driemaandengrens niet overschrijden? Jij wordt er ook niet jonger op.'

'Ik heb echt wel relaties gehad die langer duurden dan drie maanden,' protesteerde Seb.

'Plus een dag dan,' mompelde Madelon.

'Ik ben nog niet te oud om aan een gezin te beginnen, met de juiste vrouw dan.'

'Dat klinkt alsof Doreth dat niet is.'

'Misschien, dat weet ik nu nog niet,' liet hij zich niet uit de tent lokken. 'En jij, Maddy, zou jij kinderen willen?'

'Ja, ik denk het wel,' gaf ze toe. 'Mét de juiste man.'

De band begon weer te spelen vanaf het podium zodat de muziek de pratende mensen weer overstemde. Madelon was blij dat ze niet verder hoefde te praten met Seb. Natuurlijk wilde ze kinderen en wilde ze gelukkig worden, net als Nora en Roger. Die twee vormden nog steeds het glunderende middelpunt van de belangstelling. Dat stak toch wel een beetje. Wanneer was het haar beurt om zo gelukkig te zijn?

HOOFDSTUK 14

Madelon verschoof de meubels die uit het huis van Leida hierheen waren gekomen, totdat het naar haar zin stond. Ze had verwacht dat het oude en versleten meubels zouden zijn, maar ook hier was Leida zeer zorgvuldig geweest in haar keuze. Degelijke en sterke meubels met een hoge levensverwachting. De massief grenen tafel, de vier stoelen en de bank waren eerder tijdloos dan ouderwets. Ook de rechte, strakke kasten pasten bij het geheel.

'Weet je zeker dat ik ze mag hebben?' vroeg ze nog een keer aan Leida, die haar hielp met de inrichting.

'Natuurlijk, graag zelfs. Kijk maar wat je ermee doet. Ik heb liever dat jij ze krijgt en er nog even plezier van hebt dan dat ik ze naar de kringloper moet brengen. Als je de kussens van de bank opnieuw laat overtrekken met een leuk stofje, ziet het er meteen weer anders uit. En leuke kussentjes op de stoelen,' wees Leida.

Madelon keek haar bewonderend aan. 'Dank je.'

'Graag gedaan.'

'Dat bedoel ik niet,' schudde Madelon haar hoofd. 'Ik weet hoe vervelend ik tegen je heb gedaan en toch blijf je lief en vriendelijk doen. Daarvoor wil ik je bedanken.'

'Ach, meisje, we houden van dezelfde man. Het is toch geen strijd? Ik accepteer jou zoals je bent; je bent immers Jeroms dochter, als ik dat niet zou kunnen, zou ik hem toch ook kwijtraken?'

'Dat weet ik nog zo zeker niet.'

'Ik wel. Als wij voortdurend ruzie met elkaar zouden hebben, weet ik zeker dat Jerom voor jou kiest.'

Dat betwijfelde Madelon, maar toch was het prettig dat te horen. 'Ik vond het vreselijk om te zien hoe jij mama's plaats in leek te nemen.'

'Dat doe ik niet. Jerom houdt nog altijd van je moeder, maar die liefde zit op een andere plaats dan wat hij voor mij voelt. Zo is het voor mij ook. Ik vergeet Samuel net zo min. Ik begrijp dat jij het zo ziet, dat had Joyce ook. Jullie moeten binnenkort toch eens met elkaar praten; dat kan heel verhelderend zijn.'

'Misschien, we doen vast nog wel een poging om nader tot elkaar te komen.'

'Mooi.' Ze haakte haar arm door die van Madelon. 'Kom, dan gaan we je vader helpen. Jos en Nick hebben geen idee waar alle meubels moeten staan, net zo min als je vader.'

Gearmd liepen ze naar de trap en ze reden eensgezind naar het huis van Leida, waar Madelon nog niet eerder was geweest. Weer voelde ze zich een stukje lichter vanwege de reactie van de andere vrouw. Zou het dan echt goedkomen zoals ze een poosje geleden had gezegd?

Die vrijdagavond stapte ze in haar autootje nadat ze hartelijk afscheid had genomen van pa en Leida.

'Ga jij nu maar eens even lekker relaxen. Wij zorgen er wel voor dat de boel hier niet in het honderd loopt,' had pa gezegd. En Leida had haar nog een keer verzekerd dat ze het echt leuk vond om een keer een hele dag in de winkel te staan. Cathy was er om haar te helpen, wat kon er dan misgaan? Gerustgesteld ging ze op weg. Het beautycentrum lag een kleine drie kwartier rijden bij hen vandaan, vlak bij de zee. De folder beloofde een privéstrand en voldoende privacy om vanuit de sauna zo de zee in te duiken als ze dat wenste.

Het begon al te schemeren toen ze haar auto op de ruime parkeerplaats stilzette en ze haar weekendtas uit de kofferbak haalde. Achter de balie zat een beeldschone jonge vrouw die etaleerde waar het centrum voor stond: jeugd, schoonheid en gezondheid. Ze straalde het allemaal uit.

'Goedenavond, welkom bij Blue Sensation, heeft u gereserveerd?' begon de jonge vrouw die volgens haar naamplaatje Amber heette.

'Dat heb ik. Mijn naam is Madelon Haagveld.' Ze pakte het reserveringsbewijs uit haar handtas en gaf dat aan Amber.

'Mag ik u van harte welkom heten, juffrouw Haagveld. U heeft een eenpersoonskamer geboekt voor twee nachten, inclusief ontbijt en eenmaal een diner,' las Amber vanaf het scherm. 'U heeft gekozen voor het Blue Sensation arrangement en wordt morgenvroeg na het ontbijt verwacht in de beautysalon. Van daar uit doorloopt u de verschillende behandelingen en zult u begeleid worden door Imke. Ik wens u een prettig verblijf in het hotel. Mocht u iets nodig hebben, dan kunt u naar de receptie bellen via de huistelefoon. Hier is uw sleutel, u heeft kamer zesentwintig. Die bevindt zich op de eerste verdieping. Op de begane grond vindt u de eetzaal waar morgen tussen zeven en tien uur het ontbijt wordt geserveerd. Hier beneden bevinden zich tevens de verschillende behandelkamers.'

Madelon liet zich overspoelen door alle informatie die Amber haar gaf. Het klonk allemaal luxe, duur en overvloedig. Vastbesloten zich te laten verwennen en overal van te genieten, ging ze op zoek naar haar kamer. Ook deze was het toonbeeld van luxe. Hoewel het een eenpersoonskamer was, was het bed groot genoeg om er met twee mensen in te kunnen liggen. Dan wilde ze die tweepersoonsbedden weleens zien.

Met een zucht van genot liet ze zich op het grote bed vallen, keek een poosje vanaf daar om zich heen. Buiten het bed stond er een langwerpig bureau tegen de muur waarop een tv stond, een klein koffiezetapparaat en een waterkoker. Op een dienblad ernaast waren kopjes, theezakjes, suiker, melk en benodigdheden om koffie te zetten te vinden. Er was zelfs voldoende ruimte voor een gemakkelijke stoel met een klein tafeltje ernaast, die voor het grote raam stonden waar dikke, zware gordijnen voor hingen.

Eindelijk kwam ze omhoog om de rest van de kamer te inspecteren. Er was een vaste kast met een schuifdeur en voldoende bergruimte en een compacte badkamer met een bad, een aparte douche, een wastafel en het toilet en vooral veel spiegels. Hier kon je echt niet om jezelf heen. Aan een haakje hing de beloofde badjas en naast het bad stonden zachte slippers in haar eigen maat. Zachte handdoeken lagen op een rekje naast een schaaltje met zeepjes, kleine verpakkingen bodylotion, shampoo en gezichtscrème, allemaal voorzien van het logo van het hotel en het beautycentrum. Als laatste schoof ze de lange glasgordijnen open om van het uitzicht te genieten. Ze had een kamer met uitzicht op de duinen, verder daarachter moest de zee liggen. Door het openstaande raam verbeeldde ze zich dat ze het breken van de golven zelfs hoorde. De roep van een uil verbeeldde ze zich in ieder geval niet. Ze schoof de glasgordijnen weer dicht en sloot de overgordijnen een stuk, voor het onwaarschijnlijke geval dat er nog iemand in de duinen wandelde en zo haar kamer kon binnenkijken.

Haar tas was zo uitgepakt. Wat nu? Televisiekijken op bed of een boek lezen? In de minibar stonden wat kleine flesjes drank. Ze besloot om beneden iets te gaan drinken; van de hotelbar had ze even een glimp opgevangen, die zag er best aardig uit. Voordat ze naar beneden ging, belde ze naar haar vader om te vertellen dat ze goed was aangekomen en hoe het hotel eruitzag. Ook Marcella zat vanavond smachtend bij de telefoon te wachten op nieuws.

Nadat ze hun gebeld had, ging ze naar beneden. Een dik tapijt dempte haar voetstappen in de hal. In het trappenhuis klonk zachte achtergrondmuziek en overal aan de muren hingen zwartwitfoto's: vergezichten van de duinen, de zee, het hotel zelf, groepjes mensen die hier kennelijk geweest waren en foto's van de omgeving. Heel smaakvol en duur. Vooral duur. Niet dat ze zelf zoveel waarde hechtte aan een dure inrichting. Marcella had dit hotel uitgezocht omdat ze het in een folder had zien staan én omdat het een aanbieding was.

Ondanks de exclusieve uitstraling kostte het hele verblijf haar ongeveer net zoveel als een weekend in een normaal hotel zonder al die extra's. Ze haalde dan ook opgelucht adem toen ze ontdekte dat de overige gasten net als zij vrij normaal waren. Geen overdreven chic gedoe of duurdoenerij. Er liepen zelfs mannen tussen. Waarom ook niet? Zelfs mannen mochten tegenwoordig een schoonheidsbehandeling ondergaan.

Een van die mannen, een lange, slanke man met achterovergekamd donker haar, een gebruinde huid en een uitstraling die deed vermoeden dat hij wist dat hij er zo goed uitzag, liep op haar af toen ze aan een tafeltje plaatsnam en een witte wijn bestelde bij de toegeschoten serveerster.

'Goedenavond, is deze stoel bezet?' Hij wees naar de andere zitplaatsen.

Hij zag er niet alleen uit als een filmster, zelfs zijn stem paste er perfect bij. Zacht, donker en geheimzinnig, gemaakt om lieve woordjes in je oor te fluisteren, ging het door haar heen. Ze kleurde door haar eigen gedachten. Gelukkig was dat niet te zien onder haar nog altijd zongebruinde huid, wist ze.

'Nee, die zijn vrij.' Zou hij hier echt logeren of was hij een soort gastheer? Een man als hij had toch geen schoonheidsbehandeling meer nodig? Hij was vast een lokkertje voor al die vrouwen die hier kwamen.

'Mag ik even van je gezelschap genieten?'

'Ik kan je niet verbieden hier te gaan zitten.'

Hij lachte zacht. 'Ben je hier alleen?'

'Zoals je ziet. Jij ook?'

Hij knikte. 'Ramon Vanderbeen,' stelde hij zichzelf voor.

'Aangenaam kennis met je te maken.'

Dat valt nog te bezien, dacht Madelon, en ze noemde haar naam. 'Misschien een onbeschaamde vraag, maar ben jij hier echt voor een schoonheidsbehandeling?'

Hij lachte een volle, prachtige lach, liet daarbij een schitterend tandartswit gebit zien. 'Die vraag is me nog nooit eerder gesteld, maar echt, ik kom hier voor een behandeling; een massage om precies te zijn, maar misschien voeg ik er nog wat behandelingen aan toe.' Ramon liet zijn lange lichaam in een fauteuil zakken en sloeg zijn benen over elkaar, nonchalant een arm over de leuning leggend zodat hij haar aan kon kijken.

'Hmm, ben je soms de eigenaar van dit hotel?' vroeg ze vrijmoedig verder.

'Haha, nee, was dat maar waar! Dan genoot ik iedere dag van deze heerlijke behandelingen. Al ben ik hier wel vaak. Ik ga hier geregeld heen om tot rust te komen na een drukke periode. Dat werkt uitstekend en is heel goed voor je geestelijk welzijn.'

'Je meent het,' glimlachte Madelon. Ze nam een slok van haar wijn.

Ongevraagd werd hem een glas met daarin een amberkleurige vloeistof gebracht door de serveerster, die diep rood kleurde onder zijn dankbare blik. Hij maakte indruk op die jonge meisjes, die ongetwijfeld stuk voor stuk uitgezocht waren op

hun uiterlijk. Madelon had tenminste nog niet één personeelslid gezien dat lelijk, dik of oud was.
'Wat voor werk doe je precies dat je zoveel ontspanning nodig hebt?'
'Ik ben medeverantwoordelijk voor de gang van zaken bij een bedrijf dat printers maakt, waardoor ik vaak reis om klanten te bezoeken. En jij? Ik wed dat jij ook een heel interessant leven hebt.'
'Valt wel mee. Ik run samen met mijn vader een bakkerij en de bijbehorende winkel. Nog wel tenminste.'
'Klinkt interessant. En verder? Laat me raden: je bent getrouwd met een leuke man die nu even niet mee mocht maar die op jullie schattige tweeling van een jaar past.'
Madelon begon te lachen en sloeg beschaamd haar hand voor haar mond. Wie was hij? Een vriend van Marcella soms die ze opdracht had gegeven om haar een leuk weekend te bezorgen?
'Sorry, ik lach je echt niet uit,' zei ze bij het zien van zijn teleurgestelde blik. 'Het zullen de zenuwen zijn. Nee, ik ben niet getrouwd en heb geen schattige tweeling. Ik heb zelfs geen vriend.' Oei, klonk dat niet al te veel als een uitnodiging?
'Dat klinkt nog veel beter. Ben je er morgen ook nog?'
'En overmorgen zelfs ook. Ik heb een heerlijk verwenweekend geboekt.'
'En verwend zul je worden. Mag ik je een goede raad geven?'
'Uiteraard, jij bent hier de ervaringsdeskundige.'
'Ga vanavond op tijd naar bed. Morgen om acht uur geniet je van een heerlijk ontbijt. Vanaf negen uur word je urenlang verwend, rustgevend voor je lichaam maar ook vermoeiend. Bovendien heb je voor morgenavond nog wat extra energie nodig.'
'Wat staat me morgenavond dan te wachten?' vroeg ze verbaasd. 'Zover ik weet dineer ik hier, maar dat is toch alles?'
'Het is morgenavond een diner-dansant. Dat wordt een keer per maand gehouden, dus je bent hier precies op het juiste moment.'
'Is dat zo? Daar heb ik helemaal niet op gerekend. Ik heb wel een leuk jurkje bij me, maar niet echt iets wat geschikt is voor

een chic diner,' zei ze naar waarheid.

'Ik weet zeker dat je er schitterend zult uitzien, zeker na de behandeling die je morgen ondergaat. Je zult stralen, ongeacht de kleding die je draagt.'

Madelon reageerde niet op die opmerking, bang dat hij het zou zien als vissen naar complimentjes, waar hij toch al royaal mee strooide. Flirtte hij met haar?

'Ik zou het een hele eer vinden als ik morgen je tafelheer mag zijn.' Hij keek haar met een verwachtingsvolle blik aan.

'Bij het diner?'

'Als je me dat genoegen wilt doen, dineren we morgenavond samen. Afgesproken?'

Dat klonk heel aanlokkelijk, het was stukken gezelliger met een aantrekkelijke man aan tafel te zitten dan in haar eentje in een volle zaal. De meeste vrouwen die ze tot nu toe gezien had waren kennelijk samen met vriendinnen hierheen gekomen. Dat had ze ook moeten doen; samen met Marcella of Nora, maar niet alleen.

'Dat klinkt goed. Oké, afgesproken, dan zie ik je morgen bij het diner.' Ze dronk haar glas leeg en stond op. 'Dan ga ik nu maar naar bed.'

Ramon kwam ook omhoog, pakte haar hand, bracht hem naar zijn mond en drukte er een vederlichte kus op, haar met een intense blik aankijkend. 'Slaap lekker, Madelon, en morgenavond zie ik je graag weer terug.'

Met lichte tred liep ze door de ruime hal naar de trap. Met het gevoel alsof zijn ogen in haar rug prikten keek ze nog een keer over haar schouder voordat ze de bocht om ging, en ze ving inderdaad zijn blik op. Hij knipoogde. Vlug verdween ze om de bocht. Wauw, wat een man! Nog geen vijf minuten was ze hier en ze had al een kanjer aan de haak geslagen én een afspraakje voor een diner-dansant.

Ze keek even om zich heen voordat ze een maf dansje maakte van plezier. Yes! Ze rende met twee treden tegelijk de trap op, liet een paar oudere dames schrikken door om de bocht te hollen en liep met ingehouden plezier door naar haar kamer. Daar herhaalde ze haar vreugdedansje nog een keer. Meteen dook ze op haar bed, viste haar mobieltje uit haar tas en drukte het nummer van Marcella in. Halftien, dat was vast nog niet te laat om te bellen. Hij ging een paar keer over voordat er opgenomen werd.

'Ga me niet vertellen dat je nu al terug naar huis komt.'

'Wat heb jij geregeld?' begon Madelon.

'Ik? Waar heb je het over?' De verbazing in haar stem klonk echt.

'Ik ben zojuist benaderd door een enorme spetter, zo van de cover van een magazine weggelopen. We dineren morgenavond samen, diner-dansant welteverstaan.'

'Dat meen je niet? Hoe krijg je dat zo snel voor elkaar?'

'Dat wil ik ook weleens weten. Heb jij niet stiekem iemand hierheen gestuurd om mij gezelschap te houden?'

'Ik kijk wel uit. Hoe heet hij?'

'Ramon Vanderbeen. Lang, donker, het knappe spat er haast vanaf. Ik zat nog geen vijf minuten in de lounge en hij stelde zich al aan me voor. Eiste bijna dat ik morgenavond met hem dineer.'

'Wauw, mazzelaar,' verzuchtte Marcella aan de andere kant van de lijn. 'Wat weet je van hem? Is hij getrouwd?'

'Dat weet ik niet, daar hebben we het niet over gehad. Ik kan me eigenlijk niet voorstellen dat een man zoals hij nog alleen is. Wel wilde hij alles van mij weten.'

'Ik heb hier echt niets mee te maken, erewoord. Wat weet je verder van hem?'

'Hij zegt bij een firma te werken die printers maakt. Ik schat hem op een jaar of vijfendertig. Je weet zeker dat je niet een leuke vriend van Rens hebt ingeseind dat ik hier zit?'

'Maddy, waar zie je me voor aan?'

'Oké, ik geloof je. Het is alleen zo vreemd allemaal wat er nu gebeurt.'

'Geniet ervan, een ander advies kan ik je niet geven. Ik ga afbreken, Rens wordt ongeduldig.'

'Oké, we bellen nog wel.'

Madelon stond op en ging naar de badkamer om haar gezicht schoon te maken en in te smeren met nachtcrème.

HOOFDSTUK 15

Na een nacht waarin ze beurtelings over Ramon, Seb, Leida, Nick en Nadia had gedroomd, die haar allemaal raad gaven en haar steeds een andere richting uit wilden duwen, stond ze onder de douche en probeerde de vermoeidheid kwijt te raken. Het zou wat zijn als ze zo dadelijk bij de gezichtsbehandeling al in slaap viel.

En wat dan nog? gaf ze zichzelf in gedachten antwoord. Het zou vast niet de eerste keer zijn dat dat hier gebeurde. Ze kwam toch hierheen om te ontspannen. Daarbij lag je een groot deel van de behandelingen stil en met je ogen dicht. Zolang ze haar op tijd wakker maakten, was er niets aan de hand.

Ondanks het feit dat ze een uur na het ontbijt waarschijnlijk weer uit de kleren moest voor een behandeling, kleedde ze zich zorgvuldig, met in haar achterhoofd dat het heel goed mogelijk was dat ze Ramon wederom tegen het lijf liep.

Ramon zat inderdaad met een kop koffie voor zich aan een tafeltje. Hij gebaarde zodra hij haar zag dat ze bij hem moest komen zitten. Galant stond hij op toen ze naar het tafeltje toe liep met een bordje waarop een paar broodjes lagen.

'Dank je. Ben je hier al lang?' Opnieuw werd ze getroffen door het onwaarschijnlijk knappe uiterlijk van de man. Waarom had hij haar aangesproken gisteravond? Er zaten toch echt mooiere vrouwen in de ontbijtzaal dan zij. Zat er toch iets achter? Had Marcella of misschien Nora iemand een seintje gegeven?

'Lang genoeg om vóór jou in de ontbijtzaal te zijn,' gaf hij met een jongensachtige grijns toe. 'Heb je goed geslapen?'

'Heerlijk,' loog ze glashard. 'Jij ook?'

'Absoluut.'

Een serveerster bracht Madelon het gevraagde kannetje koffie. Madelon sneed een broodje doormidden en belegde dat met kaas.

'En? Kan het de vergelijking doorstaan met brood van jezelf?'

'Het is lekker brood. Het zou me verbazen als dit niet uit een ambachtelijke bakkerij komt.'

Hij lachte zacht. 'Daar spreekt de echte bakker. Wat is jouw taak in de bakkerij?'

'Ik sta in de winkel en handel het administratieve gedeelte van de zaak af. Mijn vader is de echte bakker.'

'Gisteren liet je vallen dat je de zaak nu nog wel hebt, betekent dat dat je eruit stapt?' Hij nam een hap van zijn broodje en keek haar ondertussen belangstellend aan.

'Mijn vader gaat met pensioen en ik wil de zaak niet overnemen.'

'Aha, zo zit het dus. Heb je al een gegadigde die het van jullie overneemt?'

'Ramon, ik begrijp je belangstelling best, maar ik ben juist hier om de beslommeringen rondom de bakkerij even te vergeten,' zei ze, in de hoop zo niet de hele zaak weer uit de doeken te moeten doen. Ze wilde dit weekend echt niets meer horen over de bakkerij, er het liefst ook niet over nadenken.

'Sorry, je hebt gelijk. We zijn hier om te ontspannen, niet om over werk te praten. Al valt me dat moeilijk omdat ik het zo graag doe,' verzuchtte Ramon. 'Ander onderwerp.'

'Je hebt geen vrouw of kinderen?'

'Ik ben tot nu toe nog niemand tegengekomen die ik die taak wilde toevertrouwen.'

'Oei, dat klinkt alsof vrouwen een examen moeten afleggen bij jou.'

'Dat valt wel mee, ik ben alleen nog niet de ware tegengekomen. Wat niet is kan nog komen. En jij? Een aantrekkelijke vrouw zoals jij is vast ook niet al die jaren alleen gebleven.'

'Dat klopt, ik heb wel een paar keer een vriend gehad, maar ook voor mij geldt dat ik de ware nog niet ontmoet heb. Of dat ik er steeds overheen kijk, zoals Cathy altijd zegt,' lachte ze zacht.

'Dat is een waar woord. Wie is die Cathy? Ze klinkt verstandig.'

'Onze winkeljuffrouw. Vertel me eens iets over de behandelingen die me te wachten staan. Komen we elkaar daar nog ergens tegen?'

Tijdens de gezichtsbehandeling, peeling, de maskers en de massage viel ze bijna in slaap. Het hydromassagebad pakte haar hele lichaam aan, gezeten in een soort bubbelbad werd ze van tweehonderdzestig kanten tegelijk gemasseerd door de waterstralen. Dat was inspannender dan ze verwacht had. De pakking in de folie die daarna volgde was een verademing waarbij ze weer even mocht wegdoezelen. Daarna was het tijd voor de echte massage. Gelukkig kwam ze niet steeds Ramon tegen zoals ze even gevreesd had, maar werden deze behandelingen in aparte kamertjes uitgevoerd.

Tijdens het ontbijt was ze niet meer teruggekomen op de bakkerij en hij gelukkig ook niet. Voorlopig was hij prettig gezelschap. Straks bij de lunch zou ze hem vast weer zien, had hij beloofd.

De lunch werd vanwege het goede weer geserveerd op het buitenterras, waar het heerlijk zitten was in de beschutting van glazen panelen met uitzicht op een fraai stuk duin en in de verte de zee.

'Hier zou ik best aan kunnen wennen,' verzuchtte Madelon.

'Waarom denk je dat ik zo vaak terugkom,' grinnikte Ramon.

Beiden waren ze gekleed in een witte badjas, met aan hun voeten de zachte slippers. Madelon wist dat haar gezicht rood was door de vele behandelingen en dat haar haren strak naar achteren in een wrong waren opgestoken, toch geneerde ze zich daar niet om. Het merendeel van de vrouwen zag er zo uit. Zelfs Ramons gezicht glom van de vochtinbrengende crème. Hij had blijkbaar voor meer dan alleen de massage gekozen.

'Ik vrees dat dat niet voor mij is weggelegd. Mijn salaris is niet toereikend genoeg om dit meerdere keren per jaar te doen.'

'Je hebt toch een eigen zaak?'

'Die loopt goed, dat wel, maar ook dan kunnen we niet al te gekke sprongen maken,' gaf ze toe.

'Waarom blijf je zelf niet in die zaak werken? Dat je vader stopt, betekent toch niet automatisch dat jij er ook uit moet? Meestal wordt een bedrijf juist overgenomen door de kinderen. Zeker als het winstgevend is.'

'Ik wil het niet alleen doen. Mijn ouders hadden elkaar. Ik heb geen broers of zussen en ook geen partner om samen de zaak over te nemen.'

'Dan moet je zorgen dat je door een concern overgenomen wordt. Wel de zaak en het vertrouwde werk, niet de grote verantwoordelijkheid die op je lieftallige schouders drukt.'

'Dat wil ik al helemaal niet. En dan gedwongen worden om een koude bakker te worden zeker, fabrieksbrood en eenheidstaarten verkopen. Mijn vader is nog een ouderwetse warme brood- en banketbakker. Daarom loopt de zaak juist zo goed.' In weerwil van haar eigen voornemens begon ze nu toch over de zaak te praten en legde ze precies aan Ramon uit wat haar dwarszat.

'Je bent toch niet verplicht om koude bakker te worden als je je bij een groot concern aansluit. Juist niet. Als een concept werkt, moet je dat niet veranderen, lijkt mij.'

'Misschien heb je wel gelijk, maar naar mijn gevoel heb ik al te lang in de bakkerij rondgelopen. Ik heb geen bedrijfskunde gestudeerd om in de bakkerij te blijven hangen.'

'Ook daar komt die kennis je ongetwijfeld goed van pas, maar er kunnen inderdaad zoveel meer mensen van jouw kennis profiteren als je een andere tak van het bedrijfsleven in gaat.' Ramon keek haar met een paar glinsterende ogen aan. 'Als ik het voor het zeggen had, zou ik je graag in dienst nemen.'

Madelon kreeg het warm onder zijn belangstellende blik. 'Je weet niet eens of ik wel geschikt ben voor wat dan ook.'

'Zonder al te opschepperig te klinken, durf ik best te zeggen dat ik over een flinke dosis mensenkennis beschik. Ik zou het wel aandurven met jou. Belangstelling?'

'Om bij jou te werken? Ik weet niet eens wat je doet.'

'We maken printers, dat heb ik je al verteld. Het is mijn taak om grote bedrijven – met name de buitenlandse – ervan te overtuigen dat ze het best met ons in zee kunnen gaan en ervoor te zorgen dat die samenwerking ook goed blijft. Een goede en gedreven assistente zou mij op dit moment heel goed van pas komen. Mijn huidige assistente gaat zeer binnenkort met zwangerschapsverlof. Daarna komt ze nog wel een paar dagen per week terug, maar het reizen geeft ze eraan. Dat je niet gebonden bent aan huis en haard is al in je voordeel.'

'Bied je me nu ongezien een baan aan?'

Ramon leunde met een geamuseerde blik in zijn stoel en zette zijn vingers onder zijn kin tegen elkaar. 'Daar lijkt het wel op, hè.'

Madelon begon te lachen. 'Je zit me straal voor de gek te houden.'

'Echt niet. Ik ben bloedserieus. Jij hebt binnenkort een baan nodig en ik een assistente. Op die manier kunnen we elkaar toch perfect aanvullen.'

Madelon keek hem onderzoekend aan of hij het echt meende. 'Zeg ja, Madelon. Doe mij en jezelf een plezier en ga op mijn aanbod in.'

'Ik wil er toch nog even over nadenken als je het niet erg vindt,' hield ze de boot af.

'Heel verstandig en dat kan ik zelfs begrijpen. Heb ik vanavond dan toch nog het genoegen dat je aan mijn tafel zit? Ik heb je niet eens een oneerbaar voorstel gedaan.'

'Als je nog wilt wel.'

'Niets liever dan dat. Laat je dan naar mijn tafel brengen vanavond. Om zeven uur.' Hij stond op en pakte net als de vorige avond haar hand om er een lichte kus op te geven. 'Ik moet helaas nog even werken. Tot vanavond, mooie Madelon.' Hij wachtte niet op haar antwoord en liep door naar binnen.

Dat hij wegging, was toch even een teleurstelling. Ze had gehoopt nog langer met hem te kunnen praten. Ach, dat kon vanavond vast ook nog wel. Een zakenman als Ramon had ondanks het weekend vast nog een hoop te doen. En zoveel ruimte om te praten zou er vast ook niet meer zijn. Haar stonden nog een paar behandelingen en een bezoek aan de sauna te wachten. Daarna werd ze verwacht in de schoonheidssalon voor make-up, een manicure en een kappersbezoek. En dan was ze helemaal klaar voor het diner-dansant.

Tijdens die laatste behandelingen stond ze zichzelf even toe om weg te dromen over Ramon. Hij zag er niet alleen geweldig uit, hij had blijkbaar een hoge functie bij het bedrijf waar hij werkte als hij zo maar iemand aan kon nemen. Stel dat ze wel op zijn voorstel inging en de baan aannam. Dat betekende reizen, als ze het goed begreep. Ze zou meer van de wereld gaan zien. Iets wat ze tot nu toe nog niet zoveel had gedaan, buiten de geijkte vakantietripjes dan. Ramon had beslist een uitdagende baan. Zou dat iets voor haar zijn? Wat kwam er allemaal kijken bij zo'n baan? Daar wilde ze beslist meer van weten.

Die avond stond ze stijf van de zenuwen. Het voelde alsof ze beoordeeld zou worden door Ramon, al had hij haar zelfs mooi gevonden met een rood, glimmend gezicht en haren die strak achterovergetrokken waren. De schoonheidsspecialiste en de kapper hadden haar een ware metamorfose gegeven.

Haar normaal zo volle bos wild krullend haar lag nu in grote, zachte golven om haar hoofd, met een lok die half over haar voorhoofd hing en waarachter ze zichzelf kon verbergen. De make-up was heel natuurlijk en subtiel aangebracht, maar wel zodanig dat de sterke punten van haar gezicht erdoor geaccentueerd werden.

Haar jukbeenderen en haar donkere ogen kwamen sprankelend naar voren toe. De ietwat aangebrande teint door een teveel aan zon was dankzij de peelings en make-up helemaal verdwenen. Haar normaal zo smalle lippen waren met behulp van een potloodje en lipstick voller en groter gemaakt. Ook haar nagels waren kunstig bijgewerkt en gelakt.

Ze was met een tas vol schoonheidsproducten, die een klein kapitaal kostten, terug naar haar kamer gegaan. Daar had ze stijf in een stoel zitten wachten tot het tijd was om zich om te kleden, bang dat het kunstwerk van de schoonheidsspecialiste bedorven zou worden als ze iets at of dronk, met als gevolg dat ze vreselijke dorst had en dat haar maag rammelde van de honger. Als ze zich nu maar in kon houden tijdens het diner. Ramon was vast gewend aan vrouwen die minimale hapjes aten om vooral niet gulzig gevonden te worden en die voortdurend op hun lijn letten.

De jurk die ze mee had genomen, was door het hotelpersoneel gestreken en hing aan een knaapje aan de kastdeur. Zwart, altijd goed voor iedere gelegenheid, met een ronde lage hals en korte mouwtjes. Het lijfje was strak en ging over in een iets uitlopende rok die net boven haar knie viel. Ze droeg er zilverkleurige, opengewerkte sandaaltjes met een halfhoge hak onder en had een bijpassend zilverkleurig tasje. De spiegel aan de kastdeur liet een prachtige donkerharige vrouw zien met een slank figuur en een hooghartige blik op haar gezicht.

Aan dat punt moet ik nog werken, bedacht ze. Toch was ze meer dan tevreden met wat ze zag. Het kapsel dat de kapster haar had gegeven zou ze thuis nooit zo voor elkaar kunnen krijgen, maar voor één avond zat het in ieder geval perfect. Ze werkte haar lippen nog een keer bij zoals de schoonheidsspecialiste haar had voorgedaan, rechtte haar schouders, haalde diep adem en ging naar beneden. Haar gsm liet ze boven liggen. Niemand wilde tijdens een diner-dansant gestoord worden door de telefoon.

Een aantrekkelijke jongedame, gekleed in een zwarte, strakke rok en een witte blouse, schoot op haar af.

'De tafel van meneer Vanderbeen, alsjeblieft,' zei Madelon nog voordat ze iets kon vragen.

'Volgt u mij maar,' antwoordde ze met een vriendelijk knikje. Ze liepen door de grote eetzaal waar aan het einde een podium was geplaatst. De muzikanten waren er al en stemden hun instrumenten. Voor het podium was een dansvloer vrijgehouden. Rondom waren tafeltjes opgesteld waaraan al verschillende vrouwen én mannen zaten.

Mannen die zich bij hun vrouwen voegden voor een romantisch weekend, of minnaars die mochten komen opdraven? Het merendeel viel vast in de eerste categorie gezien de leeftijd en het voorkomen van de mannen.

De vrouwen waren stuk voor stuk keurig opgemaakt en gekapt en gingen chic gekleed. Gelukkig waren er weinig in het lang, anders zou ze zelf zo uit de toon vallen. Ze straalden van zelfvertrouwen.

Ook nu stond Ramon op toen zij het tafeltje naderde en schoof hij haar stoel aan op het moment dat ze ging zitten. Ook daar zou ze best aan kunnen wennen. Een charmante, galante man, waar vond je die nog tegenwoordig.

'Je ziet er schitterend uit,' zei hij zacht in haar oor, waardoor ze de rillingen over haar rug voelde lopen. Zijn handen lagen even warm op haar schouders voordat hij ging zitten.

'Dank je,' mompelde ze.

Ramon nam tegenover haar plaats, gaf een teken met zijn hand en een paar obers kwamen aangesneld, met glazen en een wijnkoeler, hoewel er al een tweetal verschillende glazen op tafel stonden. Hij keurde de wijn die hem ingeschonken werd en knikte, zonder te vragen of ze wel wijn wilde. De ober keek haar in ieder geval wel vragend aan.

'Graag,' antwoordde ze op de stille vraag.

Ramon hief zijn glas en tikte er zacht mee tegen het hare. 'Op een schitterende vrouw met wie ik een heel aangename avond hoop te beleven.'

Madelon kleurde onder zijn duidelijk belangstellende blik.

Ramon had het diner samengesteld, zodat ze af moest wachten wat ze vanavond zouden eten.

'Zijn er dingen die je absoluut niet lust?' vroeg hij voor de zekerheid. 'Of waar je allergisch voor bent?'

Madelon kon hem geruststellen; ze lustte vrijwel alles en kon ook overal tegen.

'Mooi, in dat geval wil ik graag met je dansen terwijl ze het voorgerecht bereiden.' Hij schoof zijn stoel naar achteren en stak haar zijn hand toe.

Ze legde haar hand in de zijne en liet zich naar de dansvloer leiden. Hij hield keurig de voorgeschreven afstand aan en legde zijn andere hand halverwege haar rug.

'Ken je de klassiekers?'

'Ik heb op dansles gezeten.'

'Mooi.' Zijn ogen keken lachend in de hare. Hij leidde haar met vaardige hand tussen de andere dansende paren door en trok haar steeds een beetje dichter naar zich toe bij iedere draai. De druk van zijn hand in haar rug, de warmte van zijn lichaam zo dichtbij, de geur van zijn aftershave, de muziek, de hele sfeer, alles werkte eraan mee dat ze zich bijzonder voelde in zijn armen.

'Je danst goed.' Zijn warme adem streek langs haar wang.

'Dank je, jij ook. Je doet dit vast vaker.'

'Inderdaad, maar niet zo vaak met een mooie vrouw als jij.'

'Ramon, stop met die complimentjes, nu is het me wel duidelijk.'

Hij grinnikte zacht dicht bij haar oor, wat maakte dat haar maag buitelingen begon te maken. Ze voelde zich nu al dronken worden, terwijl ze nog nauwelijks haar wijn had aangeraakt. De muziek stopte, er werd beschaafd geklapt. De meeste mensen namen weer aan hun tafel plaats. Obers en serveersters liepen geruisloos af en aan om de voorgerechten te brengen.

Hoewel ze zich voorgenomen had overal slechts kleine hapjes van te nemen, smaakte het eten zo heerlijk dat ze haar hele portie opat.

'Ha, eindelijk een vrouw die gewoon toegeeft dat ze honger heeft en dat het eten haar smaakt,' zei Ramon. 'Ik heb een hekel aan vrouwen die minieme beetjes nemen om niet gulzig over te komen. Die schijnen van tevoren te eten zodat ze geen honger meer hebben.'

'Het is echt zalig, zonde gewoon om daar maar een klein beetje van te nemen,' gaf Madelon toe. 'Vertel eens iets meer over het werk dat je doet. Het klinkt heel interessant, ik zou er graag meer van weten.'

Hij kon boeiend vertellen, waardoor ze al snel aan zijn lippen hing. Hij had een drukke baan, reisde van hot naar haar en was zelden thuis. Ook vertelde hij wat haar werkzaamheden zouden worden, mocht ze besluiten zijn assistente te worden. 'Het klinkt allemaal heel spannend en interessant,' moest ze toegeven. 'Ik ben niet zo'n bereisd type, dus dat zal wel wennen zijn voor mij. Jij bent blijkbaar niet echt een familiemens als je zo vaak van huis bent. Ben je eigenlijk getrouwd geweest of zo? Jij weet zo'n beetje alles van mij, maar ik niets van jou.'

'Niet getrouwd geweest, geen gezin dat op me leunt, alleen een paar broers en een zus, mijn ouders leven nog en zijn beiden goed gezond. Dat is zo'n beetje mijn leven in een notendop. En jij? Heb je altijd bij je ouders in de zaak gewerkt?'

Madelon vertelde hem hoe zij in de bakkerij terecht was gekomen, wat natuurlijk niet zo spectaculair was als zijn verhaal. Toch was hij duidelijk geïnteresseerd en wilde hij van alles weten over haar ouders. De dood van haar moeder deed hem

schrikken. Zijn eigen ouders waren inmiddels eind zestig.
'Ik hoop dat zij het nog meemaken dat mijn eerste kind geboren wordt.'
'Hoe oud ben je eigenlijk?'
Ramon lachte geheimzinnig. 'Vrouwen praten niet graag over leeftijd, tenminste, niet over die van henzelf. Ik evenmin. Laten we het erop houden dat ik ergens tussen de dertig en veertig ben.'
Een ijdel man dus, besloot Madelon. Nou ja, daar was toch niets mis mee zolang hij eerlijk was.
De wijn was goed, de muziek sfeervol, het eten zalig en haar gezelschap was uitmuntend, beter kon het niet worden en ze genoot er dan ook met volle teugen van.
Er werd een slowfox gespeeld, waarvoor Ramon haar uitnodigde. Ze dansten dicht bij elkaar. Hun benen en heupen kwamen regelmatig met elkaar in contact, wat een prikkelende uitwerking had op Madelon. Ook Ramon leek het te merken. Ze zeiden niet veel tijdens de dans. Zijn mond lag dicht bij haar oor tegen haar haren aan en zijn vingers streelden op een sensuele manier haar ruggengraat, wat haar kippenvel en rillingen van genot bezorgde.
Na nog drie culinaire hoogstandjes – hoorde dit echt bij het arrangement dat ze besteld had? – en nog twee keer met hem te hebben gedanst, was de spanning tussen hen zo groot dat ze vast licht afgaven in het donker. Iedere beweging en ieder gebaar ademde verborgen verlangens uit, zo sterk dat Madelon er bijna bang van werd.
Wat verwachtte hij van haar? Dat ze mee naar zijn kamer ging? Ze vertrouwde zichzelf niet meer, wat ook het gevolg was van de hoeveelheid wijn die ze gedronken had. Ze nam zich voor niet met hem mee naar zijn kamer te gaan en hem evenmin op de hare uit te nodigen. Ze was niet in voor een onenightstand.
Ze wist niets van Ramon Vanderbeen, behalve dat hij een gewiekst zakenman was en dat hij hevig onder de indruk was van haar. Inmiddels had ze wel in de gaten dat Ramon een man was die wilde hebben wat hij zag. Gold dat ook voor vrouwen? Ze huiverde.

'Heb je het koud?'

'Een beetje,' loog ze, kleine slokjes nemend van de espresso. Het was inmiddels ver na tienen, de meeste tafeltjes waren leeg, de band speelde nog altijd, door een enkeling werd er nog gedanst.

'Zullen we het maar voor gezien houden?' stelde Ramon voor. Zijn hand lag op de hare en met zijn duim streelde hij de binnenkant van haar pols.

Ze knikte, niet in staat iets te zeggen.

Ramon stond op en hielp haar met haar stoel. Met een arm die losjes om haar middel lag, liepen ze door de eetzaal naar de grote hal. Hij ging de trap voorbij en drukte op de knop bij de lift. Zijn vingers streelden haar taille; door de dunne stof van haar jurk heen voelde ze de warmte ervan op haar huid branden. De deuren gleden open, met een hand op haar rug liet hij haar voorgaan. De deuren sloten zich weer en ze drukte op de één.

In de intieme, kleine ruimte van de lift boog hij zich naar haar toe, zijn hand nog altijd losjes op haar rug, zijn lippen beroerden de hare, eerst zacht en aftastend. Toen haar reactie niet uitbleef, gleden beide handen om haar middel en trokken haar dichter naar hem toe. De hartstocht laaide op en even gaf ze zich daaraan over.

Voorzichtig maakte ze zich los uit zijn armen toen de lift met een schok tot stilstand kwam en de deuren weer opengingen. Ze zette haar handen tegen zijn borst om afstand tussen hen te scheppen.

'Drinken we op mijn kamer nog een afzakkertje?' vroeg hij op zachte toon.

'Beter van niet. Het was een hele gezellige avond, ik heb ervan genoten. Bedankt daarvoor.' Ze glipte onder zijn armen door en haastte zich de lift uit voordat hij haar over wist te halen toch met hem mee te gaan. Zonder om te kijken liep ze naar haar kamer en durfde pas weer adem te halen toen de deur gesloten was.

HOOFDSTUK 16

De grote wallen onder haar ogen en de compleet verwarde haardos getuigden van de rusteloze nacht die ze wederom achter de rug had. Van uitrusten kwam niet veel terecht op deze manier, bedacht ze cynisch. Vannacht had ze in haar dromen steeds met Ramon gedanst, gekust en zelfs gevreeën, hoewel zijn gezicht regelmatig samenvloeide met dat van Seb en heel even zelfs met dat van Frans.

Ze had een heerlijke avond gehad, die op Ramons kamer geëindigd zou zijn als ze hem zijn zin had gegeven. Een glimlach krulde haar mondhoeken. Als hij zijn zin kreeg... Hij had heel erg zijn best gedaan haar te overtuigen en in te palmen, maar het voelde gewoon niet goed om met iemand naar bed te gaan die ze nauwelijks kende. Ze wist niet eens of ze wel verliefd op hem was. Hij was knap, lief en aantrekkelijk in alle opzichten, maar gisteravond was lust geweest, zeker geen liefde. Ze was niet op slag verliefd op hem geworden, dat wist ze zeker. En als ze ooit voor hem zou gaan werken, was dat ook niet bepaald een ideale situatie, bedacht ze tegelijkertijd. Nee, het was beter dat ze wat afstand hield.

Na een verfrissende douche en een poging haar haren zo te stylen dat het niet zo'n wilde bos werd, was ze om halfnegen klaar voor het ontbijt. Om tien uur moest ze de kamer verlaten, dan was haar verwenweekend weer voorbij. Ze had zich al voorgenomen niet direct door te rijden naar huis, maar nog even hier te blijven, te genieten van de zee en het fraaie nazomerse weer. Hoe vaak kreeg ze die kans nog dit jaar? Bovendien was daar Ramon nog.

Ook nu zat hij al in de eetzaal op haar te wachten. Hij stond op en begroette haar met een kus die ergens halverwege haar wang en haar mond belandde doordat ze haar hoofd iets draaide.

'Goedemorgen, liefje, heb je lekker geslapen?' Hij keek haar met een intense blik aan, een vaag glimlachje speelde om zijn mondhoeken.

'Ja hoor, jij ook?'

Hij schoof haar stoel weer aan en ging tegenover haar zitten voordat hij antwoordde: 'Niet echt. Mijn bed was zo eenzaam en koud. Ik heb je gemist.'

Ze lachte een beetje onzeker. 'Hoe kun je nu iets missen wat je nooit hebt gehad?'

'Omdat ik mijn hele leven al op jou heb gewacht.'

Wow, die heeft het zwaar te pakken, ging het door haar heen. Een reactie werd haar bespaard doordat een serveerster haar koffie kwam brengen.

'Dank je.' Ze sneed het croissantje dat op haar bord lag door-midden en voorzag het van boter en suiker.

'Wat zijn je plannen voor vandaag?' wilde Ramon weten.

'Ik wilde nog wat van de zee genieten en daarna naar huis rij-den. Om tien uur moet ik van mijn kamer zijn.'

'Ik niet. Je mag wel gebruik maken van mijn kamer.' De blik die hij haar toewierp, liet over zijn bedoelingen weinig te raden over.

Waar was de heer van gisteren gebleven?

'Ramon,' begon ze aarzelend, 'misschien was het verkeerd van me om je te kussen. Ik wil je niet kwetsen, daar ben je veel te aardig voor, maar ik wil niet dat je de verkeerde indruk van mij krijgt.' Ze kleurde onder die indringende blik. 'Stel dat ik inderdaad voor je ga werken, dan zullen we toch op een professionele manier met elkaar om moeten gaan. Ik wil niet de klassieke fout maken van de assistente die een relatie met haar baas heeft.'

Hij keek haar een ogenblik onderzoekend aan en knikte. 'Je hebt helemaal gelijk, dat zou een verstoorde werkrelatie geven.' Hij liet zich terugzakken in zijn stoel. 'Ik ga te snel. Sorry, dat zit in mijn aard. Als ik eenmaal weet wat ik wil, ga ik ervoor, en dan ben ik soms net een stoomwals. Het spijt me, ik hoop dat ik je niet heb afgeschrikt.'

Ze glimlachte geruststellend naar hem. 'Als je een beetje gas terug neemt, komt het vast wel goed.'

'Mooi, blijf je nog wel vandaag? Dan gaan we samen naar het strand.'

Voor het avondeten was ze thuis, zoals ze beloofd had. Ze reed door naar het huis van Leida – voor haar zou het altijd het huis van Leida blijven.

'Hé, meisje, je ziet er stralend uit,' begroette Jerom haar. 'Heb je het naar je zin gehad?'

'Dat kun je wel zeggen. Het was heerlijk.' Ze vertelde uitgebreid over de behandelingen, maar liet achterwege dat ze Ramon had leren kennen. Daar was het nog te vroeg voor. De hele dag was hij voorkomend en op een afstandje geweest. Precies zoals ze van een baas mocht verwachten. Alleen bij het afscheid had hij haar gekust. Wat voor verhouding had hij met zijn vorige assistente gehad? Ze voelde er niet veel voor een persoonlijke relatie met hem aan te gaan als ze echt gingen samenwerken. Werk en privé moesten gescheiden blijven. Hoe moeilijk dat ook voor hem zou zijn.

'Je huid is er wel van opgeknapt. Dat moet je vaker doen,' meende Leida.

'Je hebt geen idee wat zoiets kost.'

'De schoonheidsspecialiste hier op de hoek kan waarschijnlijk precies hetzelfde en is niet zo duur. Ga een keer met me mee.'

'Ga jij daarheen dan?' vroeg ze verbaasd en in alle oprechtheid. 'Dat heb jij toch niet nodig? Je huid is zo gaaf en nog zo glad.'

Leida lachte zacht. 'Het geheim van een mooie huid is de juiste verzorging en daarmee kun je niet vroeg genoeg beginnen. Dat hebben ze je daar toch ook wel verteld? Ik wed dat je met een koffer vol crèmes en make-up thuis bent gekomen.'

'Klopt helemaal. Mijn huid is nu zo zacht als een babyhuidje na al die maskers en peelings.'

'Ben je helemaal uitgerust voor morgen?' wilde Jerom weten.

'Mark begint morgenvroeg in de bakkerij samen met Seb.'

'Wat ga jij dan doen, pa? Blijf je echt thuis?'

'Morgen nog niet, al help ik niet mee. Ik houd me afzijdig, het is nu aan Mark en Seb.'

Leida ging naar de keuken om de laatste hand te leggen aan het eten.

'Voelt het goed om de boel over te dragen aan een ander?' vroeg Madelon. Ze zaten buiten in de achtertuin. Om haar heen hoorde ze de geluiden vanuit de andere tuinen. Door de haag heen zag ze af en toe iemand voorbijlopen over het pad dat achter de huizen liep en ze herinnerde zich weer dat langs dat pad een inbreker een paar huizen verder binnen was gekomen. Dat was de reden geweest dat haar vader hier was gaan wonen. Eén van de redenen.

'Ik denk wel dat ik me erbij neer kan leggen, maar over twee maanden is het pas echt een feit. Er kan veel gebeuren in die tijd,' hield Jerom haar voor.

'Denk je echt dat Mark erop terug zal komen?' vroeg ze verbaasd.

Jerom schokschouderde. 'Ik hoop het niet. Het is niet niks om van werknemer opeens kleine zelfstandige te worden. Ik weet waar ik over praat, en in onze tijd was die stap nog een stukje simpeler te nemen. Nu komt er veel meer kijken bij een bedrijfsovername. Ik reken erop dat jij hem zo goed mogelijk helpt met het administratieve gedeelte.'

'Dat zal ik zeker doen,' beloofde ze hem.

Het was vreemd om Mark in de bakkerij bezig te zien en niet haar vader. Seb leek er geen moeite mee te hebben en deed gewoon zijn ding. Jerom was vaker dan voorheen in het keukentje beneden te vinden, waar Madelon hem nu ook weer aantrof.

'Hoe gaat het achter?'

'Het is even aanpassen voor Mark. Je kunt merken dat hij al die tijd tweede bakker is geweest en een baas boven zich heeft gehad. Seb heeft de laatste jaren meer het voortouw genomen en moet nu een stapje terug doen, alleen moet dat dan wel door de eerste bakker opgepakt worden.' Hij haalde zijn schouders op in een poging het onbelangrijk te doen lijken. 'Dat heeft even wat tijd nodig.'

'Wanneer doet Seb examen?' Ze had hem de afgelopen tijd gemeden en niet met hem over andere dingen dan die de bakkerij aangingen gepraat.

'Eind september. Help je hem nog wel?'

Ze schokschouderde. 'Hij weet waar ik ben.'

'Hij heeft het nodig. De vragen die hij krijgt, zijn vast anders geformuleerd dan hetgeen in de proefexamens staat,' meende

Jerom. 'Over de praktijk maak ik me geen zorgen, mits hij de opdrachten goed gelezen heeft.'

'Ik heb hem geadviseerd meer te gaan lezen.' Doreth kon hem nu toch ook helpen, of zou zij niet eens weten dat haar vriend niet al te best met letters uit de voeten kon?

De deurbel klingelde, Madelon ging terug naar de winkel om de klanten te helpen. In de avonduren werkte ze de administratie bij. Mark had gevraagd om de boeken, voor zover die er waren. Ze werkte al een hele poos met een administratieprogramma dat de boekhouding een stuk eenvoudiger maakte. Voor haar had zo'n programma geen geheimen meer. Iemand die daarmee nog niet eerder gewerkt had, zou er vast meer moeite mee hebben. Morgen zouden ze de boekhouding samen in ieder geval doornemen, dan was Cathy er om de winkel in de gaten te houden.

Net voordat ze wilde gaan slapen kreeg ze een telefoontje van Ramon. Zijn naam verscheen op het schermpje omdat hij zijn nummer in haar toestel had gezet.

'Dag, liefje, heb je me gemist?' klonk zijn diepe stem in haar oor, die haar op slag warm liet worden vanbinnen.

'Een beetje,' zei ze plagend. Ze rekte zich uit in bed en vouwde een arm achter haar hoofd.

'Een beetje maar? Niet een heleboel?'

'Daar heb ik het te druk voor. Jij toch zeker ook?'

'Hmm, tijd om jou te missen heb ik nog wel.'

'Waar zit je nu?' hield ze het met opzet een beetje zakelijk. Hij had gisteren verteld dat hij naar Frankrijk moest voor zaken.

'In Marseille. Je moet maar snel voor me komen werken; een goede assistente is onontbeerlijk.'

'Ik heb niet zo'n talenknobbel. Engels gaat nog wel, maar in het Frans kan ik me echt niet redden.'

'Er zijn genoeg goede cursussen waarmee je de taal snel onder de knie hebt. Bovendien leer je een vreemde taal het beste in de praktijk. Ik probeer deze week nog terug te komen, maar kan niets beloven. Zie ik je dit weekend nog wel?'

'Zaterdag moet ik gewoon werken,' hield ze hem voor.

'Dan hebben we de hele avond en de nacht voor onszelf. Je woont toch alleen?'

'Dat wel,' gaf ze aarzelend toe.

'Mag ik bij je blijven slapen? Ik wil zo lang mogelijk in jouw gezelschap zijn, en zondagmorgen vlieg ik alweer naar Italië.'

'Dat is niet echt professioneel. Denk aan die baas-assistente-verhouding,' plaagde ze hem, goed wetend dat hij dat niet voor ogen had.

'Die moeten we hecht houden, en hoe kan dat beter door vaak bij jou te zijn.'

'Je kunt altijd in de logeerkamer terecht.'

Hij kreunde in haar oor. 'Jij bent wel hard voor een verliefde man.'

Verliefd? Was hij echt verliefd op haar? 'Ik probeer je een beetje af te remmen. Maar nu ga ik slapen, Ramon, het was ook voor mij een lange en vermoeiende dag.'

'Droom zacht en droom van mij,' fluisterde zijn stem.

'Slaap lekker.' Madelon hing op en legde de telefoon naast zich neer. Het streelde haar ego dat hij verliefd op haar was. Het zou beslist moeilijk worden om weerstand te bieden aan een man als Ramon als hij haar baas werd. Of zou hij dan wel een zekere afstand kunnen bewaren?

Dinsdagavond stond Marcella opeens voor de deur. 'Heb je mijn berichtje nog gehad? Ik wil alles van hem weten. Vertel. Wat is er gebeurd? Heeft hij je zijn bed in gesleurd? Ik heb zijn naam gegoogled en foto's van hem gezien. Wauw! Hij is echt niet zomaar de eerste de beste die je nu gestrikt hebt. Die Ramon Vanderbeen is een hoge bobo bij een printergigant. Vertel, vertel, ik brand van nieuwsgierigheid!' Ze stuiterde de trap op en trok Madelon aan haar arm mee naar de bank. 'Hé, je hebt andere meubels, wat leuk! En nu vertellen!'

Madelon lachte vrolijk om het drukke geratel van haar vriendin. 'Ja, niets, interessant en dat was het wel zo'n beetje.'

'Hè? Kom op, wat maak je me nou! Jij belt me midden in de nacht wakker om te zeggen dat je net versierd bent door een geweldige spetter en dan is er zogenaamd niets gebeurd?'

'Nou ja, niet echt. We hebben gepraat, samen gegeten, en gezoend, dat is het.'

'En verder?'

'Verder belt hij me straks ongetwijfeld weer een keer wakker. Hij belt ook steeds op de meest onmogelijke momenten, wanneer ik echt niet vrijuit kan praten, en hij had me het liefst na het diner meegesleept naar zijn hol.'

'En toen?'

'Ik ben niet meegegaan. We hebben wat gezoend in de lift, hij wilde meer, maar ik niet. Kom op zeg, ik duik niet meteen het bed in met iemand die ik amper ken.'

Marcella knikte, ernstig kijkend. 'Gelijk heb je, laat hem maar even zweten. Mannen moet je niet meteen geven wat ze willen, dan is de lol er zo af. Zeker bij kerels zoals die Vanderbeen. Zodra het nieuwtje eraf is laat hij je vallen.'

'Hij zegt stapelverliefd op me te zijn.'

'Dat zeggen ze allemaal, dat is om je in bed te krijgen. Trap er niet in. Blijf cool.' Nu keek ze haar vriendin onderzoekend aan. 'Of ben je zelf smoorverliefd op hem?'

'Nee,' antwoordde ze peinzend, 'ik denk het niet.'

'Dat wéét je niet?'

Madelon schudde haar hoofd. 'Het is geweldig om bij hem te zijn. Hij is zo energiek, lief en attent ook en hij zoent geweldig, maar ik denk niet dat ik verliefd op hem ben. Ik mis de klik.'

'Ze mist de klik,' mompelde Marcella. 'Je hebt daar wel even een ongelooflijk rijke en succesvolle kerel, die bovendien waanzinnig knap is, aan de haak geslagen. Heb je dan een klik nodig?'

'Ja, dat denk ik wel.'

Het bleef even stil. 'Gelijk heb je, zonder klik werkt het niet lang,' was Marcella het met haar eens. 'Het kan nog komen.'

'Wat?'

'Die klik.'

'Hij heeft me een baan aangeboden.'

'Als wat? Zijn maîtresse?'

'Natuurlijk niet! Als zijn assistente. Zijn huidige assistente gaat met zwangerschapsverlof, hij zoekt een ander.'

'En dat geloof jij?'

'Wat moet ik dan geloven?'

'Dat hij een assistente voor meer dingen nodig heeft dan

alleen zijn agenda bijhouden en wat notuleren.'
'Dat doet een assistente niet, daar heeft hij een secretaresse voor.'
'Maddy, je bent toch niet van gisteren? Als ik jou zo hoor, biedt hij je een baan aan in zijn bed. Assistente is voor zulke kerels een ander woord voor meereizende bedgenote.'
Madelon zweeg, want dat had ze zelf ook al bedacht. 'Ik denk ook niet dat ik die baan aanneem.'
'Goed van je, maar verder is het toch niet verkeerd om iets met hem te krijgen. Zolang hij van de assistentes afblijft.'
Marcella zweeg even. 'Misschien is het toch beter om die baan wel aan te nemen, dan ben je samen én je kunt hem in de gaten houden. Ik neem aan dat je er goed voor betaald wordt.'
Madelon schoot in de lach. 'Jij bent echt gestoord!'

De dagen die volgden kreeg Mark meer grip op het werk. Jerom liep nog wel mee, maar gaf steeds minder commentaar. Onwillekeurig bewonderde Madelon haar vader; het moest voor hem niet gemakkelijk zijn om na al die jaren het werk uit handen te geven. Het feit dat hij Leida had, maakte vast een hele hoop goed. Zij zorgde ervoor dat Jerom niet te veel liep te piekeren. Ze zorgde dat hij afleiding had in de vorm van de kleinkinderen of uitstapjes.
Op vrijdag stond Ramon ineens in de winkel. Zijn witte over-hemd stond een paar knoopjes open aan de hals, de mouwen waren opgerold en er lag een donkere schaduw van een baard op zijn wangen. Zijn ogen schitterden en waren strak gericht op Madelon. Cathy keek verwonderd naar haar bazin en weer terug naar die knappe man die zij leek te kennen.
Haar maag maakte een salto, opeens had ze het warm en koud tegelijk. De hand die boven de kassa hing, begon te tril-len. Wat deed hij hier? Hij zou morgen toch pas komen?
'Mag ik je bazin even lenen?' vroeg hij aan Cathy, zonder zijn ogen van Madelon af te houden.
Cathy draaide zich naar Madelon om en fluisterde zo zacht dat alleen zij het maar kon horen: 'Als je deze laat gaan, ben je stapelgek.'
'Geen maf spreekwoord dit keer?' fluisterde ze terug.

'Ik sta paf,' gaf Cathy toe. 'Vooruit, ga met dat stuk mee, ik wil je hier niet meer terugzien voordat je een trouwring aan je vinger hebt.'

'Dat kan lang duren. Red je het even alleen? Ik ben zo terug.' Dat laatste zei ze op normale toon zodat ook Ramon het hoorde.

'Natuurlijk, ga nou maar,' drong Cathy aan.

Madelon wenkte naar Ramon dat hij om de balie heen kon lopen. Ze ging hem voor naar boven. Waar moest ze anders met hem heen zonder dat ze direct door iedereen gezien werden.

Boven gekomen sloeg hij zijn armen om haar heen en hij kuste haar tot ze op haar benen stond te wankelen.

'Ik heb je gemist.'

'Dat merk ik. Ik jou ook.' Het was heerlijk om zijn armen weer om zich heen te voelen en nu merkte ze dat ze hem echt gemist had.

'Echt?' Hij keek haar onderzoekend aan. 'Je klonk soms zo koel door de telefoon.'

'Wat wil je als er klanten in de winkel staan, of als ik met een collega de administratie bij zit te werken? Dan kan ik toch geen lieve woordjes terug gaan fluisteren.'

'Heb je nu wel even tijd voor me?'

'Even, op vrijdag kan het behoorlijk druk zijn. Ik wil Cathy niet te lang alleen laten.'

Zijn mond sloot zich weer om de hare. Ze legde haar armen om zijn hals en woelde met haar handen door zijn keurig achterovergekamde haar. Zijn handen frunnikten aan haar blouse en probeerden deze uit haar broek te trekken.

'Ahem,' klonk het opeens achter hen.

Madelon schrok en duwde Ramon bijna van zich af, haastig haar kleren op orde brengend. 'Seb. Wat is er?' beet ze hem toe, beschaamd en boos op zichzelf omdat hij haar zo had betrapt.

'Je zou nog voor me uitzoeken of Jochems vier slagroomtaarten wilde hebben of vier verschillende. Heb je dat al gedaan?' Zijn ogen flitsten van Ramon naar Madelon.

Ramon leek zich helemaal niet te generen, hij keek eerder wat boos vanwege de onverwachte onderbreking.

'Nee, dat doe ik zometeen wel. Zoveel haast is daar toch niet bij?'

'Ook ik wil om twee uur stoppen met werken, dus ja, daar is wel haast bij, tenzij je die taarten zelf wilt maken.' Hij bleef afwachtend staan.

'Oké oké, ik bel al,' mompelde ze. 'Sorry, Ramon, ik ben zo weer terug.' Ze holde naar beneden, belde de betreffende klant en gaf de bestelling door aan Seb.

'Nieuwe vriend?' vroeg deze.

'Ja, en ik zou het prettig vinden wanneer je gewoon de telefoon gebruikt in plaats van me zo te besluipen.'

'Ik besluip je niet. Ik heb genoeg lawaai gemaakt om een dode te wekken. Als jij je telefoon niet opneemt, moet ik wel naar boven komen. Of denk je soms dat ik het prettig vind om jou zo te zien staan? Wie is die kerel?' Dat laatste werd haast gesnauwd. Hij keek haar met een norse blik aan.

'Dat gaat je niets aan.' Ze draaide zich om en liep weg.

'Ga maar snel terug naar je vrijer. Hij zou je eens moeten missen, wij werken wel,' riep hij haar achterna.

Ze balde haar vuisten en moest zich inhouden om hem eens ongezouten de waarheid te vertellen.

'Wie was dat?' wilde Ramon weten toen ze weer bovenkwam.

'Een van de bakkers.'

'Wat een brutale kerel. Komt hij altijd zomaar naar boven?'

'Hij heeft gebeld zegt hij.' Ze controleerde de draagbare telefoon en zag dat de batterij inderdaad leeg was. Hij had niet gelogen; ze was zelf vergeten de telefoon terug in de lader te zetten.

Ramon wilde zijn armen weer om haar heen slaan om verder te gaan waar hij gebleven was.

'Sorry, Ramon, ik moet echt terug aan het werk nu. Zullen we voor vanavond iets afspreken?'

'Hoe laat ben je hier klaar? Dan kom ik je ophalen.'

'Om zes uur, maar dan wil ik me nog wel even opfrissen. Ik plak waar ik sta na een hele dag gebak verkopen. Zeven uur, oké?'

'Goed, je ziet me om zeven uur dan wel.' Ze ging hem voor naar beneden.

In de deuropening van de winkel drukte hij nog vlug een kus op haar mond, die ze onmogelijk kon ontwijken. 'Zeven uur, niet vergeten.'

'Dat zal ik niet doen, tot straks.' Ze probeerde haar ongemak te verbergen. Het hoorde niet dat klanten zagen dat ze zo gekust werd, meende Madelon. Dat was privé. Straks ging er weer een hoop geroddel door het centrum en werden er allerlei speculaties gedaan wie de man zou zijn en of ze met hem zou trouwen. Het werd wel tijd onderhand, kon ze mevrouw Rodiak, die haar een alwetende glimlach schonk, haast horen denken. Madelon ging snel verder met het helpen van de klanten.

Een seconde nadat de winkeldeur achter de laatste klant dicht was gevallen, begon Cathy met haar vragenvuur. 'Wie is hij? Waar heb je hem leren kennen? Is het serieus tussen jullie? Je ziet eruit alsof je helemaal niet blij bent om hem te zien. Vertel, ik wil alles van hem weten.' Ze keek haar gretig aan.

'Nou zeg, zoveel valt er niet te vertellen. Hij heet Ramon Vanderbeen en ik heb hem vorig weekend in het hotel leren kennen. Daarbij vind ik het niet juist dat we zoenend ten overstaan van klanten afscheid van elkaar nemen.'

'Wat maakt dat nou uit? Als je van elkaar houdt, laat je dat het liefst aan de hele wereld zien!' riep Cathy vrolijk. 'En wie ís Ramon Vanderbeen? Hij ziet eruit als een normale man, maar alles aan hem straalt een zekere luxe uit, zoals die Maserati waarin hij zojuist is weggereden. Hij heeft geld, of hij heeft die auto van zijn pappie geleend.'

Madelon deed of ze druk bezig was met de kassa. Ze wilde helemaal niet dat Cathy en de rest alles wisten over Ramon, wat ook betekende dat ze het aan haar vader moest vertellen. Marcella had haar al het hemd van haar lijf gevraagd, maar die had beloofd het nog even stil te houden.

Ze werd gered door de winkelbel. De volgende uren werd het niet meer echt rustig in de zaak, waardoor er van een vertrouwelijk gesprek geen sprake kon zijn. Toch was Cathy het niet vergeten; om zes uur, bij het sluiten van de winkel, kwam ze erop terug.

'Heeft hij geld van zichzelf of van zijn pappie?'
'Van zichzelf. Hij heeft een heel goede baan bij een printer-gigant. Bovendien heeft hij me een baan aangeboden.'
'Als Mark hier de baas wordt, ga je voor Ramon werken,' begreep Cathy. 'Wie rijken spijzigt en wijzen leert, is dubbel van de weg gekeerd.'
Madelon lachte zacht en schudde haar hoofd. 'Heb je er ook een vertaling bij?'
'Uiteraard: als je wijzer bent dan een ander, word je niet gemakkelijk bedrogen. Let op met zo'n man, misschien moet je mijn opmerking over die trouwring nog maar even vergeten. Kijk eerst even wat voor vlees je in de kuip hebt. Veel plezier straks met je vriend.' Cathy zwaaide vrolijk en ging de winkel uit.

HOOFDSTUK 17

Madelon sloot de deur, deed de lamellen dicht en knipte het licht in de winkel uit. In de bakkerij was alles al donker en opgeruimd. Seb en Mark waren naar huis. Ze was weer alleen. Over een uurtje zou Ramon hier weer zijn. Hij had niet gezegd waar ze heen gingen om iets te eten, maar het zou ongetwijfeld chic zijn, dus kleedde ze zich met zorg. Na een laatste spray van haar parfum was ze er klaar voor. Niets te vroeg, de deurbel rinkelde, ook al was het nog niet eens zeven uur. Vlug ruimde ze nog wat folders op en haastte zich naar beneden. Aangezien bijna niemand gebruikmaakte van de officiële voordeur naast de winkel, moest ze zich een weg banen door opgestapelde dozen en een paar kapotte stoelen die daar stonden te wachten tot ze opgehaald werden.

'Hoi, kom binnen.' Ze hijgde licht.

Ramon volgde haar door de chaos. 'Heeft dit een doel, of is dit gewoon de opslagplaats?'

'Dit staat hier om inbrekers te ontmoedigen verder te gaan,' zei ze met een ernstig gezicht en ze lachte vervolgens om zijn verbaasde blik. 'Natuurlijk niet, we gebruiken de voordeur haast nooit. In dat halletje komt dus alles terecht wat nergens anders een plaatsje heeft.' Ze ging hem voor naar boven. 'Je hebt je verkleed,' zag ze.

'Uiteraard, ik had er al wat uurtjes op zitten toen ik hier kwam. Je zou het vast niet op prijs hebben gesteld als ik in die kleding met je naar een restaurant ga.'

'Dat zag er anders ook niet verkeerd uit.'

Hij pakte haar hand en trok haar langzaam naar zich toe. 'Daarmee lijk ik wel op je brutale bakker.' Hij sloot haar in zijn armen en keek haar met een doordringende blik aan. 'Misschien val je daar wel op.'

'Doe niet zo raar.'

'Ik herken een tegenstander wanneer ik hem zie,' ging hij verder. 'Die bakker vond het maar niks jou in mijn armen te zien.'

'Dan heb je nog mazzel dat het mijn vader niet was die boven kwam,' deed ze het met een lach af.

'Van je vader heb ik geen concurrentie te vrezen, wel van die brutale bakker. Hij zou je het liefst voor zichzelf houden, dat zag ik aan zijn gezicht.'

Madelon keek hem verward aan en probeerde zich los te maken uit zijn armen. Hij hield haar echter stevig vast, nog altijd haar gezicht bestuderend met die strakke blik waar ze behoorlijk nerveus van werd.

'Seb heeft anders een vriendin. Bovendien ken ik hem al twintig jaar; hij ziet me meer als zijn kleine zusje dat hij beschermen moet.'

'O ja? Zo kijk ik anders niet naar mijn kleine zusje als ik haar aantref in de armen van een onbekende man. En jij? Zie jij die bakker als je grote broer?' Hij streelde haar wang en schoof een ontsnapte krul achter haar oor.

Ze weerstond de neiging haar gezicht weg te trekken. 'Hij is een knecht van mijn vader, meer niet.'

Hij leek nog altijd niet helemaal overtuigd, maar verslapte toch zijn greep. 'Mooi, zullen we maar gaan dan?'

Madelon knikte. Ramon was jaloers, en niet zo'n beetje ook. Zijn reactie vond ze niet echt prettig. Het duurde even voordat ze zich weer helemaal kon ontspannen en kon genieten van zijn gezelschap. Hij leek het voorval opzij te hebben geschoven. Aangekomen in een chic restaurant dat zij alleen van naam kende, vertelde hij onderhoudend over de gebeurtenissen in Marseille, vergat daarbij niet te vragen hoe haar werkweek was geweest en zette uiteen wat hij volgende week in Italië ging doen.

'Jij hebt een druk leventje,' verzuchtte Madelon. 'Hoe houd je dat vol?'

'Ik vind het heerlijk. Neem een poos vrij van die bakkerij, of nog beter: neem ontslag en kom bij mij werken als mijn assistente. Je zult zien dat het leuk is om te doen en een uitdaging om steeds weer een goede deal te kunnen sluiten met de bedrijven die we bezoeken.'

Ze lachte kort. 'Het klinkt spannend en aantrekkelijk, maar dat kan ik echt niet doen. Mark heeft me deze twee maanden zeker nodig. Hij mag dan een goede bakker zijn, van bedrijfsvoering heeft hij niet zoveel kaas gegeten.'

'Dus blijf je straks toch weer in de zaak hangen. Ik zie het al helemaal gebeuren: die bakker legt een claim op jou omdat hij te lui is om zich in die materie te verdiepen,' bromde Ramon opstandig.

'Hé, je kunt niet verwachten dat hij na een week alles doorheeft,' protesteerde ze.

'Je laat je voor zijn karretje spannen, zo zie ik het. Ik bied je een geweldige kans om iets anders te gaan doen. Iets wat jou zeker weten stukken beter ligt, en dat weiger je eenvoudig.'

'Dat is niet eerlijk van je, Ramon, ik heb verplichtingen, net zo goed als jij die hebt. Die moet ik nakomen. Bovendien weiger ik niet, het lijkt me leuk om te doen; je aanbod komt alleen op een ongelukkig tijdstip. Vraag het me over twee maanden nog eens.'

'Ik weet niet of ik het dan nog wel wil,' zei hij stug.

Ze legde haar hand op die van hem, maar hij trok hem snel onder de hare vandaan, vouwde zijn armen over elkaar en keek met een stuurse blik de andere kant op. Hij leek daarmee precies op een mokkend klein kind, ging het door Madelon heen. Ze liet zich terug in haar stoel zakken en prikte wat in het overheerlijke eten dat op haar bord lag. Wat was hij voor man? Wie probeerde er nu precies een claim op haar te leggen? Als hij dacht haar door dit gedrag van gedachten te doen veranderen, zat hij er toch mijlenver naast. Ze liet zich niet manipuleren door een man die zich gedroeg als een opstandig, verwend kind.

De gezellige sfeer was verdwenen en bleef de rest van de avond weg. Ze aten verder in een ijzige stilte. Madelon voelde zich niet echt op haar gemak en was blij dat hij haar voor de deur afzette en niet aandrong om mee naar boven te gaan.

'Bedankt voor het heerlijke eten,' mompelde ze. Zonder verder iets te zeggen of iets af te spreken voor een volgende keer, stapte hij weer in de lage sportwagen en reed met hoge snelheid de straat uit. Ze bleef even op straat staan en keek de verdwijnende achterlichten na. Nou ja, wat mankeerde hem nu opeens weer? Hoofdschuddend ging ze naar binnen, knipte wat lampjes aan, sloot de gordijnen en liet zich met een koud en leeg gevoel op de bank zakken. Waarom deed hij nu zo raar? Wat had ze misdaan? Gezegd dat ze niet à la minute haar werk op kon geven om met hem mee te gaan. Dat kon hij toch niet echt van haar verlangen?

Jerom wenkte in de koffiepauze naar Madelon dat hij boven met haar wilde praten. 'Ik wil het even met je hebben over wat ik gisteren hoorde.'
Madelon had al wel een idee waar dat over ging en zette zich schrap.
'Mientje Rodiak feliciteerde me gisteren met die geweldige schoonzoon van me. Ik had uiteraard geen idee over wie het ging, maar bij Mientje hoef je niets te vragen, die begon meteen uit de doeken te doen hoe verliefd jullie je gedroegen en hoe knap die man was. Ze zag best aan hem dat hij goed in de slappe was zat. Kun jij me daar wat meer over vertellen?'
Madelon liet de kraan lopen en schonk een glas water in voor zichzelf voordat ze antwoord gaf. 'Daar valt niet veel over te vertellen. Ramon Vanderbeen is zijn naam. Ik heb hem vorig weekend in het hotel leren kennen. Gisteren zijn we samen uit eten geweest, dat is alles.'
'Dat is alles? Zo zag Mientje het niet bepaald.'
'Meer is er echt niet. Ik weet niet eens of ik hem nog wel terugzie.'
'Dus jij pikt iemand op in een hotel, rommelt daar een beetje mee, rommelt hier nog verder en dan houdt het op?' Jeroms gezicht stond gemelijk. 'Het heeft geen zin om het te ontkennen, Seb vertelde me dat hij jullie min of meer betrapte.'
Nu werd ze rood. Niet van schaamte – wat was er tenslotte gebeurd – maar van boosheid. Seb verdraaide de boel en pa dacht meteen het ergste.
'Ik heb hem ten eerste niet opgepikt; ten tweede hebben we niet gerommeld zoals jij het noemt en wat Seb je vertelde, is al helemaal niet waar. We rommelden ook gisteren niet. Ramon kuste me, dat was alles, en Seb kwam juist op dat moment boven.'
'En dat had blijkbaar helemaal niets te betekenen, aangezien je niet weet of hij nog terugkomt. En dit hoeven wij allemaal niet te weten? Je mag dan wel dertig zijn, jongedame, je bent nog altijd mijn dochter!'

Madelon zuchtte geërgerd. 'Dat mag je best weten. Ik had het je echt vandaag wel verteld als ik daar de kans voor had gekregen. Je bent me nu alleen voor.'

'Wat weet je van die man? Is hij getrouwd? Pikt hij wel vaker vrouwen op in hotels?'

'Natuurlijk niet. Hij heeft een goede baan bij een printerbedrijf, is niet getrouwd, en bovendien bood hij me een baan aan. Gisteren hadden we een meningsverschil. Hij is min of meer kwaad weggereden, vandaar dat ik niet zeker weet of ik hem nog wel terugzie,' gaf ze toe.

'Je bent er nogal kalm onder,' constateerde Jerom. 'Ik wil niet dat jij je naam te grabbel gooit en daarmee die van mij. Wat je met die andere kerel, die Frans, had, was allemaal netjes en normaal, al heb ik nooit begrepen wat je in hem zag, maar betrapt worden door het personeel, of gezien worden door klanten in twijfelachtige situaties, vind ik een beetje te ver gaan.'

'Pa, maak er niet meer van dan het is, alsjeblieft!' viel ze uit. 'Ramon kuste me bij de winkeldeur, meer was het niet, als je het precies wilt weten. Geen idee wat die kletstante van een Mientje Rodiak daarvan gemaakt heeft. En sinds wanneer tel jij Seb bij het personeel? Je behandelt hem eerder alsof hij je zoon is. Terwijl hij…' Abrupt hield ze haar mond.

Jerom keek haar een poosje zwijgend aan en schudde teleurgesteld zijn hoofd. 'Ik weet niet wat er speelt of gespeeld heeft tussen jou en Seb, dat wil ik ook niet weten. Daar heb ik niemand over horen praten, maar wel over die Ramon. Stel hem gewoon aan ons voor, dat is toch niet te veel gevraagd?'

'Nee, dat is het niet,' verzuchtte ze. 'Als ik hem nog zie tenminste.'

'Ik vertrouw je, meisje, dat heb ik altijd al gedaan. Je bent slim genoeg om geen misbruik van je te laten maken, dus doe dat ook nu niet. Een man die na een meningsverschil meteen de benen neemt is in mijn ogen geen knip voor zijn neus waard.' Hij draaide zich om en liep de trap af naar beneden.

Madelon bleef nog even boven. Ze moest even wat kalmer worden, want nu was ze in staat om Seb aan te vliegen, met zijn geroddel. Wat dacht hij daarmee te bereiken?

Ramon kwam die avond gewoon weer terug alsof er niets gebeurd was. Hij sprak met geen woord over zijn snelle vertrek, noch over de reden daarvan. Madelon kon het niet opbrengen te doen alsof er niets aan de hand was. Ze draaide dan ook van hem weg toen hij zijn armen om haar heen wilde slaan.

'Hé, wat is er met jou aan de hand?' wilde hij weten.

'Dat kan ik beter aan jou vragen. Wat was er gisteren nu opeens?'

'Daar hebben we het niet meer over. Foutje van mij. Jij bent nu eenmaal een dametje met plichtsbesef, dat had ik kunnen weten,' zei hij met een grijns. 'Kom hier, geef me eens een kus. Ben je boos op me?'

'Dat niet, ik vond het alleen niet erg prettig zoals jij reageerde.' Andermaal ontsnapte ze aan zijn graaiende handen. Ze ging naar de woonkamer toe, waar Ramon haar eindelijk klem wist te zetten tussen de tafel en de muur.

'Loop niet steeds weg, ik probeer het goed te maken,' mompelde hij met zijn mond vlak bij de hare. Hij kuste haar eerst zacht en teder, maar al snel dwingender en hartstochtelijker. Zijn handen streelden haar rug, omvatten haar billen en tilden haar op zodat ze op tafel kwam te zitten. Hij stond tussen haar benen. Zonder zijn mond van de hare te halen zochten zijn vingers naar knopen en ritsen en maakten die los. Haar blouse schoof hij achteloos van haar schouders en zijn mond verlegde zijn zoektocht langs haar hals naar de aanzet van haar borsten.

'Ramon, wacht,' kreunde ze zacht.

Hij keek niet op.

'Ik kan dit niet.'

'Wat niet?'

'Wat jij wilt. Ik... Ik ben ongesteld.'

Een vloek kwam over zijn lippen, met beide handen streek hij door zijn haar en draaide zich van haar af. Weer vloekte hij.

Met een vervelend gevoel, omdat ze hem nu weer kwaad had gemaakt, knoopte ze haastig haar blouse dicht en stopte ze de panden terug in haar broek.

'Zo erg is dat toch niet?' vroeg ze op zachte toon.

Hij draaide zich om, wreef over zijn gezicht en trok een grimas. 'Natuurlijk niet, ik had me er alleen op verheugd jou helemaal voor me alleen te hebben. Maakt niet uit, er komen vast nog meer dagen. Wil je ergens naartoe gaan?'

Ze was blij dat hij er verder geen drama van maakte en glimlachte opgelucht naar hem. 'Mijn vader wil je graag leren kennen. Hij hoorde van een klant over ons.'

'Mooi, dan doen we dat toch. Ik wil hem ook graag leren kennen.'

In zijn auto reden ze het korte stukje naar het huis van Leida. 'Madelon, wat een verrassing,' zei Leida toen ze de deur opende. Haar ogen flitsten even naar de dure sportwagen die voor de deur stond. 'Kom verder. En je vriend ook.' Ze stelde zichzelf voor.

Ramon begroette haar vriendelijk en was een en al charme. Madelon zag weer die twinkeling in zijn ogen verschijnen die hij ook had als hij naar haar keek. Ze had gedacht dat die speciaal voor haar was, maar blijkbaar gebruikte hij die voor meerdere vrouwen.

In de woonkamer liep Jerom met enige terughoudendheid naar Ramon toe. Madelon herkende die houding van haar vader als hij iemand niet helemaal vertrouwde, al hadden mensen die hem niet zo goed kenden dat vast niet in de gaten. 'Fijn kennis met je te maken. Van Madelon kwam ik niet zo heel veel over je te weten. Ga zitten. Koffie?' vroeg Jerom.

Ramon ging naast Madelon op de bank zitten. 'Graag.'

Even later hadden ze alle vier koffie en gebak voor zich staan. 'Vertel eens wat over jezelf en je werk. Ik begreep dat je mijn dochter een baan hebt aangeboden,' ging Jerom verder op de ondervragingstoer, tot ongenoegen van Madelon.

Ramon glimlachte en knikte. 'Dat klopt, ik ben op zoek naar een assistente, iemand met zakelijk inzicht die het bovendien geen probleem vindt om te reizen, en zo iemand is Madelon.'

'Daar ben je al snel achter,' bromde Jerom. 'Volgens mij gaat het jou niet alleen om de zakelijke kant.'

'Daar heeft u gelijk in, meneer Haagveld.' Hij keek met een vertederde blik naar Madelon. 'Ook al kennen we elkaar nog niet zo lang, ze heeft mijn hart gestolen. Het is me niet alleen

om haar kwaliteiten op zakelijk gebied te doen.'
'Het lijkt me niet echt goed om zakelijk en privé zo met elkaar te vermengen,' zei Jerom weer. 'Als het privé niet goed gaat, lijkt het me onmogelijk om daarna nog langer samen te werken.'
'Als ik me niet vergis, is dat precies wat u ook al die jaren heeft gedaan. U heeft toch samen met uw vrouw de bakkerij opgezet en groot gemaakt en al die jaren dag en nacht samengewerkt?'
'Dat is heel wat anders. Wij waren gelijkwaardige partners in de zaak,' protesteerde Jerom. 'Ik denk niet dat jij mijn dochter zoiets kunt bieden.'
'Daarin vergist u zich. Ik heb plannen om voor mezelf te beginnen.'
Madelon keek hem verbaasd aan. Daar had ze hem nog niet eerder over gehoord.
'Wat voor bedrijf moet ik me daarbij voorstellen? Ook iets met printers?'
'Absoluut niet, ik ga eerder een heel andere kant op: een adviesbureau voor bedrijven. Madelon zal dan een gelijkwaardige partner worden in een bedrijf dat we samen gaan runnen.' Hij keek haar zijdelings aan met die speciale blik in zijn ogen. 'Ik heb geen enkel ander doel voor ogen dan Madelon gelukkig maken. Ik houd van haar en zou dolgraag met haar verder willen.'
Ze verslikte zich in haar koffie, haar hand die het kopje vasthield leek opeens een eigen leven te leiden en maakte een onverwachte beweging waardoor er een hoop koffie overheen gutste. De leren bank was daar misschien tegen bestand, haar zalmkleurige blousje niet. Geschrokken door het hete vocht op haar huid sprong ze op en ze probeerde de afstand tussen de warme stof en haar huid zo groot mogelijk te maken. Een grote bruine vlek breidde zich snel uit aan de voorkant van haar blouse.
'Kom mee, daar kun je niet in rond blijven lopen,' zei Leida meteen. 'Leen maar iets van mij.' Ze ging Madelon voor naar boven en zocht in haar kast naar een blouse die zou passen. 'Hier, trek dit maar aan. Madelon, hoe serieus is het tussen jul-

lie? Ik krijg de indruk dat hij een beetje over je heen walst.'
'Niet een beetje. Hij heeft me wel verteld dat hij een assistente zocht en dat hij graag zou zien dat ik die functie ging vervullen, maar ik heb hem helemaal niets toegezegd. Dat hij een eigen zaak samen met mij op wil starten, hoor ik voor het eerst. Ook dat hij met mij verder wil, is nieuw voor me.' Ze knoopte haar blouse open en wreef de koffie met een washandje en een handdoek van haar buik en borst. 'Gisteravond vond hij al dat ik met hem mee moest gaan om het werk beter te leren kennen, dat ik per direct moest stoppen in de winkel, maar toen heb ik hem duidelijk gemaakt dat ik verplichtingen heb tegenover pa en Mark.'

'Je kunt inderdaad niet zomaar verdwijnen omdat hij dat wil,' was Leida het met haar eens. 'Wat betekent Ramon voor jou? Hij zegt van jou te houden.'

Madelon ging verder met droogdeppen van haar beha en schudde vertwijfeld haar hoofd. 'Ook dat hoor ik voor het eerst. We kennen elkaar net een paar dagen! Ik weet het niet. Als ik bij hem ben, voelt alles goed en geweldig, maar zodra hij weg is, slaan de twijfels toe. Wat wil hij van mij? Een assistente, een minnares? Zijn toekomstige partner en vrouw, zegt hij nu. Ik weet het eerlijk gezegd niet, Leida. Het gaat me een beetje te snel.'

'Wees voorzichtig met hem. Hij komt op mij over als een man die zonder scrupules de grond onder je voeten wegslaat als je hem dwarszit.'

'Hij is ook vreselijk jaloers. Hij meent zelfs dat Seb zijn tegenstander is. Hij werd gisteren ook boos toen ik zei dat ik niet zomaar de zaak in de steek liet en met hem mee ging. De sfeer sloeg meteen om. Daarna hebben we geen tien woorden meer met elkaar gesproken, maar vanavond stond hij opeens weer voor de deur.'

'Ben je met hem naar bed geweest?' vroeg Leida zonder omwegen.

'Nee, maar wat heeft dat ermee te maken?'

'Emotionele chantage, daar zijn zulke mannen meestal heel erg goed in. Kijk uit voor hem. Ik hoop dat ik ernaast zit, maar hij geeft me geen goed gevoel.'

Madelon zuchtte diep en trok de blouse aan die Leida haar aanreikte.

'Je hoeft het niet alleen te doen. Als je bang bent dat hij zich aan je op zal dringen, kan je vader straks ook naar jullie huis gaan. Op zijn oude slaapkamer staat toch nog altijd een bed.'

'Nee, dat hoeft niet, al is het lief van je. Ik red me wel. Ramon blijft niet slapen; ik heb het smoesje van een vrouwenkwaaltje gebruikt.'

Leida legde even haar hand op de arm van Madelon en grinnikte. 'Goed van je, dat werkt altijd.'

HOOFDSTUK 18

Madelon maakte zich gereed voor het feest van Nadia. Ze vierde vandaag haar negenentwintigste verjaardag. Zover ze wist zat Ramon nog altijd in Italië, dus ging ze er alleen heen. Het afscheid tussen hen afgelopen zaterdag was ook niet zo heel soepel verlopen. Ze wist niet wat haar vader nog tegen hem gezegd had nadat ze even met Leida naar boven was geweest om zich om te kleden, maar snel daarna had Ramon weg gewild. Hij was ook niet lang meer bij haar gebleven, met het excuus dat hij morgenvroeg het vliegtuig moest halen was hij al vroeg naar huis gegaan. Waar dat ook mocht zijn. Ze had geen idee waar hij woonde.

Fietsend naar de straat van Nick en Nadia bedacht ze dat ze nog altijd heel weinig van hem wist. Hij had zich ook verder niet meer uitgelaten over dat adviesbureau dat hij op wilde zetten samen met haar. Haar in vertrouwen nemen leek haar toch een eerste vereiste om zoiets samen te beginnen.

Zodra ze haar fiets tegen de gevel zette, moest de knop om. Jurien vloog haar om de hals bij binnenkomst. 'Mama is jarig vandaag,' riep hij enthousiast.

'Dat weet ik, en ik hoorde dat jullie een feestje hebben. Ik kom taart eten.' Ze tilde de kleine jongen op en drukte een kus op zijn wang. 'Waar is je mama gebleven? Ik heb een cadeautje voor haar.'

'En voor mij?'

'Voor jou? Jij bent toch niet jarig?'

Hij trok een beteuterd snoetje. 'Ikke wil wel een dootje,' pruilde hij.

'Hmm, zal ik straks eens kijken of er nog iets in die grote tas van mij zit?'

Meteen begon hij te glimmen van plezier. 'En voor Joep?'

'Misschien, maar we gaan eerst mama zoeken, want die is jarig vandaag.'

Leida en Jerom keken vertederd naar Madelon, die met de kleine jongen op haar arm naar Nadia zocht.

'Ze is gek met die kinderen,' fluisterde Leida met een glimlach tegen Jerom.

'Dat zie je zo,' mompelde hij. 'Denk je dat het iets wordt met Ramon?'

Leida haalde haar schouders op. 'Het zou me niets verbazen als we hem niet meer terugzien.'

Jerom keek haar verschrikt aan. 'Dat hoop ik toch niet. Dat zal ze niet fijn vinden.'

'Valt wel mee, zo diep zit het niet,' stelde ze hem gerust.

'Weet je het zeker?'

Ze knikte. 'Ik heb zaterdag nog met haar gepraat.'

'Daar heb je me niets van verteld. Vrouwendingen, zei je nog.'

'Dat was het ook: vrouwenpraat. Ze is slim, Jerom, ze laat zich echt niet gebruiken door die man.'

'Welke man, mama?' wilde Joyce weten. Zij, Jos en Femke waren net binnengekomen en begroetten haar moeder met een kus.

'Niets, lieverd, hoe gaat het met Jesper? Heeft hij nog veel last van zijn keel?'

'Nee, dat valt wel mee. Amandelen verwijderen is op deze leeftijd niet zo pijnlijk. Wel maakt die schavuit er misbruik van: hij wil niets anders meer eten dan ijsjes. O, en of opa Jerom morgen met hem komt spelen. Je moet de trein voor hem leggen,' zei Joyce met een lach.

'Morgenmiddag kom ik, zeg hem dat maar,' beloofde Jerom.

Joyce ging op zoek naar haar schoonzus.

Madelon had Nadia net gefeliciteerd en keek met Jurien op haar arm naar het cadeautje dat ze aan het uitpakken was.

'Nadia, van harte gefeliciteerd met je verjaardag,' begon Joyce en ze gaf haar schoonzus drie zoenen op haar wangen. 'Dit is van Jos en mij, en Jesper heeft nog een mooie tekening voor je gemaakt.'

'Dank je wel. Help mama maar eens even met uitpakken, Jurien. Ik krijg nu zoveel cadeautjes,' zei Nadia.

Madelon zette het kind op de grond en wendde zich tot Joyce. 'Jij ook gefeliciteerd met je schoonzusje.'

'Dank je, jij natuurlijk ook.' De beide vrouwen kusten elkaar op de wang. Jos herhaalde dit ritueel en gedrieën keken ze toe hoe Jurien zijn moeder hielp de pakjes van hun papier te ontdoen. Dat was nog een hele klus, temeer omdat Madelon opeens in haar tas nog twee pakjes vond.

'Kijk nou eens. Wat doen die in mijn tas?' riep ze verbaasd uit.

'Ikke uitpakken,' riep Jurien en hij stak begerig zijn handjes ernaar uit.

'Zullen we even helpen met de koffie, Nadia, dan kun jij je bezighouden met je visite,' stelde Joyce voor. Samen met Madelon schonk ze koffie in en deelde die rond met het gebak waar Jerom voor had gezorgd.

'Zullen we opnieuw beginnen, Joyce?' vroeg Madelon toen ze even alleen in de keuken stonden. 'We hadden een beetje een verkeerde start.'

'Sorry dat ik meteen zo lelijk tegen je begon te doen. Ik was weer eens te snel met mijn mondje,' gaf Joyce toe.

'Je was bezorgd om je moeder,' begreep Madelon. 'Dat was ik ook om mijn vader, dus staan we nu quitte.'

'Ik denk het wel. Mama vertelt niets dan goeds over je.'

'Is dat zo? Wat lief van haar. Je hebt een heel lieve moeder. Ik weet inmiddels zeker dat ze gelukkig met mijn vader zal worden, en dat gun ik ze van harte.'

De beide vrouwen omhelsden elkaar.

'Hé, wat krijgen we nou? Jullie moeten elkaar in de haren vliegen in plaats van het afkussen,' riep Nick vrolijk uit. Hij sloeg zijn armen om hen allebei heen en drukte bij ieder een kus op de wang. 'Goed zo, zusjes van me. Zo hoort het, geen geruzie in de familie. Kom nu maar eens mee, jullie hebben weer lang genoeg in de keuken gezeten.'

Madelon liet zich meeslepen met het vrolijke familiegebeuren. Wat leek het lang geleden dat ze met zoveel mensen die familie van haar waren bij elkaar was geweest. Ze genoot van het feest, van het gepraat over alledaagse zaken, het geplaag van Jos en Nick en vooral van het stralende gezicht van haar vader. Hij was zoveel gelukkiger nu dan voordat hij Leida had leren kennen. Ze had er mijlenver naast gezeten met haar te snel getrokken conclusies.

Jerom ving haar blik en ging naast haar zitten. 'Wat zit jij te glunderen?'

'Ik ben gewoon blij dat we zo'n leuke familie erbij hebben

gekregen, pa, dat is alles. Je hebt een goede keuze gemaakt met Leida.'

Jerom keek haar even onderzoekend aan. 'Meen je dat?'

'En of ik dat meen! Beter had je het na mama niet kunnen treffen.'

Hij sloeg zijn arm om haar heen en omhelsde haar onbeholpen. 'Je maakt me wel heel erg gelukkig met wat je nu zegt.'

'Pa, dat wist je toch al wel?' Ze keek hem verbaasd aan.

'Niet echt. Je hebt het nooit met zoveel woorden gezegd. Het is weleens moeilijk jou te doorgronden, lieverd.'

'Het spijt me als ik je daardoor verdriet heb gedaan,' fluisterde ze.

'Het is al goed, zolang je maar zorgt dat je zelf ook gelukkig wordt.' Hij keek haar nu met een ernstige blik aan. 'Heb je nog iets van Ramon gehoord?'

'O jawel, hij belt iedere avond. Hij zit nu in Italië, waar precies weet ik niet. Hij moet op behoorlijk wat plaatsen zijn.'

'Houd je van hem?'

Madelon keek haar vader met open blik aan en moest hem het antwoord schuldig blijven. 'Daar is het nog te vroeg voor.'

'Zolang je je hart maar volgt, meisje,' hield hij haar voor.

Ze had de voetstappen op het laminaat wel gehoord maar schrok toch nog.

'Ik heb je hulp nodig, Madelon.'

Ze keek Seb verbaasd aan. 'Waarmee dan wel?'

'Met lezen. Kun je me alsjeblieft helpen met mijn studie?'

'Kan Doreth je niet helpen?' reageerde ze kortaf.

'Zou ik het aan jou vragen als Doreth het kon?' Hij keek haar strak aan.

'Dus ik moet je helpen?' Hij was nog altijd gekleed in zijn blauwwit geruite bakkersbroek en een wit shirt. Het schort had hij afgedaan. Zijn haar was zoals zo vaak wit bestoven van het meel en op zijn wang zat een bruine veeg. Chocolade, vermoedde ze.

'Als dat niet te veel gevraagd is,' bromde hij.

'Heb je nog gelezen?'

'Niet zoveel,' gaf hij toe. 'Als er niemand is die me achter mijn

broek zit, doe ik er niet zo heel veel aan.'
'Slappeling, het gaat verdorie om je eigen toekomst!'
'Oké, ik hoor het al, laat maar, vergeet maar dat ik je iets gevraagd heb.' Hij draaide zich om en liep het kantoortje uit.
'Seb! Wacht nou,' riep Madelon, maar de voetstappen bleven niet stilstaan. Ze stond op en holde achter hem aan. 'Seb!' In de deuropening naar de trap botste ze bijna tegen hem aan.
'Wat is er?'
'Ik help je wel.'
'Waarom? Ik ben toch een slappeling?'
'Jij kunt ook nergens tegen. Dat zei ik om je te stangen,' gaf ze toe.
'Mispunt,' mompelde hij.
'Meelbal,' schold ze terug.
'Roomsoes met pindakaas.'
'Krentenmik met erwtjes.' Ze hield haar hand voor haar mond om een giechel te verbergen.
'Aardbei met chocoladedip.' Ook op Sebs gezicht brak een lach door. 'Jammer dat ik nu geen slagroom bij de hand heb om in je haar te smeren.'
'Als je het maar uit je hoofd laat!' waarschuwde ze hem, vrolijk lachend. Dat soort geintjes haalde hij vroeger vaak genoeg uit. Meestal begon het met het verzinnen van allerlei scheldnamen en draaide het uit op gegooi met meel, slagroom, slecht fruit of water, waarbij zij in de meeste gevallen het onderspit delfde. Het was jaren geleden dat ze zo tegen elkaar bezig waren geweest. Maar wat voelde het goed om die oude vertrouwdheid weer even terug te hebben.
'Vanavond?' vroeg hij.
'Oké, maar ik laat je wel keihard werken. Je hebt nog minder dan een maand om het allemaal in je hoofd gestampt te krijgen.'
'Dat lukt wel.' Met veel misbaar stampte hij de trap af.
Eigenlijk moest ze hem in zijn sop gaar laten koken, bedacht ze. Hij had pa toch verteld over Ramon en haar. Maar nee, ze was niet zo wraakzuchtig. Bovendien was dat probleem opgelost. Zou het ook zo worden tussen Ramon en haar? Ze had hem dit weekend niet gezien omdat het te druk was in Italië

om even naar huis te komen. De telefoongesprekken waren vooral van zijn kant liefdevol en romantisch. Hij fluisterde lieve woordjes in haar oor, vertelde haar hoezeer hij haar miste en dat hij de uren telde dat ze weer bij elkaar zouden zijn. Op zulke momenten voelde ze de liefde door zich heen stromen.

Zou het altijd zo zijn? Zodra ze hem niet meer zag, dat het gevoel dan ophield? Zelfs nu betrapte ze zich erop dat ze het vervelend vond als Ramon vanavond weer zou bellen, zeker als Seb er nog was. Hij zou vast merken dat ze niet alleen was, en dan begon het achterdochtige gevraag weer. Met wie ze was, wat ze daar deed. Dat had hij zelfs als ze bij Marcella of Nora was. Ze ging peinzend terug naar haar bureau en werkte verder aan de rekeningen die lagen te wachten.

Toen ze wat later naar de winkel terugging, ving ze een gesprek van de mannen in de bakkerij op. Ze bleef even halverwege de trap staan zodat ze haar niet zagen.

'Je ziet toch wat er staat?' klonk de stem van Mark op geïrriteerde toon. 'Tweehonderdvijftig gram suiker. Geen idee wat je daarvan gemaakt hebt, maar dit is niet te vreten!' Nu hoorde ze een geluid alsof er iets met kracht in de vuilnisbak gegooid werd. 'Het kan me niet schelen hoe die ouwe het altijd deed. Ik ben hier de bakker en ík bepaal wat we maken.'

'Zet het dan wat duidelijker op papier. Dat handschrift van jou is haast niet te lezen,' zei Seb. 'Als je afwijkt van de recepten vind ik het niet meer dan normaal dat je dat even vertelt. Moet ik soms gedachten kunnen lezen?'

'Man, je kunt toch lezen wat er staat? Ben je achterlijk of zo? Ik hang dat recept toch niet voor niets voor je neus op!'

Het gebromde antwoord van Seb kon ze niet verstaan. Er klonk nog meer gegooi en gerammel met schalen en kloppers. Nu begreep ze beter waarom Seb opeens weer wilde dat ze hem hielp. Mark had andere recepten ingevoerd en ging ervan uit dat Seb kon lezen wat hij moest gebruiken. Waarom vertelde Seb niet gewoon dat hij niet zo best kon lezen? Dat zou hem veel problemen besparen. Vanavond zou ze het er met hem over hebben, nam ze zich voor.

Seb bracht zijn boeken mee en een paar proefexamens om door te nemen.

'Wat zie je eigenlijk als je leest?' wilde Madelon weten. 'Daar heb ik geen idee van.'

'De letters dansen voor mijn ogen. Ik moet me echt concentreren en vaak de woorden spellen om iets te kunnen lezen, en daarna moet ik het nog een keer lezen om te begrijpen wat er staat.'

'Dat gaat niet echt vlot dus. Krijg je extra tijd voor het schriftelijke gedeelte?'

'Dat wel. Ik heb nog geprobeerd om het mondeling te mogen doen, maar dat willen ze niet. Volgens hen is het niet zo moeilijk en moet het ook voor mij te doen zijn met de extra tijd die ik krijg.'

'Veel lezen helpt, Seb, ook al kost het je moeite,' hield ze hem voor.

Ze gingen aan het werk, waarbij zij telkens een deel van de proefexamens voorlas en hem daarna zelf liet lezen. Ze bleef naast hem zitten zodat ze hem kon verbeteren en helpen als hij een woord niet gespeld kreeg of niet begreep wat er stond. Wat hij tijdens de vakantie met haar hulp had geleerd wist hij nog wel, maar de volgorde van de letters leek opnieuw abacadabra voor hem. Een iets anders geformuleerde vraag leverde hem direct weer problemen op, ook al begreep hij de stof zelf heel goed.

Tegen tienen wreef ze over haar ogen. 'Zullen we maar stoppen? Zelfs bij mij dansen de letters voor mijn ogen. Bovendien moet jij morgen om vier uur weer klaarstaan.'

'Best. Denk je dat ik het voor elkaar krijg tijdens dat examen?'

'Natuurlijk wel. Je kent de stof. Als ik jou was, zou ik tijdens het examen gewoon vragen of iemand de vragen die je niet snapt voor wil lezen. Nu zeggen ze wel dat het niet kan, maar als je het op dat moment vraagt, kunnen ze het toch moeilijk weigeren?'

'Ik zit daar niet in mijn eentje om examen te doen. Dus dat zullen ze echt niet voor mij doen.'

'Heb je problemen met Mark?' herinnerde ze zich opeens weer.

'Nee, waarom zou ik?'

'Omdat hij recepten verandert en die vervolgens op papier aan jou geeft.'

Hij knikte langzaam. 'Dat heb je gehoord?'

'Waarom vertel je hem niet dat je slecht kunt lezen?'

'Dat weet hij volgens mij al. Wat heeft hij aan een bakker die niet kan lezen? Als hij volgende maand definitief mijn baas wordt, knikkert hij me zo op straat.'

'Vertel het hem. Hij kan er rekening mee houden. Met pa is het toch ook altijd goed gegaan?'

'Jerom is anders.' Seb streek met beide handen door zijn haren en schudde zijn hoofd. 'Strekhaard zit bovendien niet te wachten op een knecht die zijn bakkersdiploma heeft. Dat kost hem te veel. Een gewone knecht hoeft hij niet zoveel te betalen. Ik ben straks gewoon te duur, hij beklaagt zich nu al over de hoge personeelskosten.'

'Hij kan je niet zomaar ontslaan, dat staat in het contract.'

'Hij kan me wel wegpesten. Hij mag me niet ontslaan, maar kan er wel voor zorgen dat ik geen zin meer heb om te blijven.'

'Doet hij dat?'

Seb schokschouderde. 'Op een slinkse manier, zodat je vader het niet in de gaten heeft. Bovendien is Jerom er meer niet dan wel. Dat is zijn goed recht,' zei hij snel. 'Zo is het ook afgesproken.'

'Maar voor jou minder leuk om te werken,' knikte ze begrijpend. 'Ik zal het tegen pa zeggen.'

'Nee! Dat doe je niet.' Seb keek haar strak aan. 'Jerom wil eruit stappen; hij zit niet te wachten op zulke problemen.'

'Denk je dat hij rust heeft als hij achteraf te horen krijgt dat jij weggaat vanwege Mark? Dat je eruit gepest bent? Kom op, jij kent pa als geen ander! Dit kan ik niet voor hem verzwijgen.'

'Maar dan gaat de verkoop niet door,' hield Seb haar voor.

'Er zijn meer wegen die naar Rome leiden,' knikte Madelon nadenkend, 'om maar eens een uitspraak van Cathy te gebruiken.'

'Waar denk je aan? Toch niet aan die geweldige vriend van je?'

'Waarom mogen jullie elkaar niet?'

'Ik heb niks tegen die kerel. Jerom vertelde me dat hij je over probeert te halen samen met hem een bedrijf op te zetten.'
'Nou ja, dat is een beetje voorbarig,' zwakte Madelon het af.
'Daar hebben we nog niet echt serieus over gepraat. Hij heeft me wel een baan aangeboden.'
'Wat houdt die baan precies in? Ik kan me niet goed voorstellen dat je voor iemand gaat werken met wie je ook een relatie hebt. Dat werkt toch niet?'
De blik waarmee hij haar aankeek, beviel haar helemaal niet. Ze perste haar lippen op elkaar. 'Wat ben jij toch kortzichtig. Mijn ouders hebben ook altijd samengewerkt. Is dat zo verkeerd?'
'Dat is anders.'
'Ja hoor, wat is dat toch anders,' sneerde Madelon. 'Zorg jij nou maar dat je dat diploma haalt!'

HOOFDSTUK 19

Ramon belde toen ze net op bed lag. 'Ik sta voor de deur, of beter gezegd: voor de poort.'

Ze schoot overeind. 'Hier?'

'Ja,' lachte hij, 'waar anders? Doe je open?'

'Ik lig net in bed,' begon ze.

'Des te beter. Kom op, doe die deur nou open, je overburen staan al voor het raam te kijken.'

Met haar mobiel nog in haar hand schoot ze in haar ochtendjas en haastte zich de trap af. Ramon stond inderdaad voor de poort te wachten. Zodra hij op de binnenplaats stond, sloeg hij zijn armen om haar heen en kuste haar.

'Wat heb ik dat gemist,' mompelde hij met zijn mond in haar hals. 'Ga mee naar binnen.'

'Niet zo haastig, ik moet de poort weer op slot doen.' Ze maakte zich voorzichtig los uit zijn armen, sloot de poort weer af en ging hem voor door de donkere bakkerij naar boven.

'Kom nou eens hier. Wat zie je er schattig uit in je ochtendjas,' grijnsde hij. Hij sloeg zijn arm om haar middel en kuste haar weer, onderwijl de band van haar ochtendjas losmakend.

'Ramon, stop daarmee,' protesteerde ze, toen hij langzaam haar nachthemd opstroopte.

'Liefje, kom op, ga me niet vertellen dat je nog steeds ongesteld bent, hoofdpijn hebt of misselijk bent.' Hij streek een streng haar die losgeraakt was, uit haar gezicht en keek haar met een plagende grijns aan. 'Ik heb je gemist, ik verlang naar je. We hebben nu toch lang genoeg gewacht?' Weer kuste hij haar.

Het was moeilijk weerstand te bieden aan zo'n man, en toch zette ze haar handen tegen zijn borst en creëerde zo wat afstand tussen hen. 'Je kunt niet blijven slapen.'

'Waarom niet? Wat voor reden heb je nu weer?'

'Dat het nog altijd te snel is. Ik ken je amper. Ik weet bijvoorbeeld niet eens waar je woont, waar je heen gaat als je niet hier bent of in het buitenland zit. Dat soort dingen.'

Ramon nam haar handen in de zijne en keek haar met een lachje op zijn gezicht aan. 'Wat wil je weten? Ik heb een flat in

Amsterdam, een huis in Hilversum. Mijn ouders wonen in Den Bosch en ik logeer geregeld bij mijn zus in Haarlem. Ik ben achtendertig jaar oud, heb alle normale kinderziektes gehad en heb zover ik weet geen ernstige erfelijke ziektes onder de leden.' Zijn ogen flitsten op dat moment naar de keuken, vernauwden zich, en hij trok haar met zich mee. Zijn vrije hand tastte naar een lichtknop.

Ze knipperde met haar ogen tegen het plotselinge felle licht.

'Wat ik nu wel van jou wil weten is wie je op bezoek hebt gehad.' Nog altijd glimlachte hij, al was de lach uit zijn ogen verdwenen. 'Het was een man, want wie anders dan een man drinkt bier uit een flesje en niet uit een glas. Was het die brutale bakker? Is hij vanavond hier geweest?'

Ze wilde niet tegen hem liegen, had ook het gevoel dat hij het direct zou weten als ze loog. 'Seb was hier. Ik help hem met zijn studie.'

'Met zijn studie? Dus de bakker is niet alleen brutaal, maar ook nog leergierig. Waar leert hij voor? Probeert hij zijn ondernemerspapieren te halen?'

'Zoiets.'

'Waarom moet jij hem daarbij helpen? Zo moeilijk is dat nu ook weer niet!'

Ze kon het niet over haar hart verkrijgen te vertellen dat Seb problemen had met lezen. Daar zou Ramon zeker misbruik van maken. Hij was toch al jaloers op Seb en had een hekel aan hem.

'Hij had wat vragen.' Ze besefte meteen hoe doorzichtig dat klonk.

Ramon liet haar los alsof hij zich aan haar gebrand had. 'Ga je me nu weer vertellen dat ik gek ben als ik zeg dat ik die bakker van je niet vertrouw? Hij heeft een vriendin, toch? Wat doet hij dan 's avonds hier bij jou? Dat zou ik weleens willen weten.' Hij keek haar met een felle blik aan. 'Vragen over een studie kan hij je ook overdag stellen, daar hoeft hij niet voor terug te komen als je alleen bent. Zie je het dan niet, Madelon? Die bakker is gek op jou en probeert je op alle mogelijke manieren voor zich te winnen. O ja, ik ben jaloers, daar heb ik ook alle reden voor. Mij weer je namelijk uit je bed, maar die bakker haal je iedere avond in huis. Toch? Hoe vaak zit hij hier als ik weg ben?' Hij greep haar bij haar bovenarmen vast en trok haar ruw naar zich toe. 'Of heb je hem soms al in bed gehad? Is dat het? Is hij je vroegere vriendje?' Zijn gezicht bevond zich nu dicht bij het hare en was vertrokken van woede. Zijn ogen zochten haar gezicht af op zoek naar antwoorden.

Voor het eerst werd ze echt bang van hem. 'Ik heb liever dat je gaat,' stamelde ze.

Hij liet haar zo plotseling los dat ze tegen het aanrecht viel. 'Dat zal ik zeker doen,' beet hij haar toe. 'Wat heb ik me in jou vergist. Ik dacht dat jij bijzonder was en dat de kans bestond dat het echt iets zou worden tussen ons. Nu pas zie ik hoe je werkelijk bent: een gehaaide tante die van twee walletjes wil eten. Zogenaamd niet te snel willen gaan, maar ondertussen wel die bakker in huis halen.' Hij draaide zich om en rende de trap af naar beneden.

Ze hoorde hem struikelen over de dozen in de hal bij de voordeur, vloeken, en even later klonk het geluid van de deur die hard dicht werd getrokken. Over haar pijnlijke bovenarmen wrijvend liep ze langzaam naar beneden en deed de grendel op de voordeur, zette de dozen er weer voor en liep langzaam terug naar boven, de deuren achter zich op slot draaiend. Pas toen ze een haar uit haar gezicht wreef, merkte ze dat haar wangen nat waren van de tranen. Waarom huilde ze eigenlijk? Toch niet om Ramon? Een man die haar niet vertrouwde was ze beter kwijt dan rijk.

Huiverend kroop ze met haar ochtendjas nog aan onder het dekbed en trok dat hoog onder haar kin op. Ze krulde zich op in bed, haar knieën tegen haar borst gedrukt. Lange tijd lag ze zo klaarwakker in het donker te staren, niet wetend of ze nu blij of verdrietig moest zijn dat het voorbij was.

Jerom en Leida wandelden door het bos, het was rustig nu de scholen weer begonnen waren. Af en toe kwam er een eenzame wandelaar voorbij of iemand met zijn hond. Door de regen van de afgelopen dagen rook het vochtig in het bos, hier en daar schoten zelfs al paddestoelen uit de grond. Een eekhoorn haastte zich een boom in en bleef hoog in de boom naar hen zitten kijken. Een Vlaamse gaai vloog luid schetterend tussen de bomen door en joeg de eekhoorn nog verder de boom in.

Jerom snoof genietend de zuivere lucht op. 'Ha, heerlijk. Zo kan ik wel dagen lopen.' Hij legde een arm om de schouders van Leida. 'Zolang jij maar bij me bent.'

'Voorlopig raak je me ook niet meer kwijt. Volgende week trouwen we, Jerom.'

Hij keek haar even van opzij aan. 'Je krijgt toch geen twijfels, hè?'

'Nee, gekkie, natuurlijk niet. Ik ben nog nooit ergens zo zeker van geweest,' lachte ze vrolijk naar hem.

Ze liepen een poosje zwijgend verder.

'Tussen Madelon en Ramon is het wel voorbij,' begon hij.

'Hè, wat rot voor haar. Hoe is dat gegaan? Niet dat ik ervan sta te kijken.'

Hij vertelde wat hij eerder die dag van Madelon had gehoord. 'Die man is nogal jaloers aangelegd en meent dat ze het met twee mannen houdt. Het idee alleen al! In zijn haast naar buiten te gaan heeft hij een doos met boeken vertrapt. Ik vrees dat die een beetje beschadigd zijn.'

'Dat zijn maar spullen. Hoe is het met Madelon? Is ze er erg verdrietig onder?'

'Nee, die indruk heb ik niet. Maar ze maakt zich wel ergens zorgen over, dat merk ik aan haar hele doen en laten.'

'De zaak?'

Jerom schudde vertwijfeld zijn hoofd. 'Ik weet het niet, het is weleens moeilijk hoogte te krijgen van wat haar dwarszit. Niet dat ik het erg vind dat het niets wordt tussen haar en die Ramon. Die man was me een beetje te glad en te snel met beslissen voor Maddy, net zoals dat adviesbureau waar hij zo plotseling mee op de proppen kwam.'

'Dat zat inderdaad niet helemaal lekker. Nou ja, dat is voorbij. Madelon had vanaf het begin haar twijfels. Volgens mij zat de liefde bij haar ook niet echt diep, maar ik kan me voorstellen dat ze het niet fijn vindt om zo aan de kant geschoven te worden.'

'Die baan zal dan ook wel niet doorgaan, al geloof ik niet dat ze daar zo rouwig om hoeft te zijn. Hij had volgens mij alleen maar een gewillige assistente nodig: tijdens én na werktijd.' Ze liepen een poosje zwijgend verder. De droge bladeren knisperden onder hun voeten.

'Wat gaat Madelon doen als Mark straks de zaak definitief overneemt? Weet ze dat al? Of blijft ze hem daarna ook helpen?' vroeg Leida na een poosje.

'Ze is zoekende naar ander werk, voor zover ik weet. Over een goede maand is het al zover. Dan zal ze ook een andere woning nodig hebben. Ik weet niet of ze daar al naar uitgekeken heeft. Het is zo jammer dat ze de bakkerij niet over wil nemen. Zij en Seb, beter kan het toch niet?'

Leida keek hem medelevend aan. 'Je kunt het nog altijd niet helemaal loslaten, hè? Doet Mark het niet goed dan?'

'Dat wel, ik ben alleen bang dat hij Seb eruit zal werken als hij eenmaal de baas is. Dat zou ik vreselijk vinden, die jongen werkt hier al twintig jaar.'

'Waarom zou Mark dat doen? Daar verliest hij toch een goede kracht aan?' vroeg Leida verwonderd.

Jerom legde aan haar uit wat hij meende dat Mark kon doen om Seb kwijt te raken.

'Als Seb zijn papieren eenmaal heeft, kan hij wel veel gemakkelijker aan de bak komen bij een andere bakker, mocht het fout gaan tussen hem en Mark, dus dat zal zo'n probleem niet zijn. Ik zou het alleen zo ontzettend jammer vinden als het zo gaat lopen. Liever had ik het anders gezien.' Jerom zuchtte diep. 'Ik had echt niet verwacht dat Madelon niet verder wil gaan met de zaak. Stiekem had ik gehoopt dat ze toch nog aangaf dat ze door wil gaan, maar dat zit er nu vast niet meer in. Als ze het wel had gedaan, was dit alles niet nodig geweest. Seb was dan bakker geworden en had er een knechtje bij genomen. Maddy kent de zaak, weet hoe alles werkt en als ik heel eerlijk ben doet ze het ook buitengewoon goed. Ze doet het anders dan Milly destijds, zoekt nieuwe producten en andere leveranciers.'

Ze moesten een brug oversteken, die het pad over een rustig kabbelende beek voerde, waarbij hij Leida voor liet gaan.

'Ik vraag me weleens af, Leida,' ging hij na een poosje verder, 'als ik nu niet gestopt was, wat had ze dan gedaan? Ik heb haar er niet eerder over gehoord dat ze iets anders wilde gaan doen, dat het werk in de winkel haar niet beviel. Ze moet toch beseft hebben dat ik uiterlijk op mijn vijfenzestigste zou stoppen?'

Leida haalde haar schouders op. 'Misschien heeft ze dat onbewust voor zich uit geschoven. Over drie jaar zou de situatie ook anders zijn geweest. Over drie jaar kan ze al lang en breed getrouwd zijn, misschien wel kinderen hebben.'

'Dan moet ze daar toch wat meer vaart achter zetten, wil ze dat nog halen,' bedacht Jerom. 'Kun jij eens met haar praten? Ik heb al wel in de gaten dat ze jou meer vertelt dan mij. Dit hele gebeuren lijkt een afstand tussen ons te hebben gecreëerd, die er voorheen niet was. Ik zie haar straks niet weer op kantoor zitten, voor een baas werken. Dat plaatje klopt gewoon niet voor mijn gevoel.'

'Ik zoek wel een geschikt moment uit,' beloofde Leida, 'maar verwacht er niet te veel van. Ze heeft al eerder gezegd dat ze iets anders wil gaan doen. Dat kan ik haar echt niet uit haar hoofd praten, hoe graag jij het ook zou willen.'

Madelon ging verder met haar normale werk, hield Mark extra in de gaten en hielp Seb ondertussen met zijn studie. Ze zorgde er ook voor dat ze vaker dan voorheen de bakkerij in liep, maar kon Mark niet meer betrappen op pesterijen. De keren dat ze met hem de administratie doornam, probeerde ze hem zo onopvallend mogelijk uit te horen over wat zijn precieze plannen waren als hij de zaak eenmaal over had genomen. Maar ook Mark liet niet het achterste van zijn tong zien, merkte ze al snel.

Een paar dagen voor de bruiloft zat ze samen met Leida bij de kapper. Een knipbeurt en een spoeling voor de bruid. Madelon hield het op alleen knippen. Een goed model deed wonderen voor haar onwillige haardos. Het was nog even wachten tot ze aan de beurt waren. Ze hadden koffie gekregen om de tijd door te komen.

'Moet pa eigenlijk niet terug naar zijn eigen huis? Nu kan hij je niet ophalen zoals het de traditie is.' Ze keek een beetje lachend naar haar toekomstige stiefmoeder.

'Ben je mal, dat heeft toch geen zin als je al een paar weken samenwoont? Zo officieel willen we het niet aanpakken, hoor. We trouwen toch ook niet meer voor de kerk. Dat doe je maar één keer in je leven, vinden we beiden. Het gaat er ons meer om dat we elkaar ten overstaan van onze familie en naaste vrienden het jawoord geven. Dat we officieel bij elkaar horen. Het klinkt op dit moment misschien raar, maar we willen in de toekomst problemen voor zijn.'

'Waarom zou je nu nog problemen krijgen als je niet getrouwd bent? We leven toch niet meer in de middeleeuwen.'

'We hebben kennissen die net als Jerom en ik elkaar na het wegvallen van de beide partners leerden kennen. Zij gingen samenwonen, alles leek goed te gaan, totdat hij kwam te overlijden. Op dat moment kregen de kinderen van beide kanten ruzie over het huis en de spullen van vader. Het kwam erop neer dat zij het huis uit moest en dat ze bij haar zoon in kon trekken. Volgens de kinderen van haar partner had ze nergens recht op. Dat soort taferelen willen we voorkomen door te trouwen en alles goed te regelen.'

Dat begreep Madelon wel, al kon ze zich niet voorstellen dat het bij hen ooit zo zou gaan. Het contact tussen de kinderen van Leida en haar was op dit moment best goed. Ze was zelfs een poos geleden samen met Joyce en Nadia naar de stad geweest om leuke kleding voor de bruiloft uit te zoeken. En Nick wist misschien een geschikte baan voor haar. Nee, zulke toestanden zouden ze vast niet krijgen als er iets met haar vader of Leida gebeurde.

'Heb je nog iets gehoord van Ramon?' gaf Leida opeens een andere draai aan het gesprek.

'Nee, niets. Dat had ik ook niet echt verwacht. Dat hoofdstuk is helemaal afgesloten wat mij betreft.'

'Het zat ook niet zo heel diep bij jou, toch?'

'Niet echt, nee. Als iemand me niet vertrouwt, dan is het wat mij betreft wel duidelijk. Ik zit niet te wachten op een man die ziekelijk jaloers is en die me constant in de gaten wil houden.'

'Gelijk heb je, zoiets houd je ook niet lang vol. Maar daar gaat weer wel een kans op een leuke baan,' meende Leida.

'Ach, er komt vast wel iets nieuws. Ik heb een paar sollicitaties lopen. Eerst maar eens kijken wat dat wordt, en Nick wist misschien iets voor me.'

'Je gaat wel verder zoeken?'

'Ik zal wel moeten, hè. Een poosje kan ik het wel uitzingen met mijn spaarcentjes, maar op den duur zal ik toch een baan nodig hebben.'

'Wat zou je gedaan hebben als je vader pas op zijn vijfenzestigste zou zijn gestopt met de zaak? Was je dan ook weggegaan?'

'Dat weet ik niet. Daar heb ik van tevoren nooit zo over nagedacht. Ik moet eerlijk bekennen dat ik met plannen rondliep om de zaak te moderniseren, in ieder geval wat de administratie en het bestelsysteem betreft.'

'Daar wist je vader dan zeker niets van?' vroeg Leida verwonderd. 'Wil je eigenlijk wel stoppen in de bakkerij? Met de winkel en alles wat erbij hoort?'

Madelon zuchtte hoorbaar. Wat zou ze gedaan hebben als pa niet plotseling had verkondigd dat hij er de brui aan gaf? Dan was ze doorgegaan, dan had ze haar plannen doorgevoerd, wist ze nu al. En dan, over drie jaar…

'Maar dan was alles ook anders geweest. Als pa door zou blijven werken tot zijn vijfenzestigste, had Seb zijn papieren allang gehaald en was de situatie ook heel anders geweest. Dat is nu toch niet het geval?'

'En als hij nu nog terugkomt in de zaak?'

'Nee,' zei Madelon resoluut, 'dat moet hij niet doen. Hij wil echt niet meer, al heb ik dat niet eerder begrepen. Je mag best weten dat ik echt boos op hem was toen hij doodleuk vertelde dat hij dit jaar nog wil stoppen met de zaak. Het dringt ook nu pas tot me door dat mama eigenlijk het hart van de bakkerij was. Daarom had hij plezier in zijn werk. Met haar dood was dat plezier verdwenen. Voor wie stond hij nog iedere ochtend om vier uur in die bakkerij? Niet voor mij; ik had al aangegeven de zaak niet over te willen nemen, dat wisten ze allang.'

'Maar na de dood van Milly veranderde dat. Toch? Jij kwam in

de zaak, nam het werk van je moeder over.'
'Misschien wel. Voor mij veranderde het in ieder geval, maar voor pa niet. Voor pa was het over. Hij ging nog verder voor mij, denk ik, maar de lol ervan was verdwenen. Nee, Leida, het is goed zo. Pa heeft het geluk bij jou weer gevonden. Nu is het jullie beurt, geniet daarvan zolang het jullie gegeven is. Je hebt allebei ervaren dat het zo snel weer voorbij kan zijn.'
Ze lachte de plotselinge emotie die haar overviel weg. 'Wat zitten we hier zwaar te bomen. Vertel eens over de receptie.'
Leida legde uit wat de bedoeling was en wie er allemaal kwamen. Ze dronken hun koffie tot een kapster Leida kwam halen. Zij was al aan de beurt om geknipt te worden.
'Vanochtend belde de makelaar dat er een bod op de zaak is gedaan,' zei Leida nog snel.
'Een bod? Door wie dan?'
Dat antwoord moest Leida haar schuldig blijven. 'Jerom heeft een afspraak gemaakt voor de dag na ons huwelijk. Je zult het alleen moeten doen, aangezien wij na het feest op huwelijksreis gaan. Hij wil het achter zich laten, Madelon. Daar zal hij nog wel met je over praten, neem ik aan.'
Madelon keek haar met een zorgelijke blik aan. Was er een tweede gegadigde in het spel? Hoe kon er een bod worden gedaan op de zaak als Mark al een voorlopig huurcontract had getekend? Dat wist de makelaar toch ook? Hij had de huurovereenkomst zelf opgesteld. Ze probeerde zich te herinneren of er iets in stond over tussentijdse verkoop. Dat zou ze straks thuis na moeten kijken.

HOOFDSTUK 20

Haar vader zag er trots en ongekend chic uit in het driedelig kostuum dat hij voor deze gelegenheid had gekocht. Leida droeg een crèmekleurige jurk, die er bedrieglijk eenvoudig uitzag. In het bijzijn van kinderen, kleinkinderen en een paar goede vrienden van het echtpaar, stonden ze stralend van geluk naast elkaar voor de tafel van de ambtenaar van de burgerlijke stand.

Even moest Madelon een traantje wegpinken bij het praatje dat de man hield. Hij vergat niet de vorige partners van Leida en Jerom te noemen, die zo'n belangrijke rol in hun levens hadden gespeeld. Nick, die naast haar zat, voelde haar stemming haarfijn aan en gaf een troostend kneepje in haar hand. Ook voor hen moest het moeilijk zijn, bedacht ze.

Na het 'Dan mag u nu de bruid kussen' begon iedereen te klappen en was het tijd voor de felicitaties. Er werden foto's gemaakt in het stadhuis, waarna ze naar het restaurant gingen waar de receptie plaatsvond. Tot die tijd zouden ze samen een hapje eten en was er gelegenheid om het cadeau dat Madelon samen met haar nieuwe familie uit had gezocht, aan te bieden. Met z'n vijven hadden ze na lang zoeken gekozen voor een beeld van een meisje dat naast een grote hond stond. Het beeld, kleurig verpakt en van een grote strik voorzien, werd door de kleinkinderen aangeboden.

'O, jongens, wat is dat mooi,' riep Leida ontroerd uit.

Jerom moest verdacht veel hoesten en kuchen op dat moment en verborg zijn gezicht achter een grote zakdoek.

Leida omhelsde haar kleindochter en de twee grootste jongens – de kleine Joep liep achter een loopauto door het hele restaurant en kon zijn aandacht maar moeilijk bij het uitpakken van het grote cadeau houden – en bedankte ook de volwassen kinderen.

Jerom nam Madelon na het eten bij de arm en voerde haar met zich mee naar buiten, naar de tuin die achter het restaurant lag. 'We moeten nog even over zaken praten voordat we gaan feesten. Ik ben een paar dagen geleden gebeld door de makelaar. Er is een bod gedaan op de zaak. Leida heeft je dat verteld, neem ik aan?'

Madelon knikte, probeerde haar opwinding te bedwingen en luisterde naar wat hij vertelde; pogend daaruit op te maken wat hij wilde dat zij zou doen. Ze had gehoopt dat pa er eerder mee was gekomen maar had er zelf niet naar durven vragen. 'Ga horen wat de makelaar te vertellen heeft en weeg het een ander tegen elkaar af. Maddy, ik laat de uiteindelijke beslissing aan jou over. Ik wil er een punt achter zetten en trek me volledig terug uit de zaak. Ook als het onverhoopt niet doorgaat met Mark.' Hij keek haar strak aan. 'Begrijp je wat ik zeg?'

'Ik zal doen wat mij het beste lijkt, al vind ik het vreemd dat de makelaar een bod accepteert terwijl er een voorlopig huurcontract getekend is.'

'Zolang Mark nog niet definitief heeft getekend, kan iedereen het in principe kopen, dat vertelde de makelaar mij en de notaris bevestigde dat.'

'Ik blijf het vreemd vinden. De makelaar weet dat Mark een optie heeft lopen op de zaak en dat hij 17 oktober een definitief huurcontract ondertekent.'

'Er kan altijd iets tussen komen waardoor het uiteindelijk niet doorgaat. Tot die tijd mogen we openstaan voor ieder aannemelijk bod, al heeft Mark wel het eerste recht.' Hij stak zijn hand in zijn colbertje en haalde er een envelop uit. 'Ik weet dat ik jou kan vertrouwen en dat je zult doen wat juist is. Hierin zit een machtiging, die is in het bijzijn van de notaris getekend. Jij hebt nu de volledige zeggenschap over de zaak en de bevoegdheid om namens mij beslissingen te nemen.'

Ze voelde die plotselinge verantwoordelijkheid zwaar op haar schouders drukken en borg de envelop met de machtiging zorgvuldig op in haar tasje. Ze omhelsde haar vader. 'Maak je maar geen zorgen, pa. Het komt allemaal goed.'

'Morgen om tien uur heb ik een afspraak voor je gemaakt bij de makelaar.' Hij aarzelde even voordat hij verderging. 'Heb je enig idee wie hier achter zou kunnen zitten?'

Ze moest ontkennend antwoorden. 'Maak je daar maar niet te veel zorgen over. Jij gaat lekker met je vrouw op vakantie; laat de zaak maar aan ons over. Het komt vast allemaal wel goed,' verzekerde ze hem.

'Ook voor jou, Maddy?' Jerom keek zijn dochter onderzoekend aan. 'Weet je zeker dat je niet liever zelf de zaak overneemt?'

'Pa, daar hebben we het toch al uitgebreid over gehad? Ik heb er goed over nagedacht, het wordt tijd dat ik iets anders ga doen. Ik heb al een paar opties die ik ga bekijken en waaruit vast en zeker een leuke baan rolt.'

Vanuit de deuropening van het restaurant werden ze dringend verzocht naar binnen te komen omdat de eerste gasten voor de receptie al aankwamen. De bruidegom moest zijn plaats innemen naast de bruid.

Terug binnen kregen ze het druk met het in ontvangst nemen van felicitaties en cadeaus, zodat Madelon haar zorgen even naar de achtergrond moest laten verdwijnen. Verre ooms, tantes, neven en nichten, collega's en oude vrienden van Jerom en Leida waren gekomen om hun geluk te wensen.

Seb had zich voor deze gelegenheid zelfs geschoren en in een pak gestoken. Ook Cathy en haar man en Mark waren er en feliciteerden Jerom en Leida met hun huwelijk.

Toen de ergste drukte achter de rug was en Jerom en Leida zich onder de gasten mengden, kwam Seb naar haar toe gelopen. 'Wat kijk jij bedrukt? Is je vriend niet op komen dagen?'

'Dat is al een eeuwigheid voorbij. Er is een koper voor het pand,' mompelde Madelon. Ze wist niet of pa het geheim wilde houden, maar zelf zag ze Seb als een bondgenoot.

'Oké, dat is nieuws. Enig idee wie het is?'

'Dat weet ik nog niet, morgen ga ik naar de makelaar. Wat zie jij er opgedirkt uit, ik had je bijna niet herkend,' stapte ze vlug over op een ander onderwerp toen ze vanuit haar ooghoeken zag dat Mark hun richting uit kwam. Ze glimlachte naar hem. 'Hoi, Mark, heb je de zaak een paar uur eerder gesloten?'

'Een uurtje maar, dat moet kunnen. Als allebei mijn verkoopsters ervandoor gaan, heb ik bovendien weinig keuze.'

'Tenzij je zelf in de winkel gaat staan. Hoe bevalt het tot nu toe?' vroeg Madelon.

'Jullie hebben er een goedlopende bakkerij van gemaakt. Het

moet niet al te moeilijk zijn om dat vol te houden.'

'Heb je al plannen gemaakt voor de toekomst?'

'Voor half oktober bedoel je?'

Madelon knikte.

'Als je vader terugkomt, wil ik nog eens ernstig met hem praten.'

'Zolang hoef je niet te wachten. Je zult het vanaf vandaag met mij moeten doen,' antwoordde Madelon en ze probeerde haar verbazing te verbergen. Wat had Mark met haar vader te bespreken? Gingen er dingen anders dan hij verwacht had? 'Ik mag namens mijn vader onderhandelen en beslissingen nemen wat de bakkerij betreft.'

Mark keek haar strak aan. Zijn blik verried niets van wat hij dacht. 'Is dat zo? Dan ga ik met jou rond de tafel zitten. Wanneer schikt het je?'

Wat was er met hem aan de hand? Beviel het eigen baas zijn toch niet zo goed? Seb keek haar een ogenblik veelbetekenend aan, alsof hij haar gedachten geraden had.

'Morgenvroeg dan maar. Er is een bod uitgebracht op de bakkerij,' kon ze het nu niet laten te vertellen, 'op het pand, terwijl jij de zaak zo goed als gekocht hebt. Heb je enig idee wie het kan zijn die de bakkerij wil kopen?'

Mark knikte langzaam. 'Een bod, hè? Ik heb geen idee van wie dat afkomstig kan zijn,' zei hij, daarbij Seb aankijkend. 'Dat verandert voor mij wel een hoop.'

Op dat moment vroeg Jerom de aandacht. Met zijn arm om de schouders van zijn kersverse vrouw heen sprak hij de aanwezigen toe. 'Lieve kinderen, kleinkinderen, beste familie, vrienden en collega's, de receptie loopt een beetje ten einde. Leida en ik willen niet iedereen persoonlijk bedanken voor hun komst. We hebben ervoor gekozen dat op deze manier te doen.' Hij keek even naar Leida, die hem goedkeurend toeknikte. 'Bedankt iedereen die op wat voor manier dan ook heeft bijgedragen aan deze fantastische dag. Dank voor jullie komst en jullie lieve aandacht en cadeaus. Wij knijpen er nu tussenuit, op huwelijksreis naar Griekenland. Als we terugkomen is iedereen van harte welkom om ons op te zoeken – graag zelfs – en nog eens rustig na te praten over vandaag.

Nogmaals bedankt en tot ziens. Blijf gerust nog even wat zitten. Over een halfuurtje wordt iedereen pas buitengezet.'
Gelach steeg op.
Madelon, Nick, Nadia, Joyce en Jos, met de kinderen aan de hand, liepen met hun ouders mee naar buiten, waar een taxi al op hen stond te wachten om hen naar het vliegveld te brengen. De koffers, die Jos eerder al had opgehaald, werden in de kofferbak van de taxi overgeladen terwijl Leida en Jerom afscheid namen van hun kinderen.
Madelon omhelsde haar vader en nieuwbakken stiefmoeder. Ze sprak met geen woord meer over de verkoop van de zaak. Pa was duidelijk geweest: hij wilde er niets meer over horen totdat hij terug was.
'Veel plezier en geniet er nog lekker van.'
'We zullen aan jullie denken als we op het strand zitten.'
Jerom en Leida stapten in de taxi en even later reed deze weg, nagezwaaid door de kinderen en kleinkinderen.
Een zucht ging door hen heen.
'Hè, dat hebben we gehad,' verzuchtte Jos.
'Als je hulp nodig hebt, laat je het weten, hè Madelon?' zei Nick. 'Waarmee dan ook. Ik heb trouwens nog een berichtje naar je doorgestuurd over die baan waar ik het over had. Oké, oké, het is al goed, geen werk vandaag,' lachte hij vrolijk bij het zien van de boze blik van Nadia. Hij sloeg zijn arm om de schouders van zijn vrouw en drukte haar even tegen zich aan. 'Zullen we die boefjes van ons eens naar bed gaan brengen? De gasten van de receptie kunnen zichzelf wel uitlaten. Ik heb het gehad voor vandaag.'

Madelon stond op het dakterras, leunde op het hek dat de rand van het dak markeerde, en tuurde met nietsziende blik over de donkere daken. Hier en daar piepte het licht van een straatlantaarn tussen de huizen door, maar verder was het donker.
Nog even, dan moest zij hier ook weg. Ze had al een flatje op het oog waarin ze binnenkort haar intrek kon nemen. Jos had haar een tip gegeven. Particulier weliswaar, dus de huur was ook niet misselijk, maar alles was beter dan voortdurend tus-

sen de tortelende Marcella en Rens te moeten verkeren in Marcella's flat. De baan die Nick haar had toebedacht, zou dan ook goed van pas komen: accountmanager bij een groothandel in zaden. Heel iets anders dus dan de bakkerij met de bijbehorende administratie. Nu alleen nog een afspraak maken en solliciteren.

Haar werk in de bakkerij behoorde binnenkort ook tot het verleden. Morgen zou ze immers te horen krijgen wie de bakkerij wilde kopen, maar voor het zover was, zou ze met Mark om de tafel gaan zitten. Hij had niet meer gezegd waarover hij met haar wilde praten. Ook van Seb was ze niet veel wijzer geworden.

Met een diepe zucht ging ze in een tuinstoel zitten en mijmerde verder. Binnenkort was de onzekerheid voorbij, dan kwam er rust in de tent – voor haar toch in ieder geval. De afgelopen maanden had ze constant het gevoel gehad dat ze van de ene naar de andere kant werd geduwd. Wat de bakkerij betrof en met Leida. Niet te vergeten het korte intermezzo met Ramon, die ook nog even tussendoor haar gevoelens had getracht te bespelen. Er was ook zoveel gebeurd in zo'n korte tijd.

Pa, die in mei met het nieuwtje op de proppen kwam dat hij een vriendin had. Kort daarna kwam hij doodleuk met de mededeling dat hij uit de bakkerij wilde stappen en dat hij de zaak verkocht als zij niet verder wilde gaan. September was het nu, amper vier maanden later waren ze getrouwd en was de bakkerij zo goed als verkocht.

Pa was getrouwd en gelukkig, daar hoefde ze zich geen zorgen over te maken. Voor hem was de verkoop van de bakkerij het begin van een nieuw leven. Leida had ze leren kennen als een geweldige vrouw, nadat ze haar aanvankelijke twijfel had laten varen. Ook haar nieuwe familie viel reuze mee en Leida's kinderen hielpen haar waar ze konden. Jos met die flat, Nick met een andere baan en ook Nadia en Joyce bleken twee leuke zussen te zijn. Wat familie betrof was ze er zeker op vooruitgegaan, al voelde het wel een beetje als verraad aan haar moeder om er zo over te denken. Van de andere kant was dit alles ook niet gebeurd als mam was blijven leven, bedacht ze niet voor het eerst.

De dood van haar moeder, nu ruim twee jaar geleden, had een grote verandering teweeggebracht in zowel haar leven als dat van haar vader. En nu zou weer alles anders worden.

De sfeer in de bakkerij was om te snijden. Dat merkte ze zodra ze een voet over de drempel zette. De muziek stond hard, Seb liep met een ernstige blik op zijn gezicht rond, Mark werkte met korte afgemeten gebaren. Hij leek zelfs opgelucht toen Madelon hem zei dat het nu even rustig was in de winkel zodat ze konden praten.

'Mooi.' Mark veegde zijn handen af aan een schort, gaf Seb nog wat instructies en volgde Madelon naar het keukentje. Hij sloot de deur zorgvuldig achter haar, haalde diep adem en streek met beide handen door zijn haar voordat hij ze naast zijn lichaam liet vallen.

'Ik kom maar gelijk ter zake. Het valt tegen, als ik heel eerlijk ben. Het werk is niet wat ik ervan verwachtte, de samenwerking met Seb valt me ronduit tegen en van je vader had ik wat meer medewerking verwacht. Daarbij moet ik zo meteen ook nog een nieuwe kracht in jouw plaats voor de winkel zoeken en na het werk de administratie gaan bijhouden. Nee, eerlijk gezegd is het helemaal niet wat ik verwacht had. Ik wil me terugtrekken, want dat mag ik ook volgens het voorlopige contract.' Een zenuw naast zijn mond begon te trekken.

Madelon kon er haar ogen niet vanaf houden. Ze opende haar mond om een weerwoord te geven, maar sloot hem weer toen ze besefte dat Marks mededeling eigenlijk op een heel goed moment kwam.

'Ik had er geen idee van dat het je zo slecht beviel,' mompelde ze. 'Waarom heb je dat niet eerder aangegeven?'

'Ik ben niet zo'n opgever,' schokschouderde hij. 'Als ik ergens aan begin, wil ik het afmaken, zo ook dit. Het idee om voor mezelf te beginnen speelde al langer in mijn gedachten. Door mijn gezinssituatie kwam het er niet van. En opeens zag ik jouw advertentie staan. Het leek een geweldige kans, echt waar; ik kwam hier in een gespreid bedje terecht, scheen het mij toe. Maar niets is minder waar. Je vader stopt er veel eerder mee dan ik had verwacht. Seb werkt meer tegen dan mee. Hij heeft zo zijn eigen ideeën over de bakkerij en houdt daar stug aan vast. Ik sta bijna overal alleen voor. Dat valt tegen, dat ben ik niet gewend.' Hij zweeg een moment, liep wat heen en weer door het keukentje met zijn handen in zijn zakken. Hij bleef staan, keek haar niet aan, en begon weer te praten. 'Ik kan het beter nu zeggen dan nog een maand doorploeteren. Dat bod op de bakkerij komt wat mij betreft wel op een goed moment. Ik hoef me nu niet zo bezwaard te voelen dat ik ons contract verbreek.'

'Er is vooralsnog niets getekend of verkocht. Ik heb over een uurtje een gesprek met de makelaar en dan pas weet ik meer. Weet je zeker dat je wilt stoppen?'

'Juffrouw Haagveld,' begon Tom Linders. Hij zette zijn vingertoppen tegen elkaar en laste even een pauze in voordat hij verderging. 'Ik heb een paar dagen geleden reeds met uw vader gesproken. Hij zei me dat ik de rest van de zaken met u kan afhandelen. U weet waarom u hier bent?'

Madelon knikte. 'Er is een bod gedaan op de zaak.'

'Precies. Maar eerst wil ik een andere zaak met u bespreken. Uw vader heeft hier nog geen weet van, het is ook op te korte termijn gebeurd.'

Ze kon wel raden welke andere zaak dat was: Mark had zijn besluit af te zien van een verdere bedrijfsovername vast al aan de makelaar doorgegeven aangezien hij de huurovereenkomst op had gesteld.

'De heer Strekhaard wenst niet langer het pand te huren en het feitelijke bedrijf te runnen. Hij ziet af van het recht de bakkerij over te nemen, waarmee het recht om het pand te kopen bij deze komt te vervallen.' Hij keek haar een ogenblik afwachtend aan. 'U wist hiervan?'

'Inderdaad. Voordat ik hierheen kwam, heb ik met Mark Strekhaard gesproken. Hij trekt zich terug. Heeft dat consequenties voor een eventuele verkoop?'

'Op dit moment nog niet. Mocht degene die nu een bod heeft gedaan op het bedrijf zich alsnog terugtrekken, dan wordt het een andere zaak en begint u weer van voren af aan. U moet er namelijk wel voor zorgen dat het bedrijf als zodanig blijft draaien.'

Daar had Madelon nog niet eens bij stilgestaan. Mark was er immers geweest, en verder had ze nog niet nagedacht over de consequenties van zijn besluit zich terug te trekken. Seb bleef nu over als enige bakker. Niet eens als bakker: hij was nog altijd een knecht zonder diploma's, en die papieren waren toch echt noodzakelijk als hij de zaak voorlopig voort moest zetten.

'Heeft de heer Strekhaard een reden genoemd voor het zich zo plotseling terugtrekken uit deze overeenkomst?' vroeg Linders.

'Wat vage redenen dat het werk hem tegenviel,' zei Madelon. 'Ik vond het een beetje vreemd om te horen omdat het allemaal dingen waren die hij van tevoren had geweten.'

'Het gaat om privéredenen waar ik niet te veel over mag zeggen. Ook meneer Strekhaard is een cliënt van mij. Dat zult u vast wel begrijpen,' zei Linders met een uitgestreken gezicht.

'Oké, de wind waait dus uit die hoek. Genoeg over Strekhaard, vertel me liever meer over het bod dat op de zaak is gedaan.'

Linders pakte een paar dichtbetypte vellen uit zijn lade en legde die op het bureaublad neer.

Met stijve passen liep ze de bakkerij binnen. Mark week iets opzij om haar te laten passeren. Ze zag hem amper, haar ogen waren strak gericht op Seb, die druk bezig was met het opmaken van een paar taarten.

'Kan ik je even spreken?'

Hij keek even op en knikte. 'Ik kom er zo aan, even dit afmaken.'

'Nu! Alsjeblieft,' voegde ze er iets vriendelijker aan toe.

'Ga alvast maar naar boven, ik kom zo,' antwoordde Seb zonder op te kijken.

Even bleef ze staan, maar ze zag wel dat hij niet van plan was om meteen het werk te laten vallen. Ze draaide zich om en ging terug naar de winkel, waar Cathy aan het werk was.

'Wil je nog even wat langer blijven totdat ik klaar ben? Ik heb geen idee hoelang het gaat duren.'

'Best hoor, ik wil toch al wat meer gaan werken. Nu de kleine naar school gaat, kan dat best,' begon Cathy.

'Daar hebben we het later nog wel over,' mompelde Madelon. Ze ging naar boven en liep doelloos heen en weer door de woonkamer, bleef af en toe staan om naar buiten te kijken. Eindelijk hoorde ze de bekende voetstappen van Seb op de trap.

'Waarom zei je gisteravond niet meteen dat jij degene bent die een bod heeft gedaan op de bakkerij?' begon ze zodra hij een voet over de drempel had gezet.

'Daar gaf je me de kans niet voor. Na het afscheid van Jerom en Leida was je nogal plotseling verdwenen.'

'Weet pa hiervan?'

'Nee, hij weet van niets.'

'Ik begrijp het niet helemaal. Je hebt geen papieren, zeker niet om een bedrijf te beginnen. Hoe kan de bank jou dan een lening geven om de bakkerij over te nemen?'

'Een goed bedrijfsplan en de bank ervan overtuigen dat ik het kan, is voldoende. Ik haal dat diploma, dankzij jou.'

Madelon zuchtte. 'Dan nog heb je geen papieren om een bedrijf te runnen.'

'Ik had gehoopt dat jij me daarbij zou willen helpen. Mark stopt ermee, dus je hebt een nieuwe geïnteresseerde nodig. Als ik het bedrijf overneem, kom je bij mij in dienst. Daarmee sla je twee vliegen in een klap: je hebt niet de eindverantwoording voor het bedrijf, maar wel de zekerheid dat de bakkerij blijft voortbestaan zoals jij en Jerom voor ogen hadden. Dat wil je toch?'

Verbaasd liet ze zich op de bank ploffen. 'Jij hebt lef! Je gaat er zomaar even van uit dat ik hier blijf werken! Je neemt dus een bedrijf over terwijl je niet eens zeker weet of ik hier wel in mee wil gaan.'

De zekere blik op het gezicht van Seb begon voor het eerst iets te wijken.

'Ik wil niet langer in de bakkerij werken, Seb, ik wil iets anders. Het was nooit mijn bedoeling om het van mijn ouders over te nemen. Die ambitie heb ik nooit gehad.' Waarom was pa net nu op huwelijksreis gegaan? Waarom had het gesprek bij de makelaar niet een paar dagen eerder kunnen plaatsvinden? Dan had pa haar nog kunnen adviseren, nu stond ze er alleen voor en moest zij alleen die beslissing nemen. Ze wilde dit niet! Zo voor het blok gezet worden.

'Je hoeft het nu ook niet over te nemen, je werkt dan voor mij.'

'Ik hoop niet dat ik je enige optie ben om het bedrijf over te nemen,' hield Madelon vol.

'Dat ben je niet, al ben je wel mijn eerste keuze,' gaf hij toe.

Ze keek hem een ogenblik verwonderd aan. 'O,' was al wat ze wist te zeggen op dat moment.

'Ik heb ook contact met iemand anders die de ondernemerspapieren heeft en die wel wat ziet in een andere baan.'

HOOFDSTUK 21

Madelon wees waar de meubels moesten staan terwijl ze met een theedoek in haar ene hand en een kopje in de andere de mannen achternaliep.

'Let op met die kast, die kan echt maar op een manier in de slaapkamer staan. Ja, precies, daar naast het raam.' In de deuropening bleef ze staan kijken of Jos en Nick de kast toch zo neerzetten als zij wilde.

'Doen ze het een beetje naar je zin?' vroeg Marcella, die met een doos in haar armen door de hal liep.

'Het kan niet beter. Ik heb nog nooit zulke goede verhuizers gehad.'

'Je bent nog nooit eerder verhuisd,' antwoordde Marcella nuchter. Ze zette de doos in de andere slaapkamer, die voorlopig bestemd werd als rommelkamer. 'Kan ik die mannen ook lenen als ik straks verhuis?'

'Jij trekt bij Rens in de flat, dat noem ik geen verhuizen. Bovendien heeft hij toch volop meubels.'

'Precies dat bedoel ik. Je denkt toch niet echt dat ik al mijn meubeltjes wegdoe?'

'Rens' flat lijkt me toch een beetje te klein om er twee van elk neer te zetten. Je kunt toch een mix maken van jullie spullen? Wat past bij elkaar en wat niet?'

'Dan gaat alles van Rens weg,' antwoordde Marcella prompt.

'Ben je mal, als ik zie hoe pa en Leida dat hebben opgelost. Zo kan het toch ook.'

'Hoe gaat het met ze? Die plannen om in Griekenland te gaan wonen, gaan die nog door?'

Madelon begon te lachen. Ze liepen samen naar de keuken, waar ze bezig was geweest met het verdelen van het serviesgoed over de kastjes. Marcella schonk een glas fris voor zichzelf in en dronk het glas gulzig leeg.

'Ze blijven gelukkig hier wonen. Het klinkt heel idyllisch, wonen in Griekenland, maar later in de herfst en de winter is er nauwelijks iets te beleven. De voormalige pensionhouders verpoppen zich dan opeens tot bouwvakkers, restaurants zijn gesloten en de hotels blijven leeg. Daar hebben ze zich een beetje op verkeken. Het is niet zo dat ze daar een bezigheid hebben, dan zou het nog anders zijn. Bovendien kan Leida de kleinkinderen echt niet zo lang missen en pa vindt het stiekem ook wel leuk om op die kleintjes te passen.'

'Voor jou ligt daar nog een mooie taak.'

'Wat bedoel je daarmee?' reageerde Madelon vinnig.

Marcella werd gered door de komst van Jos en Nick. Ook Nadia en Joyce kwamen binnengelopen, met ieder een doos in hun handen.

'De planten,' riep Nadia. 'Waar wil je die hebben?'

'Zoek maar een leuk plaatsje. Ik kijk later nog wel of ze het daar naar hun zin hebben,' riep Madelon terug. 'Over vijf minuten heb ik soep en warm worstenbrood. We pauzeren even, iedereen is nu toch hier in de flat.'

Iedereen zocht een plaatsje rond de tafel terwijl Nadia en Madelon de soepkommen vulden en uitdeelden.

'Lekker, zijn die van Bakker Haagveld?' vroeg Nick, en hij nam nog een hap van het worstenbrood.

Hoewel er geen enkele Haagveld meer in de bakkerij werkte, had Seb de naam aangehouden nadat hij de zaak had overgenomen.

'Geen idee, Leida kwam ze daarstraks brengen,' mompelde ze.

'Dan zijn ze van Haagveld. Auw!' riep hij een tel later en hij wreef over zijn pijnlijke onderbeen.

Nadia wierp hem een waarschuwende blik toe.

'Ligt dat nog altijd zo gevoelig?' vroeg Jos. 'Seb doet het toch goed? Je zou juist blij moeten zijn dat hij de bakkerij voortzet zoals Jerom dat gewild heeft.'

Madelon stond plotseling op en begon de tafel op te ruimen, rukte de lepel zowat uit de handen van haar zwager en trok met een harde ruk de klep van de vaatwasser open. Het vaatgoed rammelde hard toen ze het rek naar voren trok en de vuile spullen er haast in smeet.

'Kom, Jos, de laatste dozen, dan zijn we klaar.' Nick voelde kennelijk weinig voor een tweede trap tegen zijn schenen en stond snel op.

Jos propte het laatste restje van het worstenbrood in zijn

mond en haastte zich achter zijn zwager aan. Even later viel de deur achter de beide mannen dicht.

'Dat is ook een manier om ze weg te krijgen,' mompelde Joyce.

'Zullen we nog wat dozen gaan uitpakken? De kasten in de slaapkamer zijn nu toch compleet?' stelde Nadia voor.

'Dan begin ik met de kasten in de woonkamer in te ruimen. Help jij daarmee, Marcella?' vroeg Joyce.

Madelon volgde Nadia naar de slaapkamer en samen begonnen ze de kleren in de kasten te leggen.

'Waarom kun je niets goeds horen over Seb?' vroeg Nadia terwijl ze een paar blousjes opnieuw opvouwde voordat ze de kast in gingen. 'Je hebt hem geholpen zijn papieren te halen, je zou juist trots op hem moeten zijn. Hij doet het toch prima zo?'

Was dat zo? Moest ze trots zijn op hem? Hij had ondanks zijn dyslexie het examen goed doorlopen – het was een mager zesje geworden, maar ook daarmee was hij geslaagd. Dankzij haar? Vanaf het moment dat ze samen bij de notaris hadden gezeten om de overname rond te maken, een paar dagen na het huwelijk van haar vader en Leida, had ze hem gemeden en ook niet meer geholpen met leren. Na haar afwijzing op zijn aanbod het bedrijf samen voort te zetten, had hij Doreth gevraagd.

Doreth, die zijn vriendin was én die over de juiste papieren bleek te beschikken om een bedrijf te beginnen. Nu Seb zijn diploma's had gehaald, was hij een gekwalificeerd bakker. Doreth deed het werk in de winkel dat zij, Madelon, voorheen had gedaan, plus de administratie.

'Dat zal best,' beantwoordde ze de vraag van haar schoonzusje, 'maar ik vind de manier waarop het gegaan is nog steeds geen schoonheidsprijs verdienen. Pa wist er niet eens iets van!'

'Je vader vindt het anders geweldig dat Seb de zaak uiteindelijk heeft overgenomen. Dat heeft hij altijd gewild, toch?'

'Zoiets,' mompelde Madelon. Ze wist ook wel dat pa niets liever had gezien dan dat Seb de zaak van hem overnam; de knecht die hij altijd al als zijn zoon had gezien. Het was niet helemaal eerlijk van haar zo te denken, dat besefte ze ook wel; pa had nog liever gezien dat Seb en zij samen de zaak over hadden genomen, dat had hij vaak genoeg gezegd. Het was haar eigen beslissing geweest om dat niet te doen. Dan moest ze nu niet zo kleinzielig en jaloers doen omdat Seb het uiteindelijk met Doreth voor elkaar had gekregen.

In de bakkerij was er een jonge knecht bijgekomen die nog een dag in de week naar school ging. Cathy was, nu haar dochtertje naar de basisschool ging, wat meer gaan werken. Zij vertelde laatst dat de winkel prima draaide. Niets om wroeging over te hebben dus, ook al stak het dat Doreth het kennelijk net zo goed, of misschien beter dan zij, deed.

'Hoe bevalt je nieuwe baan? Leuke collega's?' vroeg Nadia.

'Jawel hoor, het is leuk werken daar, met een leuk ploegje mensen. Het is even wennen dat ik nu moet doen wat mijn baas me vertelt, maar ook dat lukt wel.'

'En je collega's? Nick had het over ene Sander. Zo'n beetje van jouw leeftijd, vrijgezel...'

Madelon keek met een plagende blik naar haar schoonzusje.

'Hoezo? Heb je belangstelling?'

'Ik? Natuurlijk niet! Jij, ik doel meer op jou.'

'Hmm, hoe goed kent Nick Sander van Heemst?'

'Heet hij zo?' deed Nadia op iets te onschuldige toon. 'Geen idee, volgens mij kent hij hem van volleybal.'

'Volgende week zaterdag gaan we samen iets drinken,' gaf Madelon toe.

'Echt? Wat leuk,' riep Nadia verheugd uit.

'Kalm nu maar. We gaan alleen maar wat drinken. Er zit niet direct een huwelijk aan vast,' bromde Madelon. 'Zó leuk is hij nu ook weer niet.'

'Schrijf hem niet te snel af. Je moet hem beter leren kennen. Het is echt een leuke man.'

'Betrapt! Ik dacht dat jij hem niet kende,' riep Madelon triomfantelijk uit.

Nadia kleurde schuldig rood. 'Ik ken hem ook niet zo goed, maar hij lijkt me een aardige man.'

Nick stak zijn hoofd om het hoekje van de deur. 'We zijn er

met de laatste spullen. Kom je even kijken waar dat heen moet?'

Nog wat onwennig liep Madelon door de flat, keek in alle kamers, verplaatste hier en daar een stoel of verschikte een gordijn en probeerde zich voor te stellen dat ze hier de komende jaren zou blijven wonen. Dat bleef vreemd. Op die vier jaar na dat ze door de week in een studentenflat had gewoond, had ze haar hele leven in de bovenwoning van de winkel gewoond. Dertig was ze nu en eindelijk ging ze dan toch op zichzelf wonen.

Ze had wel boven de winkel mogen blijven wonen van Seb, zelf had ze dat niet meer gewild. Op die manier zou ze nooit afstand kunnen nemen van de bakkerij en werd ze bovendien dagelijks geconfronteerd met hem en Doreth. Nee, het was beter zoals het nu was gegaan. Deze flat had ze toch al min of meer aangenomen omdat Mark immers boven de winkel zou gaan wonen. Dat Seb de bakkerij in zijn plaats had overgenomen, veranderde daar niets aan. Van Cathy wist ze dat hij nu zelf boven de zaak ging wonen. Met of zonder Doreth? vroeg ze zich af. Cathy vertelde niet zoveel over hem en Doreth en ernaar vragen durfde Madelon ook niet goed.

Doreth had ze dan wel wegwijs gemaakt in de administratie, ook toen had Madelon bewust de gesprekken zakelijk gehouden en was ze niet dieper op hun persoonlijke situatie ingegaan, net zo min als Doreth dat had gedaan. Ze had Seb gemeden in de tijd dat ze daar nog woonde en hij haar ook. Doreth moest hem maar wegwijs maken in de zakelijke kant van de bakkerij.

Afijn, dat hoofdstuk moest ze nu maar eens afsluiten, dat was over en uit. Het werd tijd dat ze verderging met haar leven. Sander van Heemst was inderdaad een aardige man, zoals Nadia het zei, een leuke collega ook, die zijn belangstelling voor haar niet onder stoelen of banken stak. Hij werkte gelukkig niet op dezelfde afdeling, zodat ze niet voortdurend op elkaars lip zaten.

Het schrille geluid van een bel schalde hard door de flat en verbrak daarmee haar gepieker. Ze snelde naar de hal, waar de intercom hing. Via een kleine camera kon ze zelfs zien wie er beneden voor de deur stond.

'Hé, Leida, kom verder,' riep ze door de intercom en ze drukte op de knop om de benedendeur te openen.

Even later kwamen Leida en haar vader over de galerij aangelopen. Leida had in haar ene hand een grote bos bloemen en in de andere een plastic tas. Haar vader ging bijna schuil achter een enorme palm die hij in zijn armen geklemd hield.

'Wij komen je nieuwe woning bewonderen,' riep Leida vrolijk.

'De hulptroepen zijn nu naar huis, neem ik aan.' Ze zoende Madelon op de wang en stak haar de bloemen toe.

'Dank je, wat een mooie bos. Kom verder, ja, die zijn inderdaad al weg, het verhuizen ging ook vrij vlot.' Ze ging hen voor naar de woonkamer, waar Jerom de grote pot in een nog lege hoek zette.

'Die past daar prima. Gefeliciteerd met je nieuwe huis, meisje.' Hij drukte haar even tegen zich aan.

'Dank je wel, pa. Lusten jullie koffie?'

'Lekker, ik heb iets te snoepen meegebracht.' Leida volgde haar naar de keuken, die van de woonkamer afgescheiden werd door een barretje, en haalde een gebaksdoos uit de plastic zak. Bakker Haagveld, stond er op de doos. 'Jij woont nu vast te ver van de bakkerij vandaan om er zelf heen te gaan.'

'Lekker, dat had je niet hoeven doen,' mompelde Madelon met tegenstrijdige gevoelens.

Na een korte rondleiding door de flat streken ze neer in de woonkamer, waar Madelon hen voorzag van koffie en gebak.

'Dat smaakt,' zei Jerom genietend. 'Seb heeft een paar nieuwe recepten. Ik moet zeggen dat het erg lekker is wat hij maakt.'

'Beter dan jouw spullen kan echt niet, pa,' meende Madelon.

'Nou, dat zou ik zo nog niet durven beweren. Vergeet niet dat Seb het vak heeft afgekeken van mij. Hij draait in ieder geval prima. Ik hoor niets dan goede geluiden over hem van de klanten. Leida en ik halen er ook ons brood. Zullen we voor jou in het vervolg ook een paar broden meebrengen? Je kunt ze in de vriezer bewaren en eruit halen wat je nodig hebt.'

'Dat is niet nodig,' antwoordde Madelon op afgemeten toon.

'Weet je wat ik van Jan Matseer hoorde? Jan is een oom van

Mark Strekhaard, dat vertelde hij me laatst. Nooit geweten, en dat terwijl we elkaar al heel wat jaren kennen. Het is een klein wereldje, blijkt nu maar weer,' lachte Jerom. 'Jan vertelde me dat de ex-vrouw van Mark moeilijk begon te doen toen ze eenmaal wist dat hij een bedrijf wilde beginnen. Die centen moest hij maar met haar delen, was ze van mening.'

'Hij had toch een lening afgesloten om de zaak over te nemen?' vroeg Madelon verwonderd.

'Niet precies, blijkt nu. Hij had nog ergens een potje. Nou, dat potje moest natuurlijk ook gedeeld worden bij de scheiding. Bovendien eiste ze een deel van de opbrengst die hij uit de winkel zou halen. Wat daar precies allemaal speelt, wil ik niet eens weten. Het was in ieder geval geen al te zuivere koffie. Volgens Jan had Mark ook al afspraken gemaakt met een groot bedrijf om van de bakkerij mettertijd een koffiehoek te maken. Hij zou dan als franchiser de zaak blijven draaien en het pand zou opgekocht worden door dat bedrijf. Wat dat aangaat ben ik blij dat die ex-vrouw van hem dwars ging liggen en dat hij daardoor van de koop af moest zien.'

'Pa,' begon Madelon aarzelend, 'wist jij echt niet van de plannen van Seb? Dat hij de bakkerij wilde overnemen?'

'Niet echt, nee.'

'Niet echt, als in: ik had wel een vermoeden maar hij heeft het nooit met zoveel woorden gezegd?'

'Zo ongeveer,' gaf Jerom toe. 'Wij hadden onze twijfels over Mark Strekhaard, maar wilden jou niet voor het hoofd stoten. Jij was immers degene die Mark had aangebracht. En misschien zagen wij het wel verkeerd. Dat kon toch?'

'Waarover hadden jullie dan twijfels? Hier heb ik je nog niet eerder over gehoord. Wel dat hij plannen had om Seb naar buiten te werken als hij eenmaal de zaak overgenomen had. Deed Mark zijn werk dan niet goed? Jij was zelf zo enthousiast over hem.'

'In het begin zeker, dat klopt. Het was ook meer een gevoel dan dat we er werkelijk onze vinger op konden leggen. En achteraf hebben we het niet verkeerd gezien: nu blijkt immers dat Mark helemaal niet van plan was om de bakkerij voort te zetten zoals deze was, hij wilde er een koffiehoek van maken met als bijproduct vers brood.'

'Nou ja, dat van Mark begrijp ik nu wel, maar die plannen van Seb waren voor mij een complete verrassing.'

'Voor mij niet helemaal. Ik heb je al eerder gezegd dat die jongen ambitie had om verder te komen.'

'Doreth blijkbaar ook,' mompelde Madelon. Ze stond op om nog een keer koffie in te schenken.

'Hoe bevalt je nieuwe werkomgeving?' vroeg Leida.

'Goed hoor, het is leuk werk. Interessant ook, ik heb nooit geweten dat er zoveel verschillende soorten zaden waren voor tomaten en paprika's. Je kunt het zo gek niet bedenken of wij hebben er zaad van.'

'Dus je hebt het er wel naar je zin?' vroeg Jerom nu ook.

'Ja hoor, ik zit daar prima op mijn plaats.'

'Beter dan in de bakkerij?' vroeg Jerom verder.

Waar wilde pa heen met zijn gevraag? Ze waren thuisgekomen van hun huwelijksreis op het moment dat Mark al weg was en dat Seb de overname zover rond had met de bank – bijna drie weken geleden nu. Een echt diepgaand gesprek over de overname hadden ze nog niet gehad. Pa leek het wel best te vinden zo en genoot van zijn nieuw verworven vrijheid. Het was immers haar eigen beslissing geweest om niet langer in de bakkerij te blijven werken als deze eenmaal overgenomen was. Of dat nu door Mark was of door Seb, dat was haar om het even.

HOOFDSTUK 22

Met gebogen hoofd liep ze tegen de straffe wind in. Regen striemde haar wangen en met één hand probeerde ze de hals van haar jas dicht te houden. Wat had haar bezield om juist vandaag met de fiets naar haar werk te gaan? Oké, ze was sneller met de fiets dan met de auto omdat ze stoplichten kon ontwijken met de tweewieler, maar met dit weer zat ze toch liever iets langer in een warme en vooral droge wagen.

Zonder echt op te letten, stak ze de oprijlaan over naar de overdekte fietsenstalling. Een luid getoeter en piepende remmen deden haar opkijken. Nu pas had ze in de gaten dat beide voor haar bedoeld waren. Een auto was op een paar centimeter afstand van haar been tot stilstand gekomen. Geschrokken sprong ze terug naar het trottoir.

'Ben je je leven nu al beu?' riep een bekende stem.

Ze tuurde door de beregende ruit, maar kon niet ontdekken wie de bestuurder was totdat hij zijn hoofd uit het zijraam stak.

'Kun je niet wat beter uitkijken,' riep Seb. 'Je steekt toch niet zomaar een straat over?'

'Het is geen straat. Jij behoort hier stapvoets te rijden. Wat doe jij hier, kan ik beter vragen, en nog belangrijker: sinds wanneer mag je zonder rijbewijs een auto besturen?' Ze deed een poging om de wild om haar hoofd waaiende haren uit haar gezicht te strijken.

In de auto achter die van Seb begon een ongeduldige bestuurder te toeteren.

'Ik wil met je praten, stap in.'

'Ik ben met de fiets…'

'Die halen we straks wel op. Stap nu maar in,' commandeerde hij.

De ander toeterde nog een keer, zodat Madelon vlug naar de andere kant liep en instapte. Seb trok snel op zodra ze zat en reed het terrein af.

Met haar handen bracht ze haar kapsel weer een beetje in model. 'Sinds wanneer mag jij autorijden?'

'Ik heb mijn rijbewijs een paar weken geleden gehaald,' antwoordde hij zonder zijn ogen van de weg af te wenden. Hij moest zijn aandacht bij het verkeer houden, zeker met deze regen, waarin iedereen haast leek te hebben om thuis te komen.

Madelon keek een paar keer naar hem opzij. Veel veranderd was hij niet sinds de laatste keer dat ze hem gezien had. Nog altijd lag er de donkere schaduw van een beginnende baard op zijn kin en wangen. Hij droeg een spijkerbroek en een overhemd dat zijn brede schouders accentueerde. Het deed vreemd aan zo hier bij hem in de besloten ruimte van de auto te zitten. Wat wilde hij van haar?

'Wat is er?' vroeg ze dan ook.

'Even geduld, Maddy, ik vertel je dadelijk meer,' mompelde hij. Hij reed de stad uit en parkeerde bij een cafeetje langs de provinciale weg.

'Waarom gaan we hierheen?'

'Omdat ik met je wil praten. De bakkerij lijkt me geen geschikte plek daarvoor en jouw flat evenmin.' Hij draaide zich naar haar toe en keek haar recht aan. 'Een kop koffie, Maddy, en even naar me luisteren. Meer wil ik niet van je. Dat is toch niet te veel gevraagd?'

Nu pas zag ze de donkere kringen die onder zijn ogen lagen en de vermoeide blik op zijn gezicht.

Ze stapten uit en liepen snel door de stromende regen naar de ingang van het café. Seb hield de deur voor haar open en liet haar voorgaan. Hij wees naar een tafeltje bij het raam. Een oudere man kwam naar hen toe en vroeg wat ze wilden gebruiken. Nadat hij de bestelling had opgenomen en weer was weggegaan, begon Seb te praten. 'Je ziet er goed uit, Maddy.' Zijn ogen gleden over haar gezicht.

'Dank je. Jij niet. Het ondernemerschap gaat je blijkbaar niet in je kouwe kleren zitten.'

Seb grimaste en streek door zijn haar. 'Ik zal heel eerlijk zijn: ik heb je hulp nodig. Doreth stopt ermee. Ze heeft een man leren kennen die haar er kennelijk van overtuigd heeft dat ze meer in haar mars heeft dan in een bakkerij werken.' Zijn gezicht kreeg een gemelijke trek. 'Volgens mij is die kerel bij jou wel bekend. Je hebt hen zelf aan elkaar voorgesteld.'

'O ja? Wie dan? Hoe moet ik weten met wie Doreth omgaat? Ze is toch jouw…'

'Mijn wat?' onderbrak hij haar. 'Ze wérkt bij mij, meer niet. Dankzij haar papieren heb ik de bakkerij kunnen overnemen.'

'En nu gaat ze bij je weg.'

'Precies. Sander van Heemst, heet die kerel. Zegt die naam je misschien iets?'

Madelon knikte. 'Dat is een collega van me.' Die ene zaterdag dat ze samen met Sander iets was gaan drinken in de stad kwam weer in haar gedachten. Doreth was ook in dat café geweest en was even bij hun tafeltje blijven staan. Zij had hen aan elkaar voorgesteld. Was er toen iets gebeurd tussen die twee? Sander had haar niet meer gevraagd voor een volgend afspraakje en leek over zijn eerdere bevlieging voor haar heen te zijn. Nick deed er ook al zo vaag over toen ze hem ernaar vroeg. Doreth was blijkbaar de ware reden.

'En nu Doreth weggaat, moet je zo snel mogelijk iemand vinden met ondernemerspapieren, anders moet je de zaak sluiten,' wist Madelon.

'Dat zie je goed,' verzuchtte Seb.

'En toen dacht je opeens weer aan mij.'

Sebs ogen vernauwden zich. 'Ik heb je al eerder gevraagd om samen met mij de zaak over te nemen. Toen wilde je niet.'

'Dus besloot je maar om het samen met je vriendinnetje te doen, dat je nu plotsklaps laat zitten voor een andere kerel.' Madelon keek hem strijdlustig aan.

'Ze laat me niet…' Seb maakte zijn zin niet af en maakte een geïrriteerd gebaar met zijn hand. 'Je bent nog altijd boos omdat ik niets heb gezegd van die overname.'

'Ja, gek hè?' deed ze gemaakt verbaasd. 'Ik zie me nog staan op de receptie van pa en Leida. Wat moet jij een lol hebben gehad toen ik je vertelde dat er een bod op de zaak was gedaan. Je had het me ook gewoon kunnen vertellen,' beet ze hem toe.

'Dat kon ik op dat moment niet. Ik moest eerst zekerheid hebben over Strekhaard. Die kreeg ik pas de volgende dag, na zijn gesprek met jou.'

Hun koffie werd gebracht, ze zwegen even totdat de man weer wegging.

'Ik wil verder met de zaak, Maddy,' ging hij verder.

'Er zijn echt wel meer mensen met ondernemerspapieren die je in dienst kunt nemen. Ik heb een baan die me prima bevalt. Waarom denk je dat ik die nu op stel en sprong op zal geven? Alleen omdat jij me nodig hebt voor je zaak? Kom op, ik heb ook verplichtingen en ik kan niet zomaar weggaan.'

Seb keek haar strak aan. 'Je bent niet van plan om het me gemakkelijk te maken, is het wel?'

'Nee, ik denk het niet.' Ze leunde achterover, knabbelde aan een koekje en probeerde haar blik net zo strak te houden als die van hem. 'Wie heeft je geholpen met je rijbewijs? Dat heb je toch ook nog even snel gehaald.'

'Mijn broer heeft me geholpen met de theorie. Het rijexamen zelf was een wassen neus, ik kon al rijden, alleen dat papiertje ontbrak er nog aan.'

'Waarom ga je niet zelf je ondernemerspapieren halen? Zo moeilijk is dat toch niet? Dan heb je verder niemand meer nodig.'

'Ik mis je, Maddy,' mompelde hij en hij boog zich iets naar voren, zijn handen vlak naast haar kopje. 'Kom terug naar de bakkerij.'

Ze trok haar handen van de tafel weg. Even leek haar hart een slag over te slaan, maar klopte daarna weer gewoon verder, wel in een iets hoger tempo dan daarnet.

'Ik denk dat je missen verwart met nodig hebben. Het spijt me, Seb, maar ik kom echt niet terug. Het is wel typisch dat je me pas mist op het moment dat Doreth bij je weggaat. Zoek maar iemand anders om je zaak te redden.'

Hij reageerde niet op de steek die ze uitdeelde, keek alleen even van haar weg. 'Ik bied je een baan aan, een goede baan ook. Als je voor mij komt werken, betaal ik je hetzelfde als je nu verdient.'

'Dat kun je niet betalen.'

'Neem een kijkje in de administratie en trek daaruit zelf je conclusie. Je weet als geen ander hoe de zaak draait. Kom op,

Maddy, je hebt het altijd leuk gevonden om in de zaak te werken.'

'Ik deed het om mijn vader te helpen. Dat hoeft nu niet meer.'

'Help mij dan nu ook.'

'Nee, ik heb een baan die ik veel te leuk vind om op te geven. Ik heb een nieuw leven opgebouwd dat me best bevalt.'

'En als je nu eens ontslagen wordt?'

'Ha, waarom zou ik ontslagen worden? Ze zijn hartstikke tevreden over me.'

'Omdat het bedrijf fuseert met een ander bedrijf, krimpt de administratieve sector in.'

Madelon keek hem met open mond aan. 'Dat verzin je! Wie heeft jou die onzin wijsgemaakt?'

'Het is helaas geen onzin. Het is echt zo. Waar denk je dat Doreth heen gaat?'

Madelons hersenen werkten op topsnelheid. Een fusie? Inkrimping? Ze had wel iets opgevangen in de wandelgangen, maar wist er het fijne niet precies van. Zij was er dan wel als laatste bij gekomen. 'Dat kan zomaar niet! Ik heb een contract! Ze kunnen me niet zomaar op straat zetten!'

Hij haalde zijn schouders op. 'Vraag me niet hoe ze het weet en hoe ze daar binnenkomt, het is toch echt waar.'

'Je bent gek! Breng me terug naar de stad,' gebood ze. Hoe kreeg Doreth dit alles voor elkaar? Het kon gewoon niet waar zijn. Eerst werd dat wicht van bloemenverkoopster opeens manager van Bakker Haagveld en nu zou ze ook nog eens een goede baan krijgen bij het bedrijf waar zij werkte? Háár baan, als ze Seb moest geloven. Nee, dit kon echt niet waar zijn. Hij had het vast verkeerd begrepen.

Seb wenkte naar de man achter de bar om de rekening. De ober kwam aangesneld en legde het bonnetje voor hem neer. Seb telde het bedrag uit op tafel en stond op. 'Doreth is een ambitieus dametje.'

'Een gehaaide tante, kun je beter zeggen; die slang werkt zich omhoog via het bed,' siste Madelon hem toe.

Seb trok zijn wenkbrauwen op. 'Via wiens bed dan precies?'

'Houd je nu maar niet van de domme, Seb de Lunter. Het jouwe en dat van Sander van Heemst natuurlijk!' Ze rukte haar tas en jas van de stoel en probeerde die met onhandige bewegingen aan te trekken. Zelfs dat ging niet zonder tegenwerking.

'Je mouw zit verkeerd,' mompelde Seb. Hij nam de jas uit haar handen, deed de mouw goed en hield hem voor haar op zodat ze alleen haar armen erin hoefde te steken. Hij schoof hem omhoog en even bleven zijn handen op haar schouders liggen. 'In het mijne heeft ze nooit gelegen,' klonk zijn stem dicht bij haar oor. Zijn adem streek warm langs haar wang.

Weer miste haar hart een slag. Met trillende vingers knoopte ze de jas dicht. 'En dat moet ik geloven.' Ze begon in de richting van de uitgang te lopen.

Seb haalde haar met zijn lange benen gemakkelijk in en ging naast haar lopen. 'Ik kan je niet dwingen, maar meer dan een goede vriendin is Doreth nooit geweest. Vanaf het moment dat ze bij me kwam werken, is onze relatie strikt zakelijk geweest, en daarvoor waren we alleen vrienden, niet meer dan dat.'

'Ga je nu doodleuk beweren dat je nooit iets met haar hebt gehad? Ik heb jullie toch zelf gezien. Op de parkeerplaats, met dat onweer…'

Seb grinnikte zacht. 'Dat heeft blijkbaar indruk op je gemaakt, dat je het nu nog steeds weet. Je gelooft me vast ook niet als ik zeg dat dat iets eenmaligs was. Er is voor mij altijd maar één vrouw geweest, en dat ben jij.'

Op dat moment opende ze net de buitendeur. De wind blies zo hard dat ze even meende dat ze het verkeerd had verstaan. Ze schudde haar hoofd en bleef stug doorlopen tot ze weer bij zijn auto waren. Ze schiep bewust een afstand door aan de andere kant van de wagen te gaan staan.

Seb keek haar met een indringende blik aan. 'Ik meen het, Maddy; ik houd al heel lang van jou, en ik mis je echt. Je hebt geen idee hoezeer ik me moest bedwingen de afgelopen zomer.'

Ze voelde zich weer warm en rood worden bij de herinnering aan die keren dat Seb degene was geweest die niet verder was gegaan.

'Waarom?'

'Vraag je dat nog? Je liet me duidelijk merken dat ik voor jou nooit meer zou zijn dan de knecht van je vader.' Hij lachte wrang. 'Even leek het iets te worden tussen ons, tot die andere kerel opeens op het toneel verscheen. Ik kon hem wel wurgen!'

Ramon had het dus toch goed gezien, schoot het door haar heen: Seb wilde haar voor zichzelf. Waarom had hij niet eerder iets laten merken of gezegd? Alleen omdat zij zo'n... kreng was? Zo hooghartig dat ze zichzelf beter voelde dan hem, de knecht? Kwam ze echt zo op andere mensen over? Hooghartig, een ijskonijn. Verward stapte ze in de auto en ze schoof zo ver mogelijk tegen de deur aan om ieder contact te vermijden.

'Moet ik je naar die zaadhandel brengen?'

'Nee, naar huis, naar mijn flat,' mompelde ze.

De terugweg legden ze zwijgend af, waar ze hem dankbaar voor was. In haar hoofd tuimelden de gedachten en vragen over elkaar heen. Ze had tijd nodig om alles op een rijtje te zetten, na te denken over zijn voorstel en wat de consequenties daarvan waren. En *last but not least* zijn opmerking dat hij van haar hield.

Hij zette de wagen stil voor de flat en draaide zich naar haar toe. 'Denk er nog eens over na. Ik bel je morgen. Goed?' Zijn hand ging in de richting van haar gezicht. Geschrokken deinsde ze achteruit. Even gleed er een gepijnigde blik over zijn gezicht, die echter weer net zo snel verdwenen was. Vlug stapte ze uit en holde bijna naar haar flat.

HOOFDSTUK 23

'Waar is mijn vader? Ik heb hem nodig,' begon Madelon. Haar ogen schoten langs Leida. Haar wagentje stond over twee plekken geparkeerd. Ze had niet eens de tijd genomen om een droge jas aan te trekken voordat ze weer naar beneden was gehold en in haar auto was gesprongen om hierheen te rijden. 'Je vader is met Jos en de kinderen naar een voetbalwedstrijd,' antwoordde Leida. Ze hield de deur verder open en gebaarde dat Madelon binnen moest komen.

'Dat kan niet! Ik heb hem nodig!'

'Kom even binnen, lieverd, je ziet er zo gejaagd uit. Wat is er aan de hand?'

'Ik moet met pa praten, hij weet precies hoe het in elkaar zit.'

'Jerom komt pas over een uur of zo thuis. Probeer het eens met mij, wie weet kan ik je ook helpen,' drong Leida aan.

'Seb heeft me gevraagd terug te komen. Hij zegt dat hij van me houdt. Dat kan toch niet zomaar, Leida? Doreth pikt mijn baan in bij de zaadhandel, en Sander. Hij had eerst een oogje op mij, totdat dat serpent verscheen. Waarom pikt die griet alle mannen in die mij eerst leuk vinden? Ben ik echt zo'n hooghartig kreng dat iedereen wegjaagt?' Dat laatste kwam er met een snik uit. Ze veegde langs haar ogen en liet zich door Leida naar de bank brengen.

'Ga zitten, liefje, haal eerst eens even diep adem en begin dan rustig opnieuw.' Leida ging naast haar zitten en streelde haar rug. 'Begin eens bij Seb. Hij houdt van je, zeg je?'

Madelon knikte heftig en vertelde hoe Seb haar had opgehaald van haar werk.

Leida liet haar praten zonder te onderbreken. Madelon gooide er alles uit: hoe ze in Sebs armen was getuimeld van het podium af; wat er gebeurd was tussen hen in de zomervakantie; Doreth die opeens beweerde een relatie te hebben met Seb; Ramons reactie toen Seb hen betrapte, niets liet ze achterwege.

'En nu aast ze op mijn baan. Ik had haar beter aan Ramon kunnen voorstellen, die twee passen prima bij elkaar.' Ze schudde haar hoofd. 'Ik heb wel iets gehoord over een fusie.

Ze kunnen me toch niet zomaar ontslaan?'
'Heb je een proefperiode?'
'Ja, twee maanden.'
'In dat geval kunnen ze je wel ontslaan, vrees ik.'
'Ik heb die baan nodig.'
'Met jouw capaciteiten vind je zo ander werk. Eigenlijk heb
je al iets gevonden. Seb wil je toch weer in de zaak hebben?'
Madelon knikte en dronk gulzig van het glas water dat Leida
voor haar had neergezet. 'Doreth stopt bij hem. Hij moet
iemand met ondernemerspapieren hebben om de zaak draai-
ende te houden.'
'Waarom doe je het niet gewoon?'
'Wat? Terug naar de bakkerij? Dat wil ik helemaal niet. Ik wil
een gewone baan van negen tot vijf, zonder dat ik verant-
woordelijk ben voor de hele toko. Ik wil een baas boven me
die me vertelt wat ik moet doen.' Ze knikte heftig om haar
woorden kracht bij te zetten. 'Niet dat geploeter dat mijn
moeder jarenlang heeft gedaan. En waarvoor? Ze is gestorven
voordat ze de kans kreeg van haar leven te genieten.'
'Is dat zo, Maddy? Denk je dat jouw moeder ongelukkig was
met haar leven naast Jerom? Met jou en de bakkerij?'
'Ze konden nooit ergens heen, altijd was het de bakkerij voor
en na. Pa moest op tijd naar bed omdat hij zo vroeg weer op
moest. 's Middags mochten er geen vriendinnetjes komen spelen omdat pa lag te slapen. Dan moest ik door het huis slui-
pen. Wij zijn nooit op vakantie geweest zoals pa nu met jou
doet.'
Leida lachte zacht.
'Dat is toch zo? Het was gewoon een slavenleven, als je het
goed bekijkt.'
'Dat was het niet. In jouw ogen misschien, maar zeer beslist
niet voor je moeder. Ze hield van haar werk, van de bakkerij,
en ze was er trots op dat ze dat samen met Jerom voor elkaar
had gekregen. Je mag best weten dat ze er verdriet van hadden toen jij opeens niets meer van de bakkerij wilde weten.
Altijd hadden ze gedacht dat jij hem ooit voort zou zetten.
Maar opeens draaide je als een blad om, je wilde iets heel

anders gaan doen. Zolang het maar niets met de bakkerij te maken had.'

Madelon knikte langzaam.

'Hoe kwam dat? Je was nog jong. Weet je dat nog?' Leida keek haar vriendelijk aan, drong niet aan, maar wachtte af tot Madelon zelf weer begon te praten.

'Vroeger wilde ik de bakkerij wel overnemen. Het leek me heerlijk om die zaak de mijne te kunnen noemen. Seb... Hij werkte er al toen ik een jaar of tien was. Plaagde me altijd.' Ze schokschouderde en glimlachte bij de herinnering. 'Ik was verliefd op hem, zoals jonge meisjes verliefd kunnen zijn op een tieneridool. Bij mij duurde het jarenlang, totdat ik in de gaten kreeg dat hij me nooit anders zou zien dan als een jonger zusje. Bovendien vonden mijn vriendinnen het stom dat ik dweepte met de knecht van mijn vader. Hij mocht dan nog zo leuk zijn om te zien, met iemand die nauwelijks zijn school had afgemaakt, ging je niet verder. Dat was *not done* voor ons vwo'ers.'

'Heb je hier weleens met je moeder over gepraat?'

'Nee, mam had het altijd zo druk met de zaak. Ze drukte me op het hart vooral verder te leren; diploma's en papieren waren belangrijk om verder te komen in het leven. Ik denk niet dat zij het fijn zou hebben gevonden als ze geweten had van mijn kalverliefde voor Seb. Misschien had ze dan bij pa erop aangedrongen dat Seb weg moest. Dat wilde ik ook niet.'

'Je had beter wel met je moeder kunnen praten. Misschien zou ze geprobeerd hebben die kalverliefde uit je hoofd te praten, maar ze zou het begrepen hebben. Zij was immers ook verliefd geworden op de knecht van haar baas en met hem gelukkig geworden.' Leida keek haar meewarig aan.

'Sprak mam weleens met jou over mij?'

'Natuurlijk. Ze was zo trots op je, op wat je bereikte met je studie. En wat was ze bezorgd toen je op kamers ging,' lachte Leida nu.

Madelon trok een grimas. Dat herinnerde ze zich nog goed.

'Houd je van Seb, Maddy? Nu nog?' vroeg Leida opeens.

'Poe, ik weet het eerlijk gezegd niet. Bij Ramon miste ik een klik, daarom ben ik met hem ook niet verdergegaan. Sander

doet me niets, dat is een collega, meer niet. En met Seb…
Tussen ons heeft het altijd goed gezeten. Maar dat komt vast
ook omdat we elkaar al zo lang kennen. Afgelopen zomer…
Ja, toen dacht ik dat ik weer verliefd op hem was geworden.
Ik vond het vreselijk om hem te zien met Doreth.'
'Waarom probeer je het niet gewoon?'
'Wat? Met Seb? Nee, dat kan echt niet!' riep ze uit.
'Waarom niet? Hij is de eigenaar van een goedlopende bakke-
rij.'
'Dat bedoel ik niet. Hij houdt van me, zegt hij, en als ik daar
weer ga werken, denkt hij vast dat het goed tussen ons zit. Ik
weet zelf niet eens wat ik voor hem voel!'
'Je weet als geen ander dat hij zich nooit aan je op zal dringen,' hield Leida haar voor. 'Je hebt een baan nodig, al is het
alleen maar om die waanzinnig dure flat te betalen.' Leida's
ogen begonnen ondeugend te fonkelen. 'Doe het gewoon.
Neem zijn aanbod aan en ga bij hem werken. De eerste vijf-
tien jaar van je leven was dat je droom, de afgelopen twee jaar
heb je het met liefde en plezier gedaan. Vind dat plezier weer
terug. Hoe het verder verloopt tussen jullie, merk je snel
genoeg. Je weet nu dat hij veel meer is dan alleen maar de
knecht van je vader.'
Madelon begon even te giechelen, maar werd vrij snel weer
ernstig. Ze pakte de handen van Leida vast. 'Weet je, je bent
niet alleen een goede en lieve vrouw voor mijn pa, je bent ook
een geweldige stiefmoeder voor mij. Beter had ik het niet
kunnen wensen.' Ze sloeg haar armen om de andere vrouw
heen en kuste haar op haar wangen. 'Bedankt… mam.'

Veel tijd had ze niet. Tegen haar baas had ze gezegd dat ze
naar de tandarts moest. Toch wilde ze niet langer wachten, ze
kon zich amper op haar werk concentreren, de hele nacht had
ze nauwelijks kunnen slapen.
Cathy keek verheugd op toen ze Madelon zag binnenkomen.
'Hé, daar hebben we ons verloren schaap. Lang geleden dat je
hier bent geweest.'
Madelon maakte een beweging met haar hand dat ze niet zo
hard moest praten. 'Is Doreth er ook?'

'Nee, die moest ergens heen.'

Dat klopte, Madelon had haar in de gang van de zaadhandel zien lopen naast Sander en nog een hoge pief. 'En Seb?'

'Boven.'

'Mooi.' Madelon liep om de toonbank heen. Ze moest een lachje onderdrukken vanwege de verbaasde blik op het gezicht van Cathy. 'Geen gezegde dit keer?'

'Beter ten halve gekeerd dan ten hele gedwaald, lijkt me hier wel van toepassing. Succes met de baas,' grijnsde Cathy met een knipoog.

Vlug liep ze verder naar de trap, de zenuwen gierden door haar lijf. Had hij wel gemeend wat hij gisteren zei? Wilde hij haar werkelijk terug in de zaak en hield hij van haar? Nog steeds? Ze kon soms zo'n kreng zijn, ook gisteren weer. Pa kon dan wel doodleuk beweren dat hij had geweten dat Seb altijd al een oogje op haar had gehad, eerder dan afgelopen zomer had ze daar echt nooit iets van gemerkt. En toen ging het nog van haar uit ook. Haar vader kon alleen maar enthousiast reageren over de vraag van Seb. Natuurlijk moest ze weer in de zaak gaan werken. Als zij en Seb het dan nog met elkaar eens konden worden zou dat helemaal mooi zijn, had hij gezegd. Met elkaar eens worden, wat een ouderwetse uitdrukking.

Boven gekomen bleef ze even staan. Ze kende de weg, had hier dertig jaar lang gewoond, en toch was het vreemd; het was haar huis niet meer, er woonde nu iemand anders. In de keuken was niet veel veranderd. De kamer daarentegen was kaal, er stonden nauwelijks meubels in. Een bank, een tafel met twee stoelen en een kastje waarop een tv stond, dat was alles. Woonde Seb hier wel?

'Wat doe je hier?' klonk het bepaald onvriendelijk achter haar. Met een ruk draaide ze zich om en ze staarde in een weinig toeschietelijk gezicht. Hij was gekleed in een blauwwitte bakkersbroek en een wit shirt dat spande over zijn brede borst. Zijn haar was gedeeltelijk wit bestoven door het meel. De moed zonk haar in de schoenen, zo nors keek hij haar aan. Zie je wel, ging het door haar heen, hij wil me al niet meer.

'Je hebt het hier niet bepaald gezellig ingericht.'

'Kom je alleen om het interieur te keuren?'

Nu was hij blijkbaar niet van plan om het haar gemakkelijk te maken. 'Geldt je aanbod van gisteren nog?'

'Wil je dat dan wel? Kan jouw bange hartje dat wel aan?'

Madelon slikte. 'Ik heb het over die baan die je me aanbood.'

Seb liep naar haar toe en bleef vlak voor haar staan. 'Alleen de baan?' Zijn ogen boorden zich in de hare.

Ze knikte en slikte weer, moest naar hem opkijken. 'Voorlopig wel.'

'Dus het klopte wat ik zei, van die fusie?'

'Doreth was er vandaag al om een baantje zeker te stellen. Er komt een fusie en daarbij sneuvelen banen. Of ik daarbij zit, weet ik nog niet, maar dat wil ik niet afwachten.'

'En dat andere?'

'Zullen we niet te snel op de zaken vooruitlopen?'

'Jij was anders degene die sneller wilde, ik moest je steeds afremmen.' Zijn ogen bleven op haar mond rusten.

Hij stond zo dicht bij haar dat ze de donkere haartjes boven zijn lip haast kon tellen. Haar hart bonsde nu zo hard tegen haar ribben dat ze bang was dat ze zouden breken. Hij moest het kloppen van haar hart horen, dat kon haast niet anders.

'Wat wil je dan?' Hij boog zijn hoofd iets, zodat hun neuzen elkaar bijna raakten. Zijn adem streek warm langs haar wang, met een zweem van koffie en koekkruiden erin van de speculaas die nu gemaakt werd vanwege de naderende sinterklaasperiode.

Ze hield van hem, wist ze opeens met zekerheid. Wekenlang had ze haar eigen gevoelens niet begrepen, had ze een boosheid tegen hem in stand gehouden en zich daarachter verscholen. De nervositeit die ze had gevoeld voor dit gesprek, vloeide uit haar weg.

'Krijg ik die baan?'

'Je zult moeten solliciteren,' mompelde hij met een twinkeling in zijn ogen.

'Kan dat nu? Ik heb niet zoveel tijd.'

'Begin maar.'

Ze rekte haar hals iets en drukte een kus op zijn mond.

'Ga verder,' mompelde Seb, 'ik ben nog niet overtuigd. Ik

wil meer horen.'
'Je bent niet van plan het gemakkelijk voor me te maken.'
'Zeker niet. Laat maar eens zien wat je in huis hebt.'
'Dat weet je al, Seb de Lunter. *What you see is what you get.*'
'Ik mis nog iets.'
'Ik denk dat ik diepere gevoelens voor je heb.' Ze legde haar
handen tegen zijn borst en kuste hem weer.
'Dat wist ik al. Is er niet meer?' Nu sloeg hij zijn armen om
haar heen.
'Ik houd van je.'
'Je bent aangenomen,' zei hij, en hij kuste haar met een vuur
dat haar deed wankelen.